윤행의

일본 견문록

윤햄의 일본 견문록 1
윤햄 N세대 연애 소설

초판 1쇄 찍은 날 § 2003년 9월 29일
초판 1쇄 펴낸 날 § 2003년 10월 9일

지은이 § 윤햄
펴낸이 § 서경석

편집장 § 문혜영
편집책임 § 이종민
마케팅 § 정필 · 강양원 · 이선구 · 김규진 · 홍현경

펴낸곳 § 도서출판 청어람
등록번호 § 제1081-1-89호
등록일자 § 1999. 5. 31
어람번호 § 제4-0026호

주소 § 경기도 부천시 원미구 심곡1동 350-1 남성B/D 3F (우) 420-011
전화 § 032-656-4452 팩스 § 032-656-4453
http://www.chungeoram.com
E-mail § eoram99@chollian.net

ⓒ 윤햄, 2003

값 9,000원

ISBN 89-5505-840-3 (SET)
ISBN 89-5505-841-1 04810

청 어 람 N 세 대 연 애 소 설

윤햄의 일본 견문록 ①

지금처럼 한국 관광붐이 일어나지 않았던 1986년 봄.

아무것도 모르는 상태에서 일본에 건너가게 된 한 여자아이가 있었습니다.

담임 선생님의 명령에 의해 반 강제적으로 친구가 되어야 했던 아이들도

한국에 대해서는 거의 모르는 상태였습니다.

그런 상황에서 일어났던 일을 간단하게 정리해서 인터넷에 글을

올리기 시작한 게 2001년 11월 8일.

그후 한동안 컴퓨터 하드에서 마냥 잠자고만 있었던

'일본 견문록'을 깨우게 된 것이 Ujoa 사이트였습니다.

누구나 자신의 소설을 올릴 수 있는 사이트 시스템이 신기해서

1편, 2편 올리다 보니 어느새 재미있다고 말씀해 주시는 분들도 하나둘

생기기 시작했고 이렇게 출판까지 하게 되었습니다.

그런고로 이 이야기는 무슨 말이던 친구한테 지껄이는 것만으로도

모든 고민이 해결된 것처럼 마냥 즐겁기만 하던 시절을
토대로 끄적인 유머러스한 성장소설에 가깝다고 저는 생각하고 있습니다.
마지막으로 항상 조언만 받고 있는 Go! 武林 사이트 문주이신 금강 선생님,
황기록님, 이종우님, 최우님, 강재영님, 용공자님, 제5사도님께 감사드리며
Ujoa 사이트와 Go 武林이 한층 번창하면 좋겠습니다.

ps. 1 항상 카페 일은 물론 조언해 주는 KickTheMoon님과
쵸비나라 식구들에게도 고맙다고 덧붙입니다.
ps. 2 어릴 적 동화책을 읽어주던 아버지와 가족,
일본어를 가르쳐 준 다카하시 선생님, 잇세이 선생님, 시마 선생님,
야마다 선생님, 키타바야시 선생님,
그리고 친구들에게도 고맙다고 덧붙입니다.

일본에
가다
...

때는 80년대, 후반. 한창 아시안 게임이다 올림픽이다 해서 한국의 대외수출이 잘되던 시절. 그 여파로 인해 일본으로 갑자기 발령이 난 집안이 있었다. 애만 여섯이던 차에 해외발령이 나자 '얼씨구나~!' 하고 아무런 대책 없이 가게 된 것이다.

지금도 기억나는 것은 아무런 언급도 없이 조용하게 지내다가 어느 화창한 봄날 아침 식탁에서 밥 먹다 말고…

아버지「아버지 회사 일 때문에 한 달 먼저 일본에 가서 살게 되었으니 니들도 다음달에 와라, 일본.」

윤햄「헉! -_-」

어머니「갑자기 난데없이 일본이래요?! 비자는요? 살 곳은요? 애들 학교 문제는요?」

언니「친구들 두고 전학 가야 하는 거예요?! 싫어요!!」

아버지「이상 설명 끝.」

윤햄「아버지는 대체…….」

한마디 들은 것이 다였다. 10여 년 사는 동안 아버지란 사람의 대책없는 면은 많이도 봐왔지만 이날이 가장 절정이 아니었나 싶다. 이렇게 해서 얼떨결에 일본이란 타지에 이주하게 된 것이다. 당시 해외여행 가는 것도 힘들었던 여건을 생각한다면 어이없을 정도로 쉽게…….

일본에 간답시고 비행기 타던 날. 비행기 엔진 상태가 안 좋다며 비행기가 안 뜨는 것이었다. 순간 느낀 건 '제길. 예감이 안 좋은데……' 였다. 아니나 다를까, 4시간 기다린 끝에 출발하긴 했는데… 공항에서부터 꼬였다. 당시 일본어를 모르는 모녀의 출발을 위해 마침 일본에 출장 갈 일이 있는 분 따라나선 거였지만 아버지가 그분에게 있을 장소, 주소 등 기본적인 사항을 전혀 말해 놓지 않아서 하마터면 입국심사를 통과하지 못할 뻔했던 것이다. 그래서 한밤까지 취조당하고 만… 윤햄의 일본에서의 생활은 그렇게 시작되었다. 아버지밖에 기댈 사람이 없는데 말이다.

게다가 더 황당했던 것은 오자마자 집에 먹을 게 아무것도 없었다는 것. 식구가 오기까지 평소 어머니에게 기대 사셨던 아버지는 근근이 바나나와 식빵, 우유로 버티셨다나? 그런 상태에서 억센 어머니의 능력을 믿는다며 한 달가량 멀리 북해도로 출장 가버리고 만 아버지… 덕분에 피를 본 것이 한두 가지가 아니었다.

식량 문제, 이것은 어머니가 어째 이째 해서 간단한 영어 단어에 손짓, 발짓 섞어서 슈퍼에서 필요한 물건 사는 걸로 해결했지만 그 대한의 어머니라고 해도 해결할 수 없었던 것이 바로 전학 문제였던 것이다.

보통 일본 학교는 4월부터 1학기가 시작된다. 고로 윤햄 일가가 도착했을 때에는 이미 입학식을 마친 상태라 아무 데나 비집고 들어가야 할 판이었는데 그런 자잘한 모든 수속을 도외시한 채 일본어 한마디도 할 줄 모르는 어머니랑 애들만 남겨두고 집을 장기간 비우신 아버지.' 아이들은 순진하게도 '우린 일본어 할 줄 모르니까 신주쿠에 있다는 한국 애들 다니는 학교 보내주실 거야. ^^*' 라고 굳게 믿었다. 그런데 불행히도 당시 한국인 학교는 수출대국으로 승승장구 중이던 탓에 일본지사로 발령 나온 집안의 애들이 많아 포화상태였던 것이다. 한국어로 수업하는 반과 일본어로 수업하는 재일교포용반 등 반이 한 학년당 2개밖에 안 되는 데다 한 반에 60명은 꽉 채운 상태였다고 한다. 한마디로 정원 초과. 그런 고로 4월 전에 미리 수속도 안 해둔 윤햄 집안 식구들 자리는 있을 리가 없었다.

그래도 첫 번째로 본 딸이라고 언니는 아버지가 사력을 다해 한국인 학교 중등부에 집어넣었다. 그래도 귀여운 셋째, 넷째라고 한국어 할 줄 아는 여교사가 있다는 학교를 수색해서 근처 초등학교 1학년, 2학년으로 집어넣었다. 마지막으로 귀한 아들이라고 네 살배기 아들 두 놈은 학교 갈 나이가 될 때까지 집안에 고이고이 모셔놓기로 했다.

그런데 유독 신발스럽게도 잡초처럼 키워온 둘째 윤햄만 근처에 있는 아무 학교나 집어넣기로 결정나고 만 것이다. 아무 학교나…. 말은 쉽다. 우리 나라도 아닌 외국, 그것도 일본처럼 절차 수속 등이 까다로운 바닥에서 그리 쉽게 전학이 될 리 없다. 없는데 아버지는 해내고 만 것이다. 군대의 '한다면 한다' 식이었다. 묘한 곳에서도 군대 정신을 발휘하는 양반이었다.

그때 윤햄 집이 이사 간 곳은 흔히 말하는 물 좋은 동네였다. 한적한 주택가. 보이는 건 전부 다 널찍한 정원이 보이는 우아한 2층집이거나 고급맨션, 그런 주거환경이었다. 나중에 알고 보니 총리도 살았던 동네라고 한다. 돈이 넘쳐 나서 그런 데로 이사 간 게 아니라 워낙 식구가 많다 보니 빚져서라도 넓은 데서 살아야 할 형편이었기에 애들 머리 숫자대로 수용할 수 있는 공간 넓은 데를 찾다 보니 그렇게 된 것이다. 그래서 사립학교를 비롯해서 성적 좋은 학교가 많았고 시설도 대체로 좋은 편이었다. 그런데…

소문과는 달리 첫 번째 중학교는 막상 시찰하러 가보니 무슨 미용실습소 같았다. 들어간 순간부터 눈에 띄는 빨간색, 노란색, 파란색 등 온갖 현란한 색채가 나풀거리고 있었던 것이다. 알고 보니 '국제학교'라고 해서 미국인, 영국인 등 해외에서 온 외국인 자녀와 외국에서 살다 온 귀국자녀들이 다니는 특수학교. 아버지는 귀찮아서 그냥 염색시키고 보낼까 그런 생각도 했지만 초등학교 선생님 출신인 엄마가 말려서 다른 학교 찾는 걸로 낙찰을 봤다(불행인지 다행인지는 아무도 모른다).

그 다음 학교는 교복 입고 단정하고 조용하긴 했는데… 문제는 집에서 거리가 조금 먼 데다가 일본 학교는 일단 한 동네면 버스 통학은 무조건 금지였다. 동네의 끝과 끝에 위치하고 있어 걸어가는 데 40분 이상 걸려도 말이다. 그 소식을 접한 귀차니즘 윤햄은 죽어도 못 간다고 해서 다른 학교를 더 찾아보기로 했다. 그렇게 해서 우여곡절 끝에 걸어서 다닐 수 있는 학교를 찾게 되었다.

첫날 이미지를 별로 안 생각하는 편인 윤햄은 그냥 아무 옷이나 대충 걸치고 갔다. 밝은 연둣빛 원피스에 체크무늬 있던 복장으로 기억한다. 거기다가 색깔 맞춘 스타킹과 구두에 긴 머리 역시 대충 올리고 갔던 것이다. 그런 복장으로 우울한 색채의 교복 투성이인 학교에 찾아가니… 당연히 눈에 튀었다. 남자애들은 영화 '친구'에 나오는 검정색 교복 입고 있었고, 여자애들은 단정한 군청색 교복을 걸치고 있었으니 말이다. 교복 집단의 신기한 동물 보는 듯한 눈초리에도 불구하고 당당하게 고개를 들고 면접 보러 간 아버지와 윤햄. 학생답지 못한 이미지 때문인지 교장이 오지 말라는 것이었다! 변명하기를… '우리 학교는 입시 학교다. 고등학교 시험 쳐서 좋은 데로 갈 생각이 있는 애들만 와서 치열하게 공부만 한다. 그러니 일본어 할 줄 모르면 수업 따라가기 힘들 거다. 한국어 할 줄 아는 교사가 없다' 등 쓸데없는 설명만 길었던 걸로 안다. 원래 사람 말 잘 안 듣는 경향이 있는 아버지는 그 모든 설명을 한 큐에 흘려듣고는 뜬금없이,

「한국인 차별입니까? -_-」

라고 쿨하게 대꾸해 주었다. 한국인 차별… 당시 일본에서는 무지 신경 쓰이는 단어 중 한마디였다. 86 아시안 게임 이전에는 '한국이랑 놀지 말라' 등 극우파 기사도 간간이 보였지만 아시안 게임 이야기가 나올 때부터 갑자기 '한국과 친해야 한다', '중국과도 놀자', '다 같은 아시아다' 그런 기사가 많이 보이기 시작해서 가급적 세계와 친해지려는 일본. 아시아와 하나가 되려는 일본. 그런 컨셉으로 사람들이 스스로를 끼어맞추기 시작하던 때라 그랬던 것이다. 난데없는 한국인의 입에서 튀어나온 '한국인 차별입니까?' 이 불퉁한 한마디는 교장 선생님과 교감 선생님의 입을 막는 데 효과적이었다.

교장 「아니, 그게 아니라…….」

이어서 나온 고백. 실은 옛날부터 이 주변은 대대로 살아온 집안이 많아서 그런지 텃세가 심하다는 것이었다. 특히 지난달에는 중3인 대만 남학생이 반년 만에 울면서 대만에 돌아갈 정도였다.

선생님이라고 해도 애들을 어떻게 제지하기 힘든 상황이라는 것
이었다. 그러나 아버지는 그런 안 좋은 상황은 한마디도, 단 한 마
디도 딸에게 통역하지 않고 혼자 결정을 내려 버렸다. 이유는 말
할 것도 없이 더는 학교 찾아다니기가 귀찮아서였다.

딸에게는 '좋은 학교래. ^_^' 이 말 한마디만 하고 교장 선생님
에게는,

아버지 「제 딸은 근성이 있습니다. 한다면 한다, 까라면 깐다.
이게 저희 집 가훈이죠. 음화핫! 걱정 마십시오. 반년내로 이 학교
애들 정도야 충분히 접수할 수 있습니다. 만약 사고치거나 하면
자르십쇼.」

라고 묘한 장담을 하며 맘대로 서류에 도장을 찍었던 것이다.
순간 교장&교감 선생님은 '그래도 아직 어린 여자 아이인데' 라고
안쓰러운 표정을 지으려다 윤햄의 패션, 표정을 보더니 무정하게
도,

「확실히 근성있어 보이네요. 뭐, 괜찮겠네요. -_-」

라는 것이었다. 이렇게 해서 윤햄의 S중 전학이 어른들 맘대로
진행되고 만 것이다. 일단 받아들인다고 결심하자 일본 중학교의
대응은 참으로 놀라웠다. 그 자리에서 수속 다 밟아주고 어쩌고
한 것이다. 교복 맞추기까지 일사천리. 그리고 일본어를 알아듣지
못하는 윤햄을 앞에 두고 어른들끼리 계속 궁시렁궁시렁 대책회
의가 이어지려고 했지만…

교장「그럼 어느 반에 보내야 잘 버틸 수 있을까요?」

교감「역시 카리스마 잇세이(一成) 선생님이…….」

아버지「그럼 다 된 걸로 알고 저는 이만.」

교감「아, 아버님 아직 반 배정 등이 안 정해졌는데 가시면…….」

아버지「다 맡기겠습니다. -_-」

교감「그, 그렇지만 첫날 정도는 따님 옆에 있어주시는 게 낫지 않을까요? -_-;」

교장「담임 선생님도 안 뵙고 가시는 건 조금 그렇지 않습니까? 인사 정도는 하고 반 분위기도 살피시고… 어쩌고저쩌고.」

아버지「저희 아버지도 교육자였습니다(주: 할아버지 직업이 중학교 교장 선생님이셨다. 참고로 선글라스 끼고 학교 출근하는 그런 날라리 교육자였다). 저희 어머니도 가정과 선생님이었습니다. 저희 누님도 열혈 교육자입니다(주: 고모 역시 할아버지의 뒤를 이어 교장 선생님). 제 마누라도 초등학교 선생이었습니다. 그런고로 저는 교육자만 믿습니다! 교육자 집안에서 교육자를 믿지 않으면 누굴 믿는단 말입니까(열변)!!」

교장「-_-!」

교감「아, 아버님…….」

교장「이, 이런 감동이…….」

교감「그렇게까지 믿어주신다니.」

아버지 「그럼 애는 두고 갑니다~」

말이 좋아 믿는 거지 실은 학교 전학이 받아들여진 이상 더 있을 필요가 없겠다. 집에 들러서 점심 먹고 회사 출근해야지~ 하고 만사가 귀찮아진 아버지였다. 하지만 티 안 내고 튀는 데 성공한 아버지. 딸 내버려 두고 가버리는 비정한 남자를 부친으로 둔 죄로 이지메당하기 쉬운 사춘기에 전학 첫날부터 초록 원피스로 수업받게 된 것이다. 밥, 화장실 등 아주 기초적인 거 빼고는 말을 알아들을 리 없으니 녹차만 홀짝홀짝 마시면서 집에 가고 싶다고 온몸으로 애처롭게 몸부림치던 윤햄. 이윽고 노크 소리에 이어 한 남자가 들어왔다.

키 160 정도, 헤어 스타일은 앞부분이 약간 벗겨진 대머리, 얼굴형은 복스럽게 생긴 도토리, 추정 연령 50대 초반. 그때는 몰랐지만 사람 좋게 생긴 그 중년 아저씨의 정체는… 교장을 능가하는 카리스마와 지도 능력으로 날고 뛰는 불량스러운 애들을 한 큐에 풍기위원실(생활지도부)에 집어 던져 버린다는 수학 주임이자 학년 주임인 넘버3 카리스마 잇세이 선생님이었다!

잇세이 「홍홍, 얘가 그 전학생인가요? 그럼 이만 가보겠습니다. 이리 오렴. 홍홍.」

아버지처럼 교장&교감 선생님의 설명을 한 귀에서 한 귀로 흘려듣는 걸 보고 어쩌면 아버지와 같은 계열일지도 모른다는 생각에 얌전하게 따라서 반에 가게 된 윤햄. 그렇게 해서 본격적인 학원 생활이 시작되었다.

잠깐 학교 설명을 더 하자면 꽤 잘 나가는 학교였다. 애들한테 잔소리 안 해도 공부 잘하고 운동 적당히 하고 하는 소위 일류대학 진학만을 오로지 인생의 목표로 삼는 전형적인 진학 전용 학교였다. 언뜻 보기에는 아무런 문제 없는 평화로운 곳, 모든 선생님들이 바라는 유토피아로 보이지만 정작 한발 들어서면 전혀 그렇지 않은 DMZ이었다. 애들답게 주절주절 시끄러운 복도를 지나가는데 4층 가장 어린 1학년은 무조건 젤 높은 층이었다(구석으로 다가갈수록 조용했다). 태풍 속 눈이랄까. 그 정도로 고요한 교실이 딱 한 군데 있었던 것이다. 바로 카리스마 잇세이 선생님이 담임을 맡고 있는 1학년 1반이었다. 나중에 알게 되었지만 원래는 반 배정은 성적순. 아무튼 1학년 1반만은 본격적인 수업이 시작되지 않았음에도 불구하고 학년 톱인 반답게 고요했던 것이다. 담임 선생님이 들어오자 한층 더 조용해진 교실.

잇세이 「흥흥, 오늘은 전학생이 왔으니 아침 조회는 대충 생략하기로 하고 다들 인사부터.」

순간 웅성거릴 만도 한데 여전히 조용한 교실. 윤햄은 왠지 기분 더러워지기 시작했다. '이게 인간이 사는 세상이냐. 애들이면 애들답게 조금 떠들고 살아!' 그런 감상을 품었기에……

잇세이 「한국에서 왔고 나이는 똑같고 어쩌고저쩌고…그럼 자기소개나 한번 들어볼까?」

담임의 설명은 알아서 한 귀에서 한 귀로 흘러들었다. 그래도 눈치 하나만은 빠른 윤햄. 제대로 알아듣지 못해도 선생님 말이 끝나자마자 힘차게 한 손 번쩍 들고 인사한 것이었다.

윤햄 「오하요(안령)~」

학생들 「……」

순간 알 수 없는 늪과도 같은 침묵이 반을 엄습했다. 나중에 들은 친구 말로는 보통 평범한 애들은 선생님이 앞에 있는 만큼 '안녕하세요(오하요 고자이마스)~' 등 존칭부터 쓰는데 선생님 앞, 그것도 잇세이 선생님 앞에서 반말로 인사하는 인간은 처음 봐서 놀랐다는 것이다. 그리고 일어 전혀 못한다고 들었는데 처음부터 반말해서 놀랐다고 한다.

윤햄 「와타시 윤 짱. 요로시쿠(나 윤. 잘 부탁해. 아님 말고). -_-」

대만에서 온 중3 남학생도 울고 돌아가게 만들 정도로 텃세와 이지메가 횡행하는 타지에서 처음부터 반말하는 전학생 윤햄은 이렇게 해서 파란만장하게도 멋도 모르고 선전포고에 가까운 자기소개 하는 걸로 중학교 생활을 시작하게 되었다.

Play Ball —Song By Utada Hikaru

알 수 없는 침묵 가운데 자기소개를 마친 윤햄.

잇세이 「자, 자기소개도 끝났고. 참 발랄하죠? 홍홍, 그럼 누구 옆에 앉힐까?」

순간 긴장하는 학생들이었다. 말할 것도 없이 옆에 앉게 되는 짝이 보통 전학생 수발 들어줘야 하기 때문이었다! 첫인상이 첫인상인지라 보통 외국인 여자애가 전학왔다고 하면,

「제가 할게요.」

라고 한두 명은 자원 봉사자가 나올 만도 하지만 이번 전학생만큼은 다들 떠맡기 싫은 표정이었다. 그걸 아는지 모르는지 입가에

어딘가 음흉한 미소를 띤 잇세이 선생님.

잇세이 「반장, 그리고 XX 군, XX 군.」

담임이 호명하는 학생은 전부 남자였다. 저승사자에게 호출당하는 표정으로 주르르륵 나오는 학생들.

잇세이 「그럼 아예 이 멤버로 조를 만들기로 하고. 반장인 이케다 군이 일단 조장을 맡고 와다 군이 짝을 맡고, 앉는 순서는 선생님이 시키는 대로.」

그제야 웅성웅성. 알고 보니 쟁쟁한 멤버들이었던 것이다. 하지만 전학생인 윤햄이 그런 사정까지 알 리 없는 고로 소년들을 바라보는 눈빛은 지극히 무덤덤했다.

먼저 반장인 이케다 에이치로(池田 英一郞). 깐깐하고 규칙에 시끄럽고 잔소리 심한 성격인 것을 어떻게 반 애들이 초반부터 파악했는지 거의 만장일치로 반장에 뽑힌 소년이었다. 좋아하는 건 바른말, 싫어하는 건 억지. 성적 나름대로 우수하며 훤칠한 키와 진지한 성격을 살려서 농구부에서 활동하고 있었다. 선생님이 하라니 하는 수밖에… 그런 표정이었으나 설마 깐깐한 모범생 반장과 털털한 천방지축 소녀가 의형제, 아니, 부녀의 연을 맺게 되리라고는 아무도 상상하지 못하고 있었다.

와다 가즈히로(和田 一宏). 학교에서 개기는 인간이 없는, 학생들도, 선생님들도 두려워하는 어둠의 군주였다. 보통 학교에서 1등 해먹는다고 하면 조용히 공부만 하거나 운동하는 애들한테 눌려서 산다거나 선생님한테 찰싹 달라붙어 산다거나 할 텐데 이 소년은 조금 특이했다. 언제 공부하는지 모를 정도로 언뜻 보면 공부를 안 한 그의 아이큐는… 192였던 것이다. 취미가 음모라고 할 정도로 선생님이 잘 키우라고 맡긴 윤햄을 돌봐주기는커녕 사자가 새끼를 절벽에서 등 밀듯이 온갖 시련을 안겨준 소년이기도 하다. 애들이 두려워할 정도로 카리스마와 잔머리를 갖춘 그는 자연스럽게 학교 임원직인 위원장을 맡고 있었고 특이하게도 축구를 좋아해서 축구부에 들어가서 개성발랄하게 축구를 하고 있었다.

모리 시게루(森 重). 교수집 외동아들이라는 설명을 들으면 누구나 '역시' 라는 말을 하게 만드는 영국 신사였다. 인기없는 축구부에 친구 따라 들어가는 바람에 인재가 마땅히 없어 1학년부터 주장을 맡고 있었다. 그러나 역시 와다의 친구다운 엉뚱한 면이 약간 있지만 그나마 상식있는 축에 속했다.

마루야마(丸山). 생김새가 동굴하게 생겼다고 해서 별명이 마루(동굴이). 안경을 쓴 전형적인 모범 소년으로 반듯한 언행과 타이름, 고자질이란 사악한 3대 스킬을 사용해서 두고두고 윤햄을 정신적으로 고문했다. 때와 장소를 가리지 않는 반듯함은 가끔 인간을 고문한다는 것을 알게 해주었다.

마츠시타(松下). 이름 네 글자를 짧게 줄여서 마츠. 사람은 좋지만 목소리가 커서 비밀 이야기는 절대로 할 수 없게 만드는 치명적인 단점을 지닌 소년이었다. 전형적인 운동소년이었으나 중3

봄에 그를 기습한 불행(?) 때문에 남다른 인생을 걸어야 했던 불운의 소년이기도 하다. 재벌인 마츠시타 그룹과는 아무런 상관이 없다고 한다. 학창시절 내내 윤햄의 몸빵을 해준 좋은 소년이라고 일단 해두자.

오오타니(大谷). 역시 이름 네 글자를 줄여서 타니. 마츠의 단짝. 운동으로 입학한 특기생 소년이 되겠으며 마츠보다는 지능이 약간 더 높아서인지 음흉하다(주: 장난이 엄청 심함). 친구 마츠와 함께 당한 불행(?) 때문에 그 역시 남다른 인생을 걸어야만 했다.

보통 조 비율은 여자 3: 남자 3, 혹은 여자 3: 남자 4의 비율이 정답일 텐데 잇세이 선생님은 무사히 졸업하라고 이런 멤버로 여자 1(윤햄)vs남자 6이라는 기형적인 구성으로 조를 짜버린 것이다. 이유는 이 멤버가 조를 맡으면 차마 갈굴 용기 있는 애들이 없을 것이며 언뜻 보기에도 한 '발랄' 하게 생긴 윤햄이 자연스럽게 인간사회에서 갖춰야 할 예의와 지성과 교양을 갖춘 아가씨로 반듯하게 자라지 않을까? 망아지처럼 날뛰면 애들이 알아서 패서라도 인간 만들겠지 뭐 그런 마음에서 짠 구성이라고 한다(주: 난 망아지가 아니에욧! 하고 나중에서야 내막을 알고 항의했지만 때는 이미 늦은 뒷북성 항의였다).

사람의 인격은 언제쯤 완성될까? 유치원까지는 부모 탓이라고 하자. 주로 보고 배우는 대상이 부모님이니까. 그러다 조금 더 커서 초등학생이 되면 주변 누나, 형들을 보고 배울 것이다. 그리고 중학생이 되면 친구의 영향이 더 커질 테고.

윤햄이 개성발랄하게 크게 된 것은 태어나고 자란 환경도 환경이거니와 타고난 천성이란 것도 있겠지만 무엇보다도 중학교 생활이라고 할 수 있겠다. 주변 친구들이 친구가 아닌 악우(惡友) 수준이었던 것이다. 아무튼 잇세이 선생님의 카리스마 넘치는 지시에 따라 남자 6명에게 둘러싸여서 중딩 생활을 스타트하게 된 윤햄, 그 표정은 뚱했다. 왜! 왜! 왜! 친절하고 귀여운 여학생들이 아니라 이런 산적 같은 남자들이란 말이야(주: 중1인 주제에 이미 평균 신장이 175를 넘은 놈들이었다)!! 이런 심정이었던 것이다.

여기에서 한 가지 추가하자면… 여자들은 결코 혼자 화장실 가지 않는다. 1m를 이동하더라도 집단이동하는 것이 여자들인데 여자는 달랑 윤햄 1, 남자는 6. 이 멤버로 화장실 등등의 문제는 어찌 해결하란 말이오!! 이런 억하심정이었던 것이다.

하나 적응력이 뛰어난 윤햄. 어디에다 버려도 잘사는 탁월한 생존본능을 지닌 '폭력 햄스터 햄'이 별명인 걸 봐도 알 수 있다. 곧 남자들에게 둘러싸여도 편한 심정으로 살던 대로 살게 되었으니……. 두둥. 이내 화장실 같이 가자~ 등의 말을 서슴없이 내뱉어서 남자들 입을 닥치게 만들면서 잘살게 되는 것이었다.

그렇다고 해서 안 갈 수도 없고. 같이 안 가줄 수도 없는 상황이었던 것이 윤햄은 천하무적 길치였다! 한눈팔면 바로 국제미아 되는 그런 신세였던 탓에 길치인 것을 알게 되자 그들 중 한 명은 화장실까지 관리해야 하는 그런 신발스러운 상황에 몰린 것이다. 처음부터 잠깐만 방치해도 길 잃는다는 걸 알게 되고,

윤햄「잇쇼니 토이레~ 토이레(같이 화장실 가자~ 화장실! 화장실!!)!!」

이렇게 바둥대는 윤햄 보고 자연스럽게 표정이 긴박감 넘치게 된 소년 6. 마츠&타니와 같은 목소리 큰 콤비는 목청껏,

마츠「여자랑! 여자 화장실까지 남자가 어떻게 가!! 난 못 가!! 배 째!!」

타니「꺄아아아아아악!! 애들이 날 보고 놀릴 거야!!」

라고 난동을 부렸고, 와다&이케다는 조용히,

와다「내가 가리? 가야겠니?」

이케다「난 그런 거 못하거든(주: 그래서 어쩌라고 발언)?」

라고 군번타령하며 카리스마 버전으로 눌렀고 모리 소년은 당황한 소년답게 귓부분이 빨개져서 '불쌍하다'는 동정심을 자연스럽게 유발시켰다. 덕분에 얼떨결에 아무 말도 아무 표현도 못했던 모범생 마루야마 소년이 '화장실 같이 가는 유모' 역할을 떠맡게 되었다.

마루「내, 내가… 왜! 왜?! 왜!!」

모두「당첨 축.」

와다「알고 보면 적성에 맞을지도.」

마루 「이건 이지메야! 이지메(쿵)!!」

늦게나마 자신의 처지를 알게 된 마루 소년. 그러나 때는 이미 늦었으니. 두둥~

얼떨결에 애 하나 맡게 된 6소년. 그것도 말도 제대로 안 통할 게 분명한 외국 소녀. 처음에는 적지 않게 당혹스러웠으나…

이케다 ☞선생님이 믿어주시니… 해야 하는 건가(먼산).

와다 ☞애완 하나 늘었군. 훗. -_-v

모리 ☞어떻게 하란 거지? -_-

마루 ☞엄마가 공부하라고 했는데! 엄마가! 엄마가!

마츠 ☞뭐야, 뭐야. 왜 하필 나란 말이야!

타니 ☞오오! 어설픈 육성 시뮬 게임이다!

이런 체념으로 곧 바뀌었다. 포기란 걸 알고 있는 소년들이었던 것이다. 자리는 선생님 바로 맞은편, 즉 교실 맨 앞쪽 중앙이라는 선생님이 제일 보기 쉬운, 이른바 관찰+감시+관리하기 쉬운 최고의 명당(?)이었다. 그 명당 속에서 떡대 6명이 둘러싼, 한가운데 앉게 된 윤햄. 제길. 수다도 못 떨겠군. 그런 심정이었다. 어느새 자신이 일본어 한마디 제대로 하지 못한다는 것은 잊고 있는 그녀였다. 이윽고 잇세이 선생님은 그날 지시만 내리고는 이내 자신의 수업을 기다리고 있을 중생들 찾아 길을 떠나시고, 수업이 시작하기까지 약 15분 되는 쉬는 시간을 이용해서 소년 6은 머리를 마주대고 긴급 대책회의를 시작했다.

마루「어떡해! 어떡해! 나 공부할 시간도 부족한데!!」

모리「뭐라고 말해야 해? 앉아, 일어나, 먹어, 이럴 수도 없고. 뭐라고 설명하지. -_-:」

와다「나 중국어는 조금 하지만. 한국어는 아직 손도 안 댄 상태인데. 내일부터 한글 내가 배워야 하나. 아무래도 이 녀석이 일어 배우는 것보다 그게 더 빠르겠지(주:당시 와다는 이미 북경어와 불어, 영어를 어째서인지는 모르지만 공부해 둔 상태였다. 그리고 독일어를 독학하기 시작하고 있었다. 한마디로 재수없는 놈이었던 것이다)?」

이케다「그래도 영어는 알아듣지 않을까? -_-」

마루「엄마한테는 영어공부 하는 셈이라고 해야 하나. 뭐라고 하지. 끙끙.」

타니&마츠「영어만 통한다면 우린 빠진다(비장미)! -_-」

윤행「-_- (뭐라고 지껄이는 거야)??」

와다「한번 지능수준을 시험해 보지. *****************?」

윤행「-_- (웬 중국어? 웬 불어? 웬 이탈리아어야!)??」

와다와 윤행을 마냥 바라보는 5소년.

윤행「**********************(있잖아요. 나 누구예요, 나 어디서 왔어요 등 어느 정도는 말하는데 한국어가 제일 편해요. 그러니 한국어로 말하든지 짧은 영어 단어로 설명해 주세요. 플리즈).」

와다「****************************.」

아버지가 세계 어디를 가나 길 잃어먹더라도 곤란하지 말라고 각 기초회화, 인사말 등은 외우게 했다. 길치인 딸을 위해. 그리고 지금 그 엉뚱한 영재교육의 효과가 드디어 결실을 맺고 있었다! 장난 삼아 중국어로 주로 말을 걸어오는 와다 소년. 중국 아이 몇몇은 있다니 이 정도는 외워라, 라고 건네준 아버지가 적어준 메모대로 무식하게 암기만 한 중국어로 맞대응하는 윤햄. 정말 어릴 때니 외우라는 대로 다 외운 거지 크고 나면 힘들 게 분명한 세뇌교육임은 말할 것도 없었다.

와다 「후우…….」

5소년 「……(두근두근).」

와다 「발음 정확, 단어 정확. 간단한 인사말 정도는 일어나 중국어나 영어 통하니 설명 같은 건 영어로 통일하기로 하고.」

모리&이케다&마루 「불행 중 다행. −_−;」

마츠&타니 「우린 빠진다! −0−」

와다 「눈치 빠르니 바디 랭기지도 충분히 통할 거 같은데? −_−」

마츠&타니 「오오! 그래? −_−;」

어딘가 비굴해 보이는 타니&마츠의 반응.

와다 「일단 애 아버지는 일어 잘한다니까 아침, 저녁마다 교대로 바래다주는 김에 집에 찾아가서 아버지한테 그날 준비물 등 설명해서 빼먹지 않게 하고 평소 대화는 영어나 바디 랭기지로 때운다. OK!!」

이케다&마루&모리「OK.」

타니&마츠「얘 아버지? 신발! 너무한 거 아냐?! 집에서도 아버지랑 하루 5분도 대화하지 않는데 남의 아버지랑 대화할 시간이 있을 리가 없잖아(중얼중얼)!」「아줌마는 몰라도 아저씨는 반사! 안 할래! 고문이야! 고문(궁시렁궁시렁)!」

와다「이상. 실시!! -_-」

5소년「시, 실시……. -_-:::」

윤햄「-_- (뭐라는 거야. 대체).」

아무튼 그렇게 해서 대충 학교 정해지고, 반도 정해지고, 봐줄 유모 6소년 구하고 소년들 대책 대충 마련한 후 첫 수업을 기다리게 되었는데… 두둥~

첫 수업은 아침부터 체육이었다! 와다 소년들은 옷 갈아입으러 옆 반으로 가버리고 홀로 남겨진 윤햄.

윤햄「-_- (왜 남자들 말도 없이 다 나가는 거지?)」

아무도 설명해 주지 않는, 아니, 설명해 줄 수 없는 이 상황. 난생 처음으로 고독을 씹었다. 애들이 옷 갈아입기 시작하든 말든 잠시 먼 산을 바라보던 윤햄.

미소녀 1「아노(있잖아)~」

말 걸어오는 이가 있기에 뭐야, 하고 바라보니 길고 긴 스트레이트 머리에 큰 눈망울이 예쁘고 얼굴이 뽀얀 여자애 하나가 싱글벙글 웃으면서 쳐다보고 있었던 것이다.

유창한 영어로 '다음 시간이 체육 시간이야. 반 2개를 합치고 남자, 여자로 나뉘어서 수업해. 남자애들 옷 갈아입으러 나가 버렸나 보지? 오늘은 체육복 없으니 그냥 견학해야 해. 따라와. 체육관까지 데려다 줄게. ^^:' 라고 설명해 주었으니… 훗날 친하게 되는 다카하시 마이(高橋 麻衣)여사였다.

마이 짱은 어릴 때부터 집안 사정 때문에 영국을 다녀온 터라 영어를 조금 할 줄 아는 애였으나 평소에는 워낙 그런 티를 안 내는 성격이라 여자애들 표정은 '오오' 였다.

소녀1「마이 짱, 스고이(굉장해. 멋져)!! -0-」

소녀2「와아~」

이렇게 해서 첫 수업을 빼먹지 않고 체육관까지 무사히 가게 된 윤햄. 친절하게도 마이 짱은 자기도 덩달아 견학 신청하는 것이었다. 체육복을 잊고 오거나 아파서 체육 수업을 못할 경우에는 견학 사유서 써야 한다면서. 지겨운 서류천국. 윤햄의 사유서까지 적어준 그녀. 그리고는 재잘재잘 설명해 주는 것이었다. 그러나 이내 윤햄의 표정은 피곤으로 되어버리고 말았다. 말 대충 알아듣는 건 편하다. 하나 영어!

'내가 중1인데. 중1 1학기도 안 마쳤는데! 영어 공부 하러 왔냐?! 아아아아악, 골 때려!!'

이런 심정이었던 것이다. 다들 윤햄 심정 이해하리라 믿는다. 아님 말구. 이야기를 들어보니 마이 짱은 여자 반장을 맡고 있으며 보통 수업이 끝나면 여자 테니스부에서 한두 시간 정도 테니스 하고 난 후에 입시학원 가서 고딩 진학 준비를 한다고 했다. 그리 고는 시간 되면 발레 배우러 가거나 피아노 배우러 간다는 것이었 다. 놀랍게도 입시 학원을 3군데나 댕긴다는 것이었다. 월수금. 화목. 토일. 이렇게 3군데나. 거기다 발레, 피아노 학원… 피곤한 동네다. 이게 첫 감상이었다.

하긴 학생 실태 조사를 시켜보면 방과 후 공부하는 시간이—학 원, 과외, 자습 등—1학년 하루 평균 6시간, 2학년&3학년 8시간이 라는 무지막지한 동네였다.

윤햄「모시카시테 에블바디(설마 다들 그렇게 사는 건…)? ─_─」

마이「다들 보통 한두 군데는 학원 다녀. 난 내가 좋아서 더 다 니는 거고. 만약에 가고 싶은 학교나 입고 싶은 학교 교복이 있는 데 못 가면 조금 그렇잖아. 나중에 실망하고 싶지 않아서. ^_^:::」

윤햄「오~ 노우~ ─_─:::」

이렇게 해서 선생님들 지시사항 등은 알 리가 없는—알아도 무 시하고 남을—윤햄은,

윤햄「마이 짱만 붙어 다니자! ─0─」

마이「??」

라고 결심을 굳히지만 체육 수업이 끝나자마자 목덜미부터 잡 히고 만다. 와다 손에 질질 끌려서 이과(생물, 화학 등등 과학 수업) 수업 들으러 이과 전용 교실로 이동하게 된 것이다.

와다「잡담은 거기까지. 자, 다음 수업 시간은 생물 시간이야.」

윤햄「놔(바둥바둥)!」

마이「아…….」

와다「수고. 그럼 이제부터 우린 선생님 지시 때문에. ㅡ_ㅡ」

마이「응. 쇼~가나이나(할 수 없네). 윤짱 빠잇. ^_^;」

윤햄「우워~ ㅜ^ㅜ」

마치 엄마 닭과 억지로 헤어지는 햇병아리 심정이었다(날아오는 바위 무더기 피해보는……).

그렇게 해서 6소년들의 철저한 관리 하에 수업을 받으러 이 교실 저 교실 이동할 때마다 도움받고, 화장실 갈 때마다 미아 되어서 반 애들 진땀 빼게 하고 분명히 목적지는 교실 맞은편 화장실이었는데 어쩌다 정신을 차리고 보니 후문이었던 것이다. 그 후 화장실 갈 때도 관리받은 것은 말할 것도 없었다.

그리고 기다리고 기다리던 점심 시간. 일본 학교는 보통 유치원 때부터 급식을 준다. 고로 이 중학교도 급식체제였다. 그런데 문제는…

윤햄「…….」

와다「그냥 먹어. 그렇게 째려본들 소용없어. 삼 년은 먹을 양식이니. ㅡ_ㅡ」

윤햄「…….」

마루「외국인이 먹어도 더럽게 맛없는가 보네.」

와다「마루가 방금 뭐라고 말했냐면 '외국 놈이 먹어도 더럽게 맛이 없나 보다. 푸핫' 그랬어.」

윤햄「외국 놈은 인간이 아니더냐! 퍼퍼퍼퍽.」

마루「뭐, 뭐야. 내가 뭘 어쨌다고 나만 매일 패고 그래?! ㅜ^ㅜ」

와다「이해해라. 난폭한가 보다, 타고난 성질이. 자, 빵.」

윤햄「-_-+」

여기에서 우리는 두 가지 심각한 문제, 윤햄의 창창한 학창시절에 한 가닥 구름을 던질 문제를 두 가지 찾아볼 수 있다.

하나는 대화에서 익히 알 수 있듯이 급식이… 국은 무슨 걸레 빨아서 국물 우려낸다는 소문이 있을 정도로 맛없고, 밥은 밥대로 무슨 수세미로 빡빡 밀어낸 것처럼 팍팍했고, 반찬은 반찬대로 뭘 씹는지 재료의 정체를 알 수 없을 정도로 맛없다는 것. 꼬박꼬박 나오는 우유는 무슨 맹물 탄 우유 같았고, 매일 나오는 빵 역시 푸석함에 있어서는 타의 추종을 불허했다. 아무튼 맛없음에도 가지가지가 있다는 점을 알게 해줄 정도로 지독하게 맛이 없었다는 점.

그리고 또 하나의 문제는 와다의 통역 능력이었다. 아니, 능력에는 전혀 문제가 없으니 통역사로서의 자질문제 되겠다. 보통 평범한 사람이 통역을 맡게 되면 그게 자원봉사든 돈을 받고 하는 통역이든 자연히 이런 마음이 된다고 한다.

'아, 이 사람은 말이 안 통해 답답한 나머지 나에게 Help 요청

한 모양이니 내가 처음 외국어 배울 때 답답했던 걸 생각해서라도 오해가 없게 잘하자. ^^'

이게 보통이다. 물론 돈 받았으면 더 서비스가 좋아지겠지만……. 그런데 와다 놈은 통역을 해도 사람들을 자연히 오해하게 만드는 것이었다. 재미있다는 이유 하나만으로! 아무튼 이런 두 가지 장애요인이 앞으로의 험난함을 익히 예고하고 있었다. 두둥~

요즘 한국에서 TV를 보니 보통 급식은 식당에서 담당하는 아줌마가 배급해 주는 모양인데 일본은… S중은 아니었다. 아줌마가 만들어서 반 분량을 채워서 수레에 실어주면 그날 당번 혹은 일주일 급식 당번이 알아서 수거해 가서 나눠 준 후 알아서 다시 돌려주는 시스템이 되겠다. 아울러 한 달에 한 번 그 달 메뉴판이란 게 미리 나오는데 이 메뉴판이 나오는 월 초순은 언제나 맛 비평에 애들을 여념없게 만들어주었다. 앞서 말했듯이 맛없음에도 종류가 있다는 걸 뼈저리게 느끼게 해주는 음식들이었기에 덕분에 점심 많이 먹는 여자애들이 없어 S중 여자애치고 살찐 애는 극히 드물었고, 보통은 빵, 우유로 간단하게 때우고 말게 되어 저절로 다이어트하게 해주는 환경이었다. 남자애들은 조금 맛있는 거 조금 줘봐요! 하면서도 잘만 먹었다. 아니, 없어서 못 먹을 정도였다. 그렇게 맛없는 급식이었건만 언제나 배고프기 마련인 사춘기 소년들은 잘만 먹고 잘만 살았다. 집에서 꼬박꼬박 밥 줄 텐데도

불구하고 얼마나 굶주리고 사는지, 모자란다고 언제나 아우성이
었다.

　한 번은 이런 일도 있었다. 그날 메뉴는 아일랜드 스튜와 찍어
먹을 빵, 과일 등등이 많이 나온 날이었다. 그날 아줌마가 반찬을
일일이 만들기가 귀찮았던 모양이었다. 그래서 오늘은 또 얼마나
맛없을까 하고 질린 표정으로 오로지 배급해 주기만을 기다렸던
윤햄 일행. 그런데 굶주린 이 늑대 소년들이 엎은 것이다, 스튜 통
을!

　윤햄「뭐야. -_-+」

　와다「마치 햄 같군. 덜렁대긴. 쯧. -_-」

　윤햄「왜 날 걸고넘어지는데! -_-+」

　소녀1「뭐야! 누가 먹어, 이런 걸?!」

　소녀2「할 수 없다. 오늘 굶어야 하나. -_-:::」

　더럽다고 손 안 대는 소녀들을 뒤로하고 유유히 여자애들 먹을
몫까지 엎어놓은 스튜에 빵 찍어 먹던 소년들. 선생님들은 식중독
사태가 벌어질까 염려했지만 끄떡도 없었다. 그 바닥에 버무려진
스튜 사태가 꽤 맘에 들었는지 스튜만 나오면 종종 이런 작태를
거행했고 그 후 그나마 맛있는 편에 속한다는 아일랜드 스튜는 학
교 메뉴판에서 영원히 사라지고 말았다. 두둥~ -_-^

　윤햄「이런 걸로 뭘 어떻게 먹고 살라는 거야! 다 나와!! -_-+」

　모리「……(토닥토닥).」

마루「윤햄이 또 흉폭해지려고 해. ㅜ^ㅜ」

와다「사탕이라도 던져. ㅡ_ㅡ」

모두「그런 게 어디에 있다고.」

이래서는 중요한 성장기에 굶어 죽겠다 싶었던 윤햄. 살기 위해서라면 교칙을 위반해야 한다고 굳은 결심을 하게 만든 순간이기도 했다. 여자애 몇몇이 사탕 몇 개 정도 주머니에 넣고 다니는 걸 봐도 그 정도는 남자 선생님들이 웃고 넘기는 걸 미리 잘 봐둔 탓이기도 했다. 쓸데없는 눈썰미 하나는 기가 막힌 윤햄이었던 것이다.

그러나 여느 평범한 소녀와는 달랐던 것은 다음날부터 바로 당당하게 사탕봉투 통째로 과자 한가득 싸들고 왔다는 것. 선생님이 뭐라고 하면 영어 한마디도 안 통하는 척, 말이 통하게 되어도 안 들리는 척 무시한 채 유유히 지나쳤다. 6소년이 끊임없이 주머니에서 나오는 사탕, 과자, 껌에 환호했던 것은 말할 것도 없다. 그들은 생각보다 쉽게 포섭할 수 있는, 싸게 먹히는 이들이었던 것이다.

마루「우와~ 무슨 마술사냐. 신기하네. ㅡ_ㅡ:::」

윤햄「퍼퍼퍽.」

마루「왜 패는데. 이유나 알자고. ㅜ^ㅜ」

윤햄「어차피 내 욕이야. 안 그래(세뇌 결과)?」

와다「단세포 윤햄한테 찍힌 게 죄지. 암, 그렇고말고. 내 탓 아님.」

모리「^^;」

타니&마츠「윤햄님, 공주님, 아니, 여왕님! 제발 과자를…….」

윤햄「오냐(거만).」

와다「의외로 꽤 쓸모가 많군. 머리 쓰다듬어 보아.」

마루「매일 나만 패. T^T」

와다「좋아, 좋아. 싹수가 있어 보여. 그럼 부실로 데리고 갈까?」

모리「축구부는 남자밖에 선수로 안 받는데?」

와다「바보.」

윤햄「-_-?」

윤햄은 미처 몰랐지만 그 순간이 바로 와다에게 스카우트된 순간이기도 했다. 와다 일파에 끌려간 윤햄의 운명은 과연……. 두둥~

보통 일본 학교 보면 풀장, 체육관, 강당 등 기본적인 시설이 잘 갖추어져 있어 수업 끝난 후의 특별활동도 비교적 왕성하다. 그중에서도 S중학교는 애들이 다 힘이 남아도는지 상당히 열악한 급식정책에도 불구하고 다들 특별활동 한두 가지 이상은 하는 것이었다. 그래서 당연히 윤햄도 음모에 의해 억지로 몇 개 들게 되었는데 그 내역을 공개하자면… 미술부, 어릴 때부터 함. 입상 경력

있음. 합창단 클럽, 말도 안 통하고 답답해서 일주일에 한 번은 꽤 액 소리 지르러 가는 클럽. 자수&뜨개질 클럽, 어쩌다가 일주일에 한 시간만 하게 된 클럽. 정작 들어가 보니 태반이 남자라서 놀라기도 한……. 그리고 마지막으로 대망의 축구부가 되겠다.

당시 S중학교뿐만 아니라 일본 각지에서 인기있는 특별활동은 다음과 같았다. 남자는 야구부, 배구부, 검도부, 럭비부 등등. 여자는 테니스부, 배드민턴부, 만화부 등등. 참고로 인기없는 걸 꼽자면, 그중 베스트 3에 항상 들던 것이 바로 축구부였다. 왜 축구가 인기없었냐면 미국처럼 야구가 압도적으로 인기가 많았고 당시에는 프로축구란 것이 아직 없어 같은 스포츠를 해도 축구를 한다고 하면 어딘가 마이너틱한 냄새, 음지의 냄새가 풍겨오는 것이었다. 그런고로 다른 부는 여자 매니저가 넘쳐 난리인데 축구부만은 유독 과거 10년간 매니저가 없었다. 두둥~

그런고로 평소 전국대회에 몇 번 진출하든 말든 선생님들도 별 관심이 없었고 그런 만큼 지원도 없는 데다 넘치는 운동부 때문에 항상 활동은 운동장 맨 구석이었다. 당시 일본 TV에서는 축구 관련 만화인 캡틴 츠바사를 열심히 틀어주면서 항상 '인기폭발!', '대박 만화!', '스포츠 만화의 진수!' 등 각종 미사여구 남발해서 관심을 끌려고 했지만 일선의 학생들 감각은?

「그.래.서?!」

이었다. 아무리 캡틴 츠바사가 '보~루와 도모타치(공은 내 친구)!!' 라고 애들을 유혹한들 끄덕도 없었던 것이다. 대신 이 주옥 같은 명대사들은 죄다 축구부 놀리는 데 쓰였다. 전반적인 국민들 호응이 부족하다고나 할까? 아무튼 이렇게 인기없는 배경도 있었지만 축구 하는 소년들에게 있어서 S중학교에는 또 하나의 중대한 걸림돌이 있었다. 걸림돌… 그것은 바로 다름 아닌 담당 선생님의 존재였던 것이다!

S중학교는 각종 운동부 담당 선생님을 정할 때 남자들은 우선 총각 우선으로 선정했는데 보통 인기있는 부서부터 선생님이 정해지기 마련이다.

농구부는 전국 베스트 4의 신화를 십몇 년째 사수하고 있는 우수한 지도능력을 자랑하는 체육 선생님이 맡고 있었다. 국가대표 선수도 몇 명 배출한 적이 있다.

배구부는 동경올림픽 이후 국민스포츠라고 해서 젊고 상큼하고 책임감있는 사회 선생님이 맡고 있어 배구부 활동을 보러 가는 건지, 아니면 멋진 총각 선생님과 롱다리 미소년 군단 보러 가는 건지 알 수 없을 정도로 소녀들의 광적인 지지를 받고 있었다.

테니스부는 귀족 스포츠 중 하나라는 산뜻한 이미지와 출중한 한 미소년 부장의 존재 덕분에 배구부와 마찬가지로 예선 1회전에서 대패해도 언제나 각광을 받고 있었다. 담당 선생님은 그저 무난했다.

럭비부는 럭비 명문 와세다에서 럭비 출신이었다는 열혈남아 선생님이 맡아 자기 돈 내가면서 애들 독려하고 있었다. 대회 성적도 좋았다.

검도부 역시 전국대회 출전을 밥 먹듯이 하는 우수한 성적과 일본 전통 무예라는 인식, 그리고 동경 지존 한 놈—혼자서 다 팸—과 미모의 여자 주장 덕분에 다들 존경(?)했다. 게다가 담당이 카리스마 잇세이 선생님인데 건드릴 수 있는 사람이 있을 리 없었다.

육상부 역시 지역에서 우수한 성적 내는 데다가 국가대표에 도전한다는 몇 놈 덕분에 잘 버티고 있었다. 예전에 육상분야에서 한가닥 했다는 미모의 여자 체육 선생님 둘이 꽉 쥐고 있어 역시 건드리는 사람이 없었다.

그런데 항상 학기 초만 되면 폐쇄 소문이 끊이지 않는 부서 두 곳이 있었으니… 항상 교내 폭력 사건 의혹이 끊이지 않는 어둠의 자식인 '응원단'과 관련이 있는 데다 고약한 땀 냄새 때문에 상당한 부정적인 이미지를 주고 있으며 이긴 적이 제대로 없는 '유도부'. 유도부는 그래도 유도 매니아인 고령의 국어 선생님 덕분에 다들 봐주는 상태였지만 축구부는 선생님의 존재 때문에 도리어 폐쇄하라는 말을 듣는 불운의 부서였다. 축구부의 앞날에 항상 암운을 비추었던 남자. 그 남자의 이름은 바로 시마(島). 일명 에로시마라고 일컬어졌던 지금은 전설이 되다시피한 청년 수학 선생이었다.

그는 본인의 말에 의하면 이른바 지방 유지라는 귀한 집 도련님이었고, 고향 동기인 동료 교사(상큼의 대명사인 사회 선생님)의 증언에 의하면 '개망나니'가 그나마 제일 나은 별명이었다고 한다. 하도 사고를 치고 다녀서 물어준 돈으로 빌딩 한 채 사고도 남는다나?

아무튼 지방에서 힘들게 올라와 추방되었다는 소문도 있다(진실은 중2 여름에 쇼킹하게 밝혀진다). 천사 같은 아이들과 어울리는 교사의 꿈을 품고 사립 사범대를 지망한 것이 아니라 경영인가 회계 관련 전공하다 취직이 안 되니 고향 동기인 사회 선생님 따라 부전공인 수학을 악용해서 교사를 하게 되었다는 것이다(이 진실도 나중에 밝혀진다. 아아, 양파같이 벗기면 벗길수록 비리가 나오던 선생님. ─_─^). 그리고 친구 따라 강남 가듯이 사회 선생님 따라 이 학교에 수학 선생님으로 들어오기 위해 온갖 빽을 썼다는 후문 역시 끊임없이 맴도는 어둠의 존재였다.

생김새 역시 출중했다. 키는 추정 175, 몸무게 추정 65, 얼굴은… 안경 낀 흉기. 일명 수배범 스타일의 폭탄이었다! 안경 너머로 보이던 그 흉흉한 눈빛은 아이들을 사랑하는 눈빛이 아니었다. 본인은 시력이 안 좋은 데다 지적인 사고를 많이 하기 때문에 자연히 미간에 힘을 주게 되어서 인상이 다소 험악하다고 변명했지만 믿는 이는 아무도 없었다. 왜냐하면 언젠가 여자애가 100미터 떨어진 곳에서 넘어졌을 때 그녀의 생김새와 이름, 학년, 반, 속옷 색깔까지 맞추셨기에 믿으란 게 말이 안 되는 그런 분이었다. 취미는 본인 말에 따르면 독서라고 했다. 하지만 사실은 일부 잡지만 열심히 보는 마니아셨다. 영화도 좋아하신다고 했다. 하지만 실상은 학교서도 금지된 XX비디오를 당당히 보시는 그런 매니아셨다.

항상 애들은 열심히 운동장 구석구석까지 달리며 웨이트 트레이닝도 하고 공도 걷어차고 했지만 항상 선생님은 따스한 눈길로… 한번 쳐다보기는커녕 열심히 에로 잡지만 구독하셨다. 그게 아니면 어딘가에서 끊임없이 사고를 치셨다. 그 뒷수습은 축구부 애들의 몫이었다. -_-;

시마 선생님. 웬만하면 안 만나는 게 상책이라는 소문이 끊이지 않는 분이셨다. 원래는 만날 일이 없었다. 만나는 게 수학은 시간강사까지 합쳐서 학년당 4, 5분 항상 계셨지만 담임인 잇세이 선생님 수업 듣고 있었고 그 추세로 가자면 볼 일이 없는 남자로 영원히 남을 인간이었다(미남 선생이면 몰라, 일부러 보러 갈 일이 뭐가 있다고 보러 가겠는가. -_-^). 그런데 축구부에 끌려간 덕분에 만나게 된 것이다.

윤햄「……(뭐지, 이 신기하게 생긴 생물은).」

시마「뭐냐. 나한테 주는 선물이냐? 너무 어린 애는 부담스러운데. 누누이 말하지만 선생님 취향은 19세~30세까지걸랑? -_-」

와다「자기한테 주는 식모냐고 하는데? -_-」

윤햄「욱!」

종종 쓸데없는 사족까지 다 통역하는 능글맞은 뱀다리 소년 와
다였다.

윤햄「퍽. -_-+」

시마「뭐냐. 이 난폭한 동물은! 한번 붙어볼래?! -_-+」

윤햄「퍼퍼퍽. -_-+++」

시마「악악악.」

그게 첫 만남(?)이었다.

와다「새로 들인 매니저입니다. 위에 고등학생인 언니가 있대
요(일 저지르고 난 다음에야 말하는 사후 보고 시스템).」

모리「예쁘던데요, 누님.」

순간 손목부터 잡혔다.

시마「고민이 있거나 괴롭히는 놈이 있으면 나한테 말해라. 형
부라고 미리 불러도 돼. 아주 씩씩하고 명랑하고 밝은 착한 아이
구나. 자, 아이~ 이뻐라. 20세기 소녀는 자기 주장도 할 줄 알아
야 해요(머리 쓰다듬으며 돌변)~」

윤햄「냥? -_-」

모두「선생님, 체통이…….」

시마「그 외 가족 사항은? 언니 사진은? 혹시 시집 안 간 이모
나 사촌 큰언니는 없대? -_-」

윤햄「…뭐야, 이 할배.」

그는 이런 교사였다.

축구부는 와다에게 끌려서 입문하게 되었다면… 미술부는 담당 교사인 다카하시 선생님에게 거의 유괴당하고 미술부 부장인 미야 선배와 보좌역인 미타 선배라는 두 소년에 의해 감금당한 거나 다름없었다. 생각해 보면 이 미야 선배란 존재는 윤햄에게 있어 꽤 끈질긴 면이 있어 중학교 때는 미술부 선배였고, 고등학교 때는 과외 선생님이나 다름없는 존재였고, 대학교 때는 방심한 틈을 타고(?) 어느새 여동생 둘과 남동생 둘의 과외 선생님으로 재등장했고, 사회에 진출하고 나서도 그 질긴 악연은 끊이지를 않아 윤햄이 진작 포기한 전공 미술을 지금도 하고 있는 인생의 선배가 되어가고 있다.

행사 많고 말 많았던 S중. 아무 특별활동에도 들지 않는 극악의 귀차니스트들인 귀가부라고 할지라도 한 가지 행사에는 꼭 참가해야 했던 시스템이었던지라 나중에 맡게 될 학교 임원직 광고홍보위원회 활동도 활동이었지만 윤햄은 운동회 등 특별한 행사가 임박하면 죽을상을 하고 다녔다.

그도 그럴 것이 참가하고 있었던 특별 활동 중에 미술부가 끼어 있어서 '행사=미술부 노가다'였던 것이다. 그 노가다의 내역을 간단하게 밝히면, 연극 1일 교실을 비롯한 예술 관련 외부인사 초청이 있을 때에는 재빠르게 해당 공연에 맞는 포스터 만들기. 관련 특별활동부와 협력해서 즉석 1일 도우미 활동. 교내 미술대회가 있을 때에는 미술대회용 포스터 및 그림 심사. 학생회 선거가 있을 때에는 후보 안내 포스터 제작. 운동회 등 전교생이 참가하는 대형행사가 있을 경우에는 학교 건물 벽을 뒤덮을 현수막을 작성해야 했던 것이다. 그것도 최소한 3장!! 그야말로 노가다!! 빼먹고 싶어도 학생회장이기도 한 미야 선배가 총애(?)하는 후배란 타이틀 악성 루머 하나 때문에 그 모든 작업에 페인트칠 한 번이라도 해야 했던 윤햄. 1학기 초반부터 미야 선배와 알게 된 직후 싱글벙글 웃는 얼굴을 무기 삼아 꽤 이것저것 시키는 사람이란 걸 알고,

'도망가고 싶어(바둥바둥)!'

이 자연스러운 심정이 되어가고 있었다.

윤햄「다카하시 선생님도 너무해, 저런 사람 소개해 주고!」

그렇다. 윤햄과 미야 선배가 알게 된 것은 1학년 미술을 담당했던 다카하시 선생님의 소개 때문이었다. 실은 다카하시 선생님은 한국어를 약간 할 줄 아는 선생님이었다. 그도 그럴 것이 학생시절 해외에 유학 갔다 온 경력이 있어 이름을 대면 누구나 알 만한 한국의 유명한 화백과 같이 외국에서 공부를 한 적이 있었기 때문이다. 그런고로 한국어로 간단한 대화는 물론 읽고 쓰는 것도 할 줄 알았다. 영어, 스페인어는 기본인 국제파 선생님이었다. 그래서인지,

다카하시「나는 일본의 화가입니다.」

윤햄 「아, 그러십니까? 꾸벅(조건 반사).」

처음 인사 나눌 때는 비교적 화기애애(?)했지만 반백의 사자머

리 화백은 결코 녹록한 사람이 아니었던 고로…

다카하시「그러니 너는 이제부터 내 수하다.」

윤햄「네(뭐, 뭐야, 이 할배!)?」

제자란 단어를 몰라서 그랬는지 아니면 본심이었는지 그런 말로 윤햄을 옭아맨 것이었다. 미술 시간만은 말이 필요없는 수업이었던지라 꽤 열성적으로 그림을 그렸던 순진한(?) 당시의 윤햄. 그렇게 그린 그림을 보고 미술부에 들어올 만하다고 생각했는지 요상한 말로 스카우트한 것이었다.

다카하시「어차피 너랑 말 통할 사람은 나밖에 없다!!」

윤햄「…그건 그렇지만(각혈).」

다카하시「내가 하는 말이 이상할지도 모르지만! 다 너를 위해서다(어휘력 부족)!」

윤햄「…과연. −_−」

애들 앞에서는 근엄한 말투로 멋들어진 일본어를 구사하지만—일본인이니 당연한 건가. −_−; —윤햄 앞에서는 꽤 주접스러울 정도로 어설픈 한국어를 쓰는 게 그 선생님의 또 다른 정체였던 것이다. 두둥.

그때까지 윤햄에게 있어서 반백머리 혈륜이 있는 분에 대한 이미지란 나쁜 것은 '고지식', '고집불통' 에서부터 '경험', '정' 등 좋은 것까지 복합적으로 얽히고 있었으나 이번 반백머리 아저씨 다카하시 선생님에 대한 이미지만은 종잡을 수 없었다.

'강적!!'

이라고 생각했기 때문이다.

아무튼 반 강제적으로 미술부에 입문하게 된 윤햄. 어릴 때 외가에서 자란 터라 '노인'에게 의외로 약한 면이 있어 투덜대면서도 그 빛나는 반백머리 생각해서 꼬박꼬박 나가게 되었다. 평소 좌충우돌하는 성격 생각하면 조만간 나가는 것도 까먹는 일이 빈번하겠지만 처음 2주일 정도는 말 안 통하는 공간, 유일하게 조금이나마 의사소통 되는 곳 찾아 꼬박 출퇴근한 것이다.

윤햄 「선생님, 귀여운 햄 왔어요! 햄 왔어요!」

다카하시 「금…….」

윤햄 「??」

다카하시 「그ㅇㅇㅇㅇㅇㅇㅇㅇㅇㅇ음!!」

그러나 스케치 보고 스카우트(?)해 온 제자치고는 다카하시 선생님의 대우는 매우 삭막했다.

다카하시 「교탁에 사각형으로 줄 그어놓은 게 안 보이냐!!」

윤 「그게 어때서요?」

다카하시 「그곳은 교사의 성역. 학생은 밟지 말란 말이다!!」

라고 까지 유창하게 말할 리는 없고…….

다카하시 「밟지 마! 밟지 마!!」

윤햄 「히스테리 할배.」

다카하시 「…으음(부들부들).」

윤햄「왜 나만 매일 야단쳐요!!」

이게 평상시 대화였다.

다카하시 선생님의 화풍은 다소 엽기적이었는데 독실한 불교신 자라면서 밀교를 연상시키는 만다라에 기괴한 불상에 핏빛 이미 지에 시체, 유령을 많이 그린다는 그런 괴팍한 미술가였던 것이 다. 러시아 국립박물관까지 작품이 전시될 정도로 실력이 출중했 던 만큼 선생님이 그리는 창백한 얼굴의 소녀 이미지는 귀신 저리 가라였다. 선입견 같지만 그런 그림을 그려서 그런지, 개성이 너 무 강렬해서 그런지 미술부에 들어오는 것은 해마다 고작 한두 명 정도. 그냥 그림 그리는 학생들은 키타지마라고 하는 화끈한 성격 의 여자 선생님이 가르치는 미술 2부에서 대부분 시간을 때울 정 도로 다카하시 선생님의 미술 1부는 인기가 없었다.

그런 약점을 아는지 할 말은 하고 사는 윤햄. 초반부터 밟지 말 라는 교탁 주변 죽음의 라인을 밟지 않나, 열지 말라는 선생님 아 틀리에―학교에서 특별히 마련해 준 것으로 본관 1층의 절반을 미술 부실과 미술교실, 미술 준비실, 그리고 아틀리에로 개조해서 내주고 있 었다. 물론 이런 걸 보면 학생들에게 학교에는 돈 없다고 하는 게 안 먹 히는 건 당연지사. 다카하시 선생님의 전용 공간이 아니었다면 그 누구 도 수긍 못할 파격적인 대우를 받는 교사였던 것이다―를 마구잡이로 들락거리는 것 역시 기본이었다.

심지어는…

윤햄「선생님, 같이 놀아요! 나 콜라 사줘요! 나 콜라 마실래!」

다카하시「…….」

수다 떨고 싶어지면 가차없이 다카하시 선생님을 찾아오는 것이었다. 그런고로 윤햄을 받아들인지 정확히 2주일 될 무렵,

다카하시「자, 오늘은 소개해 줄 놈이 있다.」

윤햄「목덜미 놔요! 놔요!」

평소에는 죽음보다 더한 정적만 가득한 미술교실에 물건마냥 집어 던지고 있었다.

다카하시「오늘은 왔군.」

윤햄「??」

보통 때는 조용한 미타 선배 정도가 돌부처마냥 침묵을 지키면서 기본 데생을 무한 반복하고 있었으나 그날은 여학생들도 간간이 구석에 노닥거리고 있었다. 그도 그럴 것이…

다카하시「자, 네 맘대로 갖고 놀아. 선물이다.」

윤햄&미야「??」

어느 쪽에 대고 한 말인지 모를 엽기적인 소개말. 어쩌면 양쪽에 한 말인지도 모를 말. 그것이 바로 미야 선배와의 첫 만남이었다. 두둥.

물론 다카하시 선생님의 말을 100% 이해하는 사람은 없었다.

윤햄「……(사람이 장난감이오!!).」

미야「……(또 시작이군).」

둘 다 알아서 해석할 뿐이었다. 아니, 그래야 다카하시 화백(?)의 아틀리에에서 수제자로서 살아남을 수 있었기에 자체 해석하고자 항상 노력해야 했다.

미야「그런데 못 보던 애인 거 같은데 누구예요?」

다카하시「전학생.」

미야「??」

선생이면서도 일일이 설명하는 걸 싫어하는 기질이 있는 다카하시 선생님. 그 한마디만 던지고는 아틀리에로 사라지는 것이었다. 그림 그리러 속 편하게 떠나가는 그 등은 매정하게 보여서 차마 말을 걸 수가 없었다.

미야「…짐 맡기고 간 건가.」

윤햄「??」

일단 마주 보고 앉아서는 여러 가지 질문을 던져 보지만 대답없는 윤햄이었다. 말을 알아듣지 못했기에. 남자애가 그랬다면 발길질부터 날아갔겠지만 여자애인지라 한참을 인내심과 싸우면서 질문을 계속 하는데,

미타「(힐끔)걔 일본어 못해요. 이번에 한국에서 왔으니까.」

한마디 툭 던지고는 무한반복 데생작업에 돌아가는 미타 선배였다.

미야「그 말은 조금 더 일찍 해줄 수 없었냐.」

미타「…선배님이 학교에 안 나오시니 대세의 흐름에 뒤처진

것일 뿐.」

미야「그건 그런데······.」

무슨 말을 하든 귀담아들을 미타가 아니란 걸 1년 동안 학습한 고로 그 이상 추궁은 하지 않았다.

미야「······(어떻게 보면 학교, 학원 빼고는 사물에 일체 무관심한 미타가 외우고 있다니. 흐으으응).」

윤햄「??」

다카하시 선생님의 소개와 미타 선배 나름대로의 배려(?)에 조금씩 흥미를 느끼는 모양이었다.

미야「일단 선생님이 나한테 맡기고 갔으니 미술부에 있는 동안은 나하고 이 오빠가 돌봐줄 거야. ^^」

미타「왜 나까지!!」

하고 미타 선배까지 끌어들이는 구석이 어딘가 범상치 않은,

윤햄「…에이고와 이야(영어는 싫어요)!!」

그리고 교내에서 할렘을 만들고 다닌다는 미모의 남자 선배 둘이 따라다니겠다는데 고작 내뱉은 반응이 '영어는 싫소' 인 윤햄 역시 어딘가 녹록하게 보이지 않았다.

미야「응. 그 정도 근성이면 그냥 속 편하게 키우면 되겠다. ^^」

미타「어째서 내가 엊그제까지 초딩이었던 여자애를 돌봐야 한단 말이야!!」

윤햄 「나는 영어 연수받으러 온 게 아니랑께!!」

미타 선배의 발언은 재작년까지 자신이 초딩이었다는 자신의 처지를 망각하는 그런 발언이었던 고로 윤햄과 미야 선배는 나란히 고개 돌려 외면하고 말았다. 이렇게 해서 일단 미야, 미타, 윤햄 이렇게 한 조를 짜서 미술부 활동을 하기로 한 것이었는데 그 앞날은 무척이나 험난해 보였다. 1학년이라면 안 해도 될 일거리라도 선배 틈에 섞이다 보면 하게 되기 마련. 특히 미야 선배가 학교보다는 바깥 세상에 더 친근한 사람이란 걸 생각하면 그 뒤처리 수습이나 하고 살 게 분명한 노릇.

미야 「그래, 이번 1학기 때 해둘 일거리가 뭐라고?」

미타 「눈이란 게 아직도 있다면 직접 프린트 보세요.」

미야 「1학기까지 각자 서양화 1점 제출에 1학기 봄 소풍 안내 포스터에 1학기 체육대회 안내 포스터. 역시 1학기가 널널하군.」

다른 것은 몰라도 미술에 관련된 일은 꽤 꼬박하는 고로 미술부에 출근해서는 미타 선배가 꼼꼼하게 챙긴 스케줄 표대로 일정을 몰아서 소화하는 날림 부장의 본보기를 보여주는 분이었다. 영어에 대한 윤햄의 거부반응이 워낙 극심해서인지 미술부에서의 커뮤니케이션은 주로,

키스미 「이 정도면 되나? 자, 이게 내 마음이야~ 사랑해! 햄!! >_<///」

윤햄 「앙!」

필담을 가장한 낙서였다. 미타 선배는 고지식한 성격에 맞게 한문으로 때웠지만 그 외 미술부 부원들은 널널하게 만화로 표현했던 것이다. 그러나 가장 알 수 없었던 것은 역시 미야 선배의 반응. 나름대로 친절한 건지, 아니면 놀리는 건지 초등학교 도서관에나 있을 법한 책을 어디선가 찾아와서는,

미야「자, 거기 앉아. 오늘 수업은…….」

윤햄「이 동화책은 대체!」

3살박이 전용 그림동화로 배우는 간단한 히라카나, 가타카나 내지는 그림으로 배우는 외국인 어린이를 위한 일본어 교육 뽀뽀뽀를 연상시키는 방과 후 수업이었다. 미소 남발하면서 사람 신경을 긁었던 것이다.

미야「자, 거기 윤햄 어린이, 이 글자는 뭘까요?」

윤햄「……(이 아저씨는 대체!).」

다카하시 선생님의 기대(?)대로 그렇게 갖고 놀기 시작했던 것이다, 미야 선배란 분은……. 두둥.

국어책 및 동화책 낭독은 윤햄처럼 1초도 얌전히 앉아 있을 수 없는 발랄한 어린이(?)에게는 쥐약이나 다름없는 고문이었다. 그것을 한 큐에 파악하고 있었는지, 아니면 오한이 느껴질 일이지만 정말로 윤햄을 위해서였는지 미야 선배는 성심성의를 다해 시간이 날 때마다 장장 3시간에 걸친 국어 교과서를 낭독하는 고문관의 모습을 보여주었다.

윤햄「……(으아아악!!).」

미야「자, 다시 한 번 그림 A 부분을 보며 따라하세요.」

윤햄「이야야야야야아아아아아아(싫어)!!」

미야「자, 자, 따라해 봐.」

윤햄「웃으면서 볼 꼬집지 마욧!!」

그렇게 해서 윤햄이 반듯하게 익힌 일본어 첫마디가 싫다는 의사표시였다는 후문이 있지만 언제나 그렇듯이 진실은 어둠 속 어딘가에… 그런고로,

미타「미술부 그만두고 싶다고?」

윤햄「…응.」

한 학년 선배인 말없는 소년 미타에게나마 사표(?)를 제출한 것은 어찌 보면 당연한 귀결이었다. 어디서 구했는지 들고 온 하얀 편지봉투. 거기에는 지렁이 기어가는 글씨로 '바이. 바이'라고 적혀 있었다.

미타「……(조금 더 제대로 된 문장은 없었냐).」

윤햄「닷테 츠카레룬다몬(왜냐하면 피곤하단 말이야. 어쩌고저쩌고)!!」

미타「…….」

상대방이 말이 없을수록 뭔가 초조해지는 윤햄. 애초의 미야 선배 및 다카하시 화백이 없을 때 던져 주고 튀자는 취지는 잊고 열변을 토하고 있었다. 부족한 어휘력이지만 여러 말 갖다 붙이는

것이었다.

　윤햄「매일 공부만 시키고! 간식도 안 나오고!」

　미타「간식은 어느 부에서나 안 나와. 여기는 유치원이 아니거든.」

　미타 선배는 말없는 사람이라 그다지 만류하는 분위기는 아니었으나 잘못 알고 있는 부분은 수정해 주는 초절정 모범생 기질을 선보이고 있었다.

　윤햄「테니스부는 간식 먹던데?」

　미타「거긴 각자 알아서 몰래 싸오는 거고.」

　윤햄「그런 건가. 아무튼 공부만 해서 싫어!」

　미타「미술부 목적이 애당초 그림 공부인 걸 어쩌라고.」

　윤햄「어쨌든 피곤해졌어!」

　미타「인생은 어차피 피곤해.」

　윤햄「…….」

　미타「…….」

　한동안 그렇게 어쭙잖은 대화를 나누고 보니 새삼스럽게 극과 극인 성격이란 것을 알고 입을 다물게 되는 두 선후배였다. 뇌리를 스치는 건,

　'내가 왜 이 사람하고 이런 이야기를 하고 있어야 하지?'

　였다.

　윤햄「선배, 혹시 친구 없는 거 아냐?」

미타「너한테는 어차피 상관없는 일이야.」

윤햄「…….」

미타「…….」

그리고 다시 무거운 침묵. 이번에 입을 연 것은 미타 선배였다.

미타「그런데 무슨 근거로 그런 말을 하는 거야? 그게 얼마나 실례되는 말인지 알고는 있는 거야?」

윤햄「후츠~ 토메루요(보통은 가지 마, 자기야!! 그러잖아)!」

미타「……(열혈 바보).」

윤햄「쳇! 쳇! 쳇!」

윤햄이 말하고 싶은 것은 그냥 응석 부리고 싶었다라고 겨우겨우 해석한 미타 선배.

미타「세상에는 둔한 사람이 많아서 말려주세요라고 말하지 않으면 못 알아듣는 수가 있어. 그러니 다음부터는 힘든 게 있으면 그냥 힘듭니다, 하고 직접 말해.」

윤햄「…네에에에에.」

미타「그럼 이건 필요없는 걸로 알고 그냥 버림.」

대꾸하고 나니 어느새 미타 선배의 페이스에 휘말린 건지 사표는 아무렇게나 내던지고 있었다.

윤햄「아아아아아아악!!」

그만두려고 했는데! 하고 털썩 주저앉고 마는 윤햄이었다.

미타「한숨 쉬고 있을 힘 있으면 가서 이젤이나 갖고 와.」

윤햄「쳇.」

그렇게 해서 다카하시 화백 직속 미술부인 고로 아무도 안 오는 부실 안을 뒤져 낡아 빠진 이젤과 파스텔 도구 집어 들고 나서는 미타 선배와 윤햄이었다.

미타「가자.」

윤햄「?」

미타「오늘은 뭘 해도 칙칙해질 테니 그냥 바깥에 가자고.」

윤햄「아아아아아~ 나이스!」

사슴 목, 곰 발바닥, 도마뱀 시체 등 알 수 없는 잡다한 물건이 굴러다니던 난지도에서 벗어나 찾아간 곳은 고작 학교 뒤에 있는 작은 공원이었다.

윤햄「학교 코앞.」

미타「그럼 어디 대공원이라도 찾아갈 줄 알았냐. 어차피 너하고 나, 아니면 출근도장 찍는 사람도 없어 망해가는 미술부. 학원 가기 앞으로 2시간 전이니 빨리 그려.」

윤햄「아, 예에에에(땀).」

한편 한발 늦게 미술부에 출근한 미야 선배는 생각 외로 아무도 부실에 없자,

미야「뭐지, 이 유서틱한 하얀 봉투는? 바이 바이?」

그 한마디로는 무엇을 말하고 싶어하는가 전혀 알 수 있을 리가 없었다.

미야「의미 불명. 해독불가능.」

고로 윤햄의 미술부 사표 제출 사건은 외부에 알려지는 일 없이 저물어가고 있었다. 그렇게 조금씩 학교생활에 적응해 가기 시작하고 있었다.

What's going on? Part 1—Song By Hirai Ken

학교도 정하고, 반도 정하고, 도와줄 친구들도 하나둘 생기고, 특별활동도 정하고—반 강제였지만 말이다. 반 유괴였지만 말이다—이렇게 학창시절을 스타트하게 된 윤햄은 어느새 1학기 봄 소풍을 맞이하고 있었다. 고로 이번 이야기는 1학기 봄 소풍 스토리인 것이다. 두둥둥.

앞서 말한 바가 있듯이 윤햄은 무슨 연예인처럼 관리를 받고 있었다. 아침에 교대로 한 놈이 와서 아버지한테 일어로,

「오늘 준비물은 뭐뭐고요, 오늘 뭐뭐 수업이 있고요, 오늘은 특별활동하고요, 그런 다음에 입시학원에 끌고 가면 끝예요.」

이런 식으로 스케줄을 읊으면 아버지가 대충 고개 끄덕이고 엄마한테,

「오늘 저녁 몇 시쯤에 온댄다. 준비물은?」

「대충 어제 저녁에 준비하지 않았어요?」

하고 확인해 주는 스타일이었다. 밤에는 너무 늦는 경우가 있어 집 앞에 그냥 버리고 가는 일이 많았다. 쿵!

그렇게 굴러가던 어느 날, 윤햄 가슴에 비수 하나 팍 꽂는 사건이 발생한다.

윤햄「-_-」

엄마「애가 많다 보니, 호호.」

윤햄「-_-;」

엄마「도중에 가다 뭐라도 사먹어, 호호호.」

윤햄「-_-;;;」

소풍임에도 불구하고 도시락도, 간식도, 물통도 마련되지 않았던 것이다! 일어를 알아들을 리가 없으니 선생님이 '홍홍, 내일은 소풍이니 오늘은 웬만하면 집에 일찍 가서 소풍 준비해 두세요~'라고 말해도 알아들을 리가 있나. 물론 와다는 며칠 전에 미리 말해 둔 상태라,

「딸이 난생 처음으로 중학교 소풍 간다는데 알아서 기 안 죽게 도시락 준비하시겠지.」

했는데 엄마라는 사람은 급식이라는 시스템에 안주한 탓에 '도

시락' 이란 말을 아버지로부터 들었음에도 불구하고 한 귀로 흘러 버린 것이었다. 잊고 만 것이다. 그리고는 '매점이나 편의점에서 주먹밥이라도 사! 배 째!!' 로 나온 것이었다.

와다 「한국에서는 어떤 데로 소풍 가는지 몰라도 일본은 도중에 애들이 과자 하나라도 사거나 하는 행위 용납 안 합니다. −_−」

아버지 「크헉!! 그럼……. −_−:::」

와다 「다들 집 출발했을 테니 지금 전화해 봤자 얻어먹기도 힘들겠네요. 미리 말씀해 주셨으면 저희집에서라도 도시락을 준비하는 건데. −_−」

아버지 「하루 정도는 굶어도 돼.」

윤햄 「우, 울먹. 불량 햄 될 거야! 비행소녀가 될 거야!!」

알다시피 끼니 꼬박 챙겨 먹지 않으면 난폭해지는 것이 햄스터. 그런 폭력 햄스터 닮은 윤햄을 도시락 없이 소풍에 내보내다니……. 엄마가 애 많다는 이유로 둘째를 방치해 두는 걸 잘 알고 있었지만 나중에 두고두고 원망하게 될… 노가다 소풍은 이미 막을 열고 있었다.

그때까지 윤햄이 한국에서 경험한 소풍은 보통──어디까지나 초딩밖에 모르지만──전날 엄청나게 과자 등등 음식을 장만해 둔다. 대체 누가 다 먹을까 할 정도로. 그리고 선생 도시락은 부모들이 알아서 준비했다. 그래서 음식이 부족하거나 하는 경우는 없었다. 한마디로 전날부터 '소풍 간다! 소풍 간다! 팔짝 팔짝!!' 이었다.

그런데 일본 동경 명문 중학교 S학원은… 먼저 여러 가지 제한이 있었지만 그중에서도 가장 골 때린 제한이 과자는 300엔까지였다. 과자 한두 개 사면 끝인 액수였다(사탕 한 봉지가 135엔 정도). 돈 남아돌아도 일부러 학생들 엄하게 교육시킨답시고 매점 하나 마련하지 않는 S중학교. 급식 또한 지극히 검소했다. 사먹는 것에도 일일이 제한을 두는 엄한 규칙의 컨셉은 어릴 때부터 돈 펑펑 쓰지 말라는 것이었다. 왜 다 먹지도 못할 과자를 사느냐, 이거였다. 덕분에 도시락 하나 준비 못한 윤햄은 얻어먹을 건더기도 없었다. 크헉!!

보통 소풍 하면 편안한 풀밭에 김밥, 쇠고기 반찬, 각종 과자, 음료수 등등 풍부한 식량자원을 연상할 거라 믿는다. 그렇기에 당연히,

^0^

^_^

이런 표정일 것이다. 그런데 아침 6시 반이라는 엄청난 시간대에 약속 장소에 집합해 보니 다들 표정이 우울했다.

게다가…

와다 「오늘 다들 알아둬라. 윤햄이 오늘 도시락을 준비 못했대. 참고로 아침밥도 굶은 상태. -_-」

와다의 친절한 공지에 다들 표정이 살벌해졌다. 사사삭 거리를 두고자 피하려는 마루.

윤햄「퍽(어딜 튀어)! -_-+」

마루「도, 도시락은 내 거야! 나 혼자 먹을 것도 부족해.」

타니&마츠「윤햄, 사랑했~지만 아아~ 누구보다 사랑했지만~ 안녕~ 이제 우리 그만 만나자(춤)~」「아싸~ 박자 좋고!」

윤햄「다세(내놔)! 마루!!」

마루「안 돼! 왜 매일 나야! 내가 그리 만만해?! TOT」

윤햄「응!」

마루「헉(눈물).」

이케다「근성으로 참아, 햄! -_-」

윤햄「퍼퍼퍽!」

이케다「크헉!!」

모리「지금이라도 편의점 찾아볼게.」

와다「윤햄, 오테(손)! 자, 껌이라도 씹게. -_-」

윤햄「다 내놔!」

모두「-_-;;」

이런 반응이었다. 시간이 급박한 탓에 편의점 찾기도 전에 버스에 실려 들어간 윤햄. 평소 반말부터 하고 보는 습성만 없었어도 행여 말이 안 통하는 관계로 참한 미소녀로 오해하고,

소년「윤햄님, 평소에 흠모했어요. 수줍~ *-_-*」

하고 도시락 바치는 머슴이 있었을지도 모르지만 어찌 된 일인지 전학 가자마자 내숭도 뭐도 없는 윤햄의 통쾌한 성격이 밝혀진

탓에—와다 놈이 분명히 쓸데없는 해설까지 덧붙였을 거라 여겨지는 대목이다—입만 닥치면 조신해 보일지도 모르나 아무튼 풀장에 잠수해도 입만 둥둥 뜨는 윤햄이라 먹을 거 갖다 바치는 미소년은 도저히 마련할 수 없는 상황이었다. 중간에 미야 선배와 미타 선배가 그날도 새벽부터 꺄악 꺄악 소리 질러대는 윤햄 일행을 보고,

미야「무슨 일이지?」

미타「글쎄요. 윤햄이 사고라도 친 게 아닐까요. ㅡ_ㅡ」

미야「그렇겠지?」

의아하게 생각했지만,

이케다「그리 대단한 일은 아니고요. ㅡ_ㅡ;」

와다「무슨 일이든 간에 3학년, 2학년 노인네가 신경 쓸 일이 아님. ㅡ_ㅡ」

미야「<u>ㅎㅇㅇㅇㅇㅇ응</u>. 그러셔. ^_^」

미타「노친네.」

와다「그렇게까지는 심하게 말 안 했는데. ㅡ_ㅡ」

미타「노친네(중얼).」

와다「……(이 선배는 대체).」

미야「미타가 불쌍하게도 상처받았다고 하잖아.」

와다「상처 입은 걸로는 전혀 안 보이는데.」

자립심(?) 강한 와다 등이 윤햄 목덜미를 잡고 '접근 금지. 간섭

결사반대' 시위하는 고로 단순한 호기심에서 '욱' 으로 바뀌고 있었다. 미야 선배가 귀여운(?) 후배 와다의 볼을 10㎝ 이상 늘여놓고 나서야 겨우 실토.

미야「저런, 저런. 윤햄, 불쌍하기도 해라.」

윤햄「울먹. 울먹.」

와다「자, 자, 접근은 거기까지.」

미야 선배가 뭔가 내놓으려고 했지만 '교내 최악의 할렘 술탄'이란 소문 덕분에 또 다시 보모들에게 가로막히고 마는 것이었다.

미야「내가 무슨 병원균이냐, 접근 금지시키게. −_−;」

와다「아무것도 안 보임. 아무것도 안 들림.」

미야「고집불통.」

이케다「햄, 미술부에서야 최소한의 커뮤니케이션을 하지 않을래야 않을 수 없지만 저 아저씨는 위험한 아저씨야(소곤소곤).」

윤햄「위험??」

특히 이케다의 윤햄을 염려하는 모습은 어딘가 친구라기보다는…

타니「좋은 풍경이에요.」

마츠「이케다 상, 평소 우리한테는 막말하면서 여자애한테는 약한 모습을. 흑…….」

타니「할 수 없잖아요, 20여 년 전에 헤어진 친딸이래요.」

마츠「정말??」

마루「그럴 리가… 루머 퍼뜨리면—윤햄은 전혀 안 불쌍하지만—이케다 군이 불쌍해. −_−;」

타니&마츠「시끄러!」

마치 친아버지 같다는 묘한 감상을 불러일으켰다.

타니&마츠「이제부터는 이케다 반장이 아니라 하무 파파라고 불러야겠어요.」「그러게 말예요.」

마루「풉. 너무 어울려.」

모리「중1 나이에 그런 별명은 별로 반갑지 않을 텐데. 쿨럭.」

타니&마츠「모리 상, 우리는 말이지.」「남자 인권 따위는 무시하는 그런 사람들이라서.」「자, 우린 이런 사람들이라고. 들어본 적이나 있으려나.」

마루&모리「그 색종이는 대체 뭔데.」

타니&마츠「즉.석.명.함.」

그 자리에서 윤햄 아빠란 달갑지 않은 별명을 받고 만 이케다였던 것이다. 아멘.

미야「쿡. 쿡.」

모리「??」

미야「도시락 받은 게 있걸랑? 그러니 적당한 때를 봐서 전해 줘, 대신.」

모리「아, 네에. −_−;」

결국 미야 선배와 미타 선배는 모리에게 남아도는 도시락을 건

네주었지만 와다의 성격으로 볼 때…

　모리「실은 이거라도(쭈빗)…….」

　와다「선배 도움 받느니 차라리 굶어(단호)!!」

　라고 말하고도 남을 거라고 예상되는지라 받고 만 도시락이 유독 무겁게 느껴지는 모리였다. 그리고 10여 분 후 S중 1학년 1반 버스 안에서는…

　잇세이「자, 자, 즐거운 소풍이에요~ 노래 한 가닥씩 뽑아볼까?」

　윤햄「……(일본식 관광버스란 말인가. 이 할배는 대체 뭘 생각하고 사는 거야?! 버럭).」

　잇세이「홍홍. 오늘따라 윤햄이 이상하게 우울해 보이넹. 왜 그러지?」

　이케다「선생님, 윤햄 집에서 도시락을 준비하지 못했대요. 아직 일본에 익숙하지 못한 터라 어머님이 많이 힘드신 듯.」

　방금 윤햄 파파란 별명을 하사받은(?) 이케다답게 제대로 된 말을 해주는 이케다였다. 그에 반해 와다는…

　와다「상당히 귀찮아하더라고요. 왜 학교에서 소풍날도 급식 안 주냐고. -_-」

　잇세이「저런저런…….」

　와다「그런고로 오늘 윤햄은 평소보다 위험할지도…….」

　하고 위험한 발언을 하고 있었다. 그건 그렇고 동정하는 척하면서도 자신의 도시락을 품에 꼭 안는 도토리 담임은 대체……?

　윤햄「우씨! 이건 소풍도 아냐(바둥바둥)!!」

　타니「어허, 이 사람이 가만히 조금 있어봐요! -_-+」

　마츠「잡아! 난폭해지려 그런다!! -_-+++」

　마루「선생님! 저 반 바꿀래요.」

　잇세이「퍽!」

　마루「크헉.」

이렇게 관광버스, 아니, 소풍 버스는 출발하고 있었다.

　그렇게 소풍 버스는 떠나가고… 도시락도 없는, 집에서 방치 상태로 키우고 있는 방목소녀(放牧少女) 윤햄은 어느새 마이크를 불끈 쥐고 있었다. 그러길 한 시간째였다!

　윤햄「아아~ 신라의 밤이여(열창)~」

　학생들「……(저게 한국 애들이 부르는 노래인가 보지? -_-:).」

　「……(몰라. -_-;).」

　「……(정말 윤햄은 종잡을 수가 없구만).」

　잇세이「감동~」

　담임인 잇세이 선생님은 윤햄의 트롯 열창에 홀로 감동하고 있었고 부담임인 미인 야마다 선생님은 어딘가 불편한 기색으로 식은땀만 흘리고 있었다.

　야마다「뭔가 생각한 거랑 한국 최신가요 이미지가 많이 다르네요. 애가 부를 노래가 아닌 거 같은데 계속 들어줘야 하나요(그만 하게 하는 게 좋지 않아요)? -_-:」

　윤햄「쯔기와 죠용피루노 우타데스(다음은 조용필 노래입니다. 개인적으로는 추억이 담겨 있는 노래로 저희 아버지가 좋아하는 노래죠. 제목은).」

　잇세이「박수. 박수. 박수!」

　학생들「-_-:」

　잇세이「박수!! -_-+」

　학생들「-_-:::」.

　그러나 카리스마 잇세이 선생님의 강요에 의해 식은땀 흘리면서도 박수칠 수밖에 없는 야마다 선생님과 1학년 1반 학생들이었다. 완벽한 무대 매너가 곁들어진 쇼 덕분에 규칙을 어기고 버스 휴게소에서 먹을 것을 사도 된다는 허락을 받은 윤햄. 10분 안에 먹을 수 있는 건 무조건 다 사자는 심정으로 버스 멈추자마자 바람처럼 휘리릭!

　와다「윤햄은? -_-」

　이케다「당했다. 벌써 안 보여. -_-:」

　모리「말은 통할까? 어쩌자고 혼자 간 거야. -_-:::」

　마루「나 이제 안 할래. 안 할래. 윤햄이랑 안 놀래(중얼중얼).」

　타니「100미터 2초 안에 달릴 논! -_-」

　마츠「럭비부에 스카우트하고 싶다. 주전 선수로!」

　이케다「무슨 애 딸린 미혼남도 아니고 24시간을 돌봐야 해!!」

덕분에 애꿎은 6소년만 난데없는 비상이 걸린 것이다. 한편 윤햄은 매점 앞에서 분노하고 있었다.

윤햄「왜 안 팔아주는 거야!!」

중학교 교복을 입은 관계로 애들 소풍 때 함부로 과자 사먹는 건 불량소녀나 하는 짓이라고 안 팔아주는 것이었다. 그러다 시간이 되어 끌려온 윤햄. 아아!! 새벽부터 와다가 깨우러 오는 바람에 아침도 못 먹고 장장 두 시간 걸쳐 펼친 열정 트롯 콘서트 때문에 더 배고파진 윤햄이었다. 한마디로 자청한(?) 위기였다! 그렇게 한두 시간 더 가더니 난데없이 모습을 드러낸 산… 산… 산… 그리고 산!! 험악한 산들.

윤햄「……(설마… 저 산 다 넘어야하는 건……).」

와다「올해는 몇 개나 넘으려나. -_-」

윤햄「아악. 나 집에 갈래(바둥바둥).」

타니「잡아. -_-+」

마츠「자, 묶어서라도! -_-++」

마루「견학은 안 된단 말이야. -_-;」

윤햄「퍼퍼퍽.」

마루「왜 매일 나만 패. -_ㅠ」

윤햄「시끄러!!」

한국의 수련회에 버금가는 초 노가다 소풍이 시작된 것이었다. 그것도 무박…….

보아하니 산은 산이로되 험악한 산 중 한곳에 오게 된 윤햄. 그때까지 체험한 놀이동산에서 눈 가리고 아웅식의 간편한 소풍밖에 몰랐던지라 문화적인 충격은 이루 말할 수가 없었다.

윤햄「서, 설마! 저 산 다 넘어야 하는 건?!」

와다「설마가 사람 잡는다. Go!! Go!!」

이케다「출발!! 출발!! -_-」

타니「잡자!!」

마츠「간호사, 주사나 놔줘요!!」

모리「……(다독다독).」

윤햄「……(바둥바둥).」

마루「나도 집에 가고 싶어. 가고 싶어(중얼).」

조끼리 뿔뿔이 출발하기 시작한 지 정확히 10분 만에 지친 윤햄은 배 째라고 시위하듯이 풀밭에 벌렁 누웠지만…

와다「상위권 안에 든다. 실시! -_-」

이케다「농구부, 축구부, 럭비부 남자가 이렇게 많은데 뒤처질 수야 없지! 실시!」

후에 이케다는 농구부 주장까지 해먹는 그 기질을 벌써부터 발휘하고 있었다. 연이은 닦달에 어쩔 수 없이 일어나야 했던 것이다.

타니「오오!」

마츠「케케케!!」

모리「…내기가 걸리니 눈빛이 다르군. ^_^:」

마루「난… 난 운동부도 아니고, 귀가부인데. 집에 가도 되는 귀가부인데!」

와다&이케다&타니&마츠「퍽!」

마루「강행군 싫단 말이야! ㅠ_ㅠ」

모리「오늘 하루만 참아.」

와다「윤햄 저것도 안 움직이면…….」

타니&마츠「패라고? -_-」

와다「그냥 팔다리 잡아.」

마루「우워~ 차별이야. 우씨.」

소년들에 의해 머리, 다리 들려서 이동하게 되었다.

윤햄「속았다. 소풍이랬는데 교복 치마로 이런 산이나 오르게 하구! 밥도 안 주구!!」

와다「학교는 밥 주기 위해 존재하는 곳이 아니란다, 꼬마야(먼 산).」

이케다「수다 떨면 더 배고파지니 그냥 입 다물고 걸어.」

윤햄「이건 소풍이 아냐, 소풍이 아냐!」

와다「흠, 오늘 날씨 죽이는군. 소풍날에 우중충한 흐림이라니 (딴청).」

해발 3500임에도 불구하고 평소 복장, 즉 교복이라니. 엄청난 학교가 다 있었던 것이다.

그로부터 10분 경과 표정.

윤햄 「헤… 헥……. 뭐야. 뭐야(투덜투덜).」

아직 입은 살아 있었다.

1시간 경과 표정.

윤햄 「……(투덜투덜).」

입이 1미터 밖으로 나온 상태이지만 그래도 궁시렁대는 것은 그만두지 않고 있었다.

2시간 경과 표정.

윤햄 「…….」

피로에 공복감에 기절 직전이었지만 그래도 간간이 신발!! 등 외치는 기염을 토해내고 있었다. 무슨 일 때문에 소년들이 눈 뒤집고 강행군에 강행군을 거듭하는지는 몰랐으나 평소처럼 응석 부려 봤자 아무도 돌봐주지 않는다는 걸 동물적인 직감으로 깨닫고 팔다리를 움직이긴 움직였던 것이다.

어느새 점심 시간은 다가오고… 바람 잡는 사악 마교 교주인 와다는 노골적인 닦달뿐만 아니라,

와다 「윤햄, 저거 봐. 너 때문에 아무도 안 보일 정도로 우리가 뒤처진 상태잖아! 뭐 깨달은 거 없니? ㅡ_ㅡ」

윤햄 「헉! 나 때문에? 정말?」

와다 「응(끄덕끄덕).」

교묘한 언변으로 세뇌까지 시키고 있었다. 미리 간단한 미팅이

라도 했는지 이케다마저 한술 더 뜨고 있었다.

이케다「자, 이 주먹밥을 줄 터이니 이걸로 끼니라도 일단 때우고…….」

윤햄「……(울먹울먹).」

이케다「괜찮아. 열심히 오후에 달려서 만회하면 돼.」

윤햄「네(울먹울먹).」

그걸 바라보는 다른 보모들의 뒤통수에는 식은땀이 흐르고 있었다.

마츠「양심에 찔리게 만들 정도로 단순한 뇬. -_-;」

타니「그래서 취급하기 편하잖아. -_-;」

마루「그 주먹밥은 내 거란 말이야!!」

모리「그런데 우리 진짜로 빨리 왔다. 이제 애들이 보이지도 않네. -_-;」

마루「헉. 모리 군까지 내 말을 씹고…. 우씨.」

모리「……(땀).」

나중에 안 일이었지만 교내 마라톤 대회, 등산 대회, 반 대항전 체육대회, 운동회 등 각종 몸으로 때우는 교내행사에서 뒤처지면… 그것은 곧 운동부 예산삭감이었던 것이다. 이렇게 해서 세뇌당하고 만 윤햄은 열심히 나뭇가지라도 주어서 지팡이 삼아 헥헥거리면서도 계속 등산을 하게 되었다.

와다「이대로 가면…….」

소년들「이대로 가면? -_-」

와다「교내 신기록이다!! -ㅅ-」

소년들「-_-」

과연 그 뒷일은… 누가 감당할꼬…….

아침도, 점심도 제대로 못 먹었건만 서바이벌 게임에 가까운 등반을 강요당하고 있었던 윤햄은? 교내 톱 예산 톱! 이란 욕심에 눈이 먼 소년들에게 속아 열심히 삽질하고 있었다.

타니「교내 톱. -_ㅠ」

마츠「공부 빼고 일등이라… 눈물이 앞을 가린다.」

와다「Go!! Go!!」

이케다「차라리 여기서 뼈를 묻는다!」

모리&마루「-_-:」

윤햄은……?

윤햄「뭐라 뭐라 고함 지르는지… 아직 젊군. 훗. (-_-);」

소년들이 결심을 다지는 틈을 타서 주먹밥을 훔쳐 먹고 있었다. 헝그리 정신일 뿐 결코 추잡한 게 아니라고 자신에게 되새기면서.

와다「이 여자가 지금 누굴 걸 먹고 있는 거야?!」

윤햄「……(눈 뒤집힘).」

이케다「마, 마루 건가 봐(변명).」

와다「그런가(납득).」

타니&마츠「……(그럼 무시).」

마루「컥!!」

모리「저기… 이거라도 먹어, 마루 군. 실은 하나 더 있걸랑.」

묘하게도 미야 선배가 윤햄 먹기를 바라고 준 도시락은 윤햄이 아닌, 엉뚱한 마루에게 넘어가고…

윤햄&마루「먹을 걸 주는 사람!!」

모리「이 반응은 대체??」

상냥한 소년 내지는 멋진 소년, 잘생긴 소년도 아닌, 밥 주는 소년으로 낙인되고 마는 순간이었다. 그 둘에게 있어서 잘생긴 축구 소년이라는 타이틀보다는 도시락 하나 더 마련하는 능력(?)이 더 중요했던 것이다. 이렇게 해서 다시 시작된 강행군.

아침은 먹었건만 5인분은 되는 걸로 여겨지는 초대형 엄마 사랑 도시락을 태반이나 윤햄에게 뺏긴 마루가 뒤처지기 시작했다. 모리의 구조도 소용이 없을 정도로 위장이 남다른 그였던 것이다. 여자인 윤햄은 그나마 머리와 다리 들고 이동하든지―구급활동 다큐에서 흔히 보는 그 포즈―아니면 손이라도 잡아주며 이동했지만 두터운 뿔테 안경에 오동통 소년인 마루는 불행히도 평소에는 공부 내지는 엄마타령. 취미는 미소녀 만화 베끼기라는 우울한 모범생이었기에 내려가는 길목 등에서는 그냥 떼굴떼굴 굴리기를 당하는 불행을 맛보고 있었다. 그리고 어느 지점에 다다르자…

와다「여기가 지름길이야. ―_―」

소년들&윤햄「……」

그곳은 길이라고는 도저히 보이지 않는 암벽이었다.

와다「IQ 192인 내가 그동안 선배들의 기록과 지도와 구청 자료 등을 토대로 마련한 지름길 지도에 의해 너희들은 이곳까지 왔다(열변). -_-」

모두「암벽을 어떻게 타고 가, 이 사람아!! -_-;」

와다「여기가 그나마 제일 만만한 지름길이야. 더 좋은 방안 있음 말해 봐. 나를 한번 납득시켜 보게. 들어는 줄게. -_-」

모두「윽(진짜 치사해. T_T).」

와다「자, 자, 말해 보라니깐. 열린 가슴. 열린 토론회.」

모두「……(땀).」

처음에는 식은땀부터 흘린 그들이었지만 막상 올려다보니,

마루「별로 안 높아 보이긴 하네.」

와다「그럼, 그럼. -_-」

윤햄「아웅? 언덕 수준이네? -_-」

와다「내가 설마 너희들을 위험에 빠지게 만들겠니?」

타니&마츠「재미있겠다!!」

이렇게 해서 올라가게 된 그들의 앞날은… 두둥!! 아니나 다를까 순탄치는 않았다. 아무리 간이용 밧줄 등을 목숨줄로 삼아 언덕 비슷한 곳을 올라간다고 한들 난생처음 해보는 엄연한 암벽 타기. 어린이가 따라해서는 결코 안 되는 위험한 등반. 그래도 모르는 게 약이라고 1시간 넘는 강행군 끝에 넘고 만 것이다. 그런데

문제는 너무 앞서 가고 만 것. 다른 애들이 산 하나 넘을까 말까, 혹은 강행군 끝에 한 개 반에 도전하고 있을까 말까 할 때 윤햄 일행은 당초 목표량을 250% 초월하고 있었다.

모리「여기… 어디야?」

와다「글쎄.」

소년들「……(어이! 아저씨!!).」

이후 윤햄 일행은 합류할 때까지 산중에서 공중전화박스 찾아 헤매야만 했다. 그나마 쉽게 구조받은 것은 애들 가는 곳이 아닌, 프로급 등반가들이 가는 방향으로 가는 걸 의심한 미야 선배의 제보 덕분이었다. 쿵!

그렇게 해서 막을 내린 1학년 1학기 소풍 다음날, 윤햄은 소풍 후유증으로 인해 끙끙 앓고 있었다. 그런데도 어김없이 아침 일찍부터 문 두들기는 사악한 와다와 타니 일파.

와다「그럼 오늘도 정규 수업이 있기에 이만. ㅡ_ㅡ^」

윤햄「나 오늘 학교 쉴래, 쉴래(바둥바둥).」

와다「자, 자. ㅡ_ㅡ」

목덜미 끌려서 나오는데 타니와 마츠 콤비가 엄마한테 찰싹 달라붙어서는,

「어머니, 어머니~ 오늘 가정 시간 요리실습예요~ 먹을 거 조금~ 우와~ 이건 또 뭐예요~」

수상한 수작을 걸고 있었다.

윤햄「흠? 오늘 가정 시간…….」

없는데, 라고 말하려는 순간 입을 틀어막는 어둠의 손. 그대로 끌려가는 윤햄이었다. 그렇게 해서 끌려간 곳은 일대 고급 주택가 중에서도 한층 고급인 주택 지대였다.

윤햄「학교는?」

와다「오늘 학교는 소풍 다음날이라서 쉰다. ー_ー」

윤햄「앙?」

와다「저기가 우리 집. 저 담벼락 돌다 보면 나와.」

그 담벼락이 꽤 긴 것이었다. 이어서 모습을 드러낸 와다 일족 거주지는…….

윤햄「궁궐인가! 대체 몇 평이야(버럭)!!」

와다「글쎄. 신경 쓴 적 없어서 몰라(긁적).」

이었다…. 생전 처음 보는 일본 전통 가옥이었다. 거기다 은은한 향냄새, 그리고 호호 하고 얌전하게 웃으면서 조용조용 오가는 기모노 차림의 여인네들…….

와다「우리 집이 다도(茶道) 해. 신경 쓰지 마. ー_ー」

윤햄「쿵…….」

알고 보니 그렇고 그런 집이었던 것이다. 오가는 여인네들 전부 다 '아라~ 와카센세(어머~ 막내 선생님)~' 하는 것이었다.

와다네 집 묘사는 열받으니 그 정도로 하고, 아무튼 별채에서 혼자 산다는 와다네 방에 온 윤햄 일행. 자기 사는 곳이나 자기 공간이라고 할 수 있는 자기 방 공개를 꺼리는 일본 애들 풍토를 생각할 때 이날 일은 분명 획기적인 일이었다. 더군다나 상대는 존재하는 것 자체로도 충분히 거만하게 느껴지는 와다.

타니 「나 와다랑 같은 초등학교 다니는 동안 내내 같은 반이었는데도 오는 건 오늘이 처음. -_-;」

마츠 「미 투. 저기 저 항아리 들고 튀면 맞겠지?」

이라는 것이었다. 하지만 일단 한번 발자취를 남긴 곳은 이내 자기 집 들락거리듯이 드나드는 윤햄. 와다네 별채는 곧 윤햄 일파의 아지트가 되고 만다. 부엌 따로. 넓은 공간. 본채랑 떨어져 있는 데다 어른들은 와다의 허락 없이는 아무도 올 수 없었고 각종 오락기 등 놀이도구도 많아서였다.

와다 「그럼 어제 일 사과하는 의미와 우리 집 문호 개방을 자축하는 의미에서 전골이라도 드시게. -_-」

윤햄 「나베?」

나름대로 어제 소풍 일에 대해 미안하다고 느끼고 있는 모양이었다. 어디까지나 나름대로……. 그리하여 커다란 냄비 하나 둘러싸게 된 것이다. 육수가 보이지 않을 정도로 우르르륵 먹을거리—집에서 하나둘 들고 온 거. 그중에는 윤햄 집 식량도 있었다—를 무작정 집어넣는 와다 일파.

윤햄 「조또~ 맛따(잠깐 스톱)!!」

소년들 「-_-」

윤햄 「밥은 그렇게 하는 게 아님. -_-^」

소년들 「오오!」

여기에서 또 눈물 없이는 지나칠 수 없는 스토리가 있다. 알다시피 윤햄은 6남매 둘째딸이다. 그렇다면… 첫째는 첫째라고 집안일 안 시킨다. 셋째 딸이나 넷째 딸은 귀여운 딸이라고 해서 안 시킨다. 막내들은 어린 막내라고 안 시킨다. 그럼 부모님이 없거나 할 때 누가 하겠는가?! 특히 윤햄 집처럼 가사 보기를 돌 보듯이 하는 엄마, 아빠를 부모로 두고 있으면 알아서 자급자족해야 살아남는다(애들 다 내팽개치고 부부끼리 여행 가는 악당들이 바로 윤햄 부모님 되겠다). 바로 둘째인 윤햄. -_-^ 그렇게 해서 중1인 나이에 이미 요리 경력… 6년은 넘고 있었던 것이다. 유치원 때부터 이미 '네가 알아서 사과 깎아 먹어' 라고 학대받고 자라온 윤햄. 육수 맛을 보더니…

타니 「결혼해 주세요. -_-:」

마츠 「나도, 나도~」

윤햄 「뭐야.」

이 콤비는 대체……. 알고 보니 둘 다 달랑 아버지 내지는 어머니하고만 사는 관계로 일에 쫓기는 터라 방치 상태로 두고 있어서 밥에 굶주린 소년 둘이었다. 그래서 더 친한 둘이었다. 이렇게 소란스럽게 열심히 음식을 마련하고 있는데 음식이 다 되어갈 무렵 하나둘 나타난 나머지 소년들은 전부 축구부 멤버들이었다. 그날 그 자리에 모인 멤버들은 그대로 와다를 주축으로 한 세력을 구축하게 된다.

야마모토「하이~ -_-^」

요시다「어휴, 힘들다. 할롱~」

윤햄이 전학 온 이래 축구부 멤버들은 다가오는 국제화를 위해 'Hi', 'Hello'가 인사였다. 묘한 유행을 창출하고 만 윤햄이었다.

와다「오늘 모이게 한 것은 다름이 아니라 소풍도 끝났으니 조금 있으면 고대하던 중간고사. 오늘은 우리 조직의 출범식 및 중간고사 대책회의가 되겠다.」

윤햄「테스또(주: 테스트를 일본 애들은 이렇게 불렀다)!!」

알고 보니 학생들이 꽤 제멋대로 하고 다닐 수 있는 이유가 성적이란다. 성적이 좋으면 눈 감고 지나치는 일이 많고 무엇보다 언제나 폐쇄설, 감축설이 항상 떠도는 축구부의 존망을 위해 열심히 한 몸 바쳐 최소한의 커트라인은 무조건 돌파해야 하는 것이었다. 그리고 덤으로 최근 교주로 군림하는 것에 슬슬 맛들이고 있는 걸로 보이는 와다의 새로운 장난감이기도 했다.

와다「가장 걱정되는 건 말 안 통하고 덜렁대는 윤햄! -_-」

윤햄「마타 와타시카(또 날 걸고넘어지는군. 후우). -_-^」

와다「알다시피 우리 학교 테스트는 조금 빡빡하다.」

라고 와다가 펼친 작년 시험지는…

윤햄「손! 손! 질문! 질문요!!」

와다「쓸데없는 질문이겠지만 말은 해봐.」

윤햄「이거 무슨 연판장인가요?! −_−ː」

와다「−_−」

폰트 크기 6정도의 깨알만한 작은 글씨로 빽빽하게 적힌, 여백의 미라고는 눈 씻고도 찾아볼 수 없을 정도로 문제 양이 많은 종이 무더기가 테스트 용지였다. 놀라운 건 앞뒤로 빽빽이 채워졌다는 것. 주관식과 객관식이 반반이었다.

와다「보통 한 과목당 50분간 5장—앞뒤인 걸 생각하면 10장 풀어야 한다.— −_−」

윤햄「전학 갈래(바둥바둥).」

와다「그런고로 각 과목을 책임지고 예상문제를 찍을 담당을 발표하겠다. −_−」

소년들「오오~」

윤햄「앙?」

와다「수학은 일명 '숫자의 천재' 라 불리는 마루. −_−^」

마루「나, 난 축구부 아니란 말야. 집에 가도 되는 귀가부란 말이야. 집에 갈래. 집에 갈래(바둥바둥).」

소년들「퍽!!」

와다「국어는 '궤변과 논리로 뭉친 웅변대회 우승자' 인 이케다. −_−」

이케다「윤햄 넌 한자 6000개(초딩 필수)부터 우선 다 외워야

해. -_-^」

　　윤햄「캑!!」

　　와다「영어는 해외파 모리 '교수'.」

　　모리「끄덕.」

　　와다「사회 역사 부분은 쓸데없는 잡학으로 뭉친 고릴라 야마모토. -_-」

　　야마모토「뭐야, 그 소개는. 마음에 안 들어! -_-」

　　와다「사회 지리는 할배 요시다. -_-」

　　요시다「이 집은 다도 한다면서 제대로 된 녹차나 매실차도 없나. 쯧. 홍차라니.」

　　와다「이과 생물은 에로스계의 지존 타니. -_-」

　　타니「내가 관심있는 건 여체의 신비지 생물학이 아니래도 자꾸 그러네, 보스. -_-;」

　　와다「이과 화학 물리는 이상한 발명에 능한 마츠. -_-」

　　마츠「왜 내가 공부를 해야 해!!」

　　와다「이상. 각 담당의 총 감수는 내가 맡는다. 필승!! -_-」

　　소년들「……(투덜투덜).」

　　윤햄「대체 한자가 왜 이리 많은 거야!!」

　　이렇게 해서 건전한 스터디 클럽을 가장한 어둠의 조직이 탄생한 것이었다.

　　'일본에 가면 아무래도 가본 동네 아니니 힘들겠지.'

그런 막연한 생각은 익히 하고 있었지만 실상은 점점 황당하게 돌아가고 있었다. 윤햄이 원하는 하루의 스케줄은…

아침 7시 기상. 7시 20분까지 세수. 7시 20분~7시 40분까지 명작 애니 Z건담 재방송 시청. 7시 40분~7시 50분까지 생쥐 나오는 유치한 동물 만화 힐끔 보며 집 나갈 준비. 가기 싫다고 바동대다 쫓겨나는 순간이 되겠다. 8시 20분까지 학교에 널널하게 터덜터덜 걸어서 도착. 그 이후는 대충 수업 듣다 급식 먹다가 2시 30분쯤에 끝나면 대충 클럽에 얼굴만 내밀고 집까지 전력질주! 나머지는 집에서 만화 보고 TV 드라마 보고 비디오 보고 딩굴딩굴하다 가끔 게임도 하고 숙제는 애써 잊고 살다가 밤 1시에 잠잔다는 환상의 스케줄이었다.

그런데 실상은… 현실은 항상 꿈과 괴리감을 느끼게 한다는 옛말 그대로 가혹했다.

아침 6시에 보모에게 밟혀서 눈뜬다. 6시 20분까지 대충 세수. 6시 20분~30분까지 와다 일파와 아버지에게 숙제했냐, 준비물 챙겼냐 등 닦달 내지는 밟힌다. 6시 30분~7시 학교까지 러닝… 이라기보다는 목덜미 잡혀서 '학교 가기 싫어요! 싫어요!' 바동대다 도살장 끌려가듯이 강제 등교. 7시 10분 체육복 등 간편한 복장으로 갈아입고 축구부 아침 훈련 돕기(매니저란 허울 좋은 말이고 어떤 때는 점수 스코어 매기고 어떤 때는 회비 걷어서 살림하고 어떤 때는 주전 골키퍼가 한 명인지라 팀 내에서 연습 시합할 때 골키퍼까지 해주고 어떤 때는 공 주워 담고 하는… 머슴이 따로 없었다). 아침부터 배 꺼지도록 실컷 한 판 뛴 다음에 수업 들어가야 하는 노가다 생활이었던 것이다. 11대 1이라 개김이란 상상도 할 수 없었다. 한마디로 와다에게 생사여탈권 쥐어진 상태였다. 그렇게 하다 수업 들어가면 정신없이 겨우겨우 받아쓰고 질문하고 해야 겨우 따라갈까 말까 하는 하드코어한 수업. 보통 1학년 1학기에 다른 학교에서는 평화롭게 1학년 1학기다운 기초공부를 하고 있을 때 S중은 중2 과정을 밟고 있었다. 전국에서 손꼽히는 성적을 거둔다는 미명 아래 선배들이 쓸데없이 전국 최고의 도립학교가 집에서 가장 등교하기 가깝다는 이유 하나만으로 입학하고, 우연히도 같은 학군 내에 있는 고등학교가 전부 다 명문 고등학교이고, 가까운 대학 자체가 명문 사립이란 이유만으로 자연스럽게 면학 분위기가 조성되는 바람에 S중 학생들은 죽도록 공부해야 했던 것이다.

그런 스트레스 때문인지 미친 행각을 종종 벌이던 윤햄 일행. 그렇게 정신없이 2시 30분쯤에 끝나면 그걸로 끝이 아니다. 미술부(월수금), 자수부(화목), 뜨개질부(토) 등 가입한 클럽에 매일 한 시간씩은 시간을 투자한 후 운동부 수발 노가다로 돌아갔던 것이다. 그렇게 하다 보면 6시. 이걸로 해방되는 것도 아니다. 그 다음은 와다 일파가 학원에 다닌다는 이유만으로… 덩달아서 학원에 족쇄 찬… 당시 와다 일파는… 월수금 학원, 7시~11시 국어/영어/수학/사회/이과 5과목 집중반(이른바 도립학교 대비반). 화목 학원, 7시~11시 국어/영어/수학 3과목 집중반(이른바 사립 고등학교 대비반) 토일 학원, 토요일은 3시~9시, 일요일은 아침 9시~12시 모의고사만 집중적으로 하는 입시대비반 등을 자청해서 다니는 아주 극악한 놈들이었다(주: 단 윤햄 입장에서 볼 때 이야기).

여기에서 한 가지 더 골 때리는 사실. 일본은 중학교까지는 그나마 사립학교 아닌 다음에야 입시가 보통 없지만……. 도립학교 등 공립학교는 보통 진학하려면 5과목 시험(오백점 만점)과 내신 성적+면접이 기다리고 있었다. 사립학교는 3과목 시험+면접(학생 면접만 보는 데도 있고 부모형제 다 보는 데도 있다)라는 환경에 처해진 탓에 윤햄은 고등학교에 가려면 3년이 지나면 유학생 자격이 없어진다는 항목 때문에 자력으로 어느 학교든 가야 하는 절박한 실정에 처해져 있었던 것이다. 덩달아서…

윤햄「흠냐? −_−」

와다「그러니까 열심히 공부해서 일본 보통 애들만큼이라도 성적 못 내면 넌 학교도 제대로 졸업 못하고 끝난대두. 놀 때가 아니라네(세뇌). −_−」

윤햄「에?」

이렇게 해서 하드코어한 공부를 해야만 했던 윤햄. 이런 말 하면 다들 놀라던데……. 하지만 S중에도 쉬는 시간이 있었다. 왜 다들 이말 하면 화들짝 놀라는지. 학교니 당연히 '쉬는 시간'이 있긴 있었다. 보통 애들은 특별활동 일체 안 하는 '귀가부'일 경우 막판까지 안 오는 놈도 있고(8시 50분 직전에 교문으로 슬라이딩 하는 패거리 되겠다. 이 세상 어디를 가나 볼 수 있는 놈들 되겠다), 일찍 오는 놈은 뭣 때문에 일찍 오는지 모르겠지만 학교 문 여는 시간부터 죽치고 앉아 있고(새벽 5시 30분이던가), 운동부는 한 7시 전까지는 선배들 때문에라도 오는 그런 식이었다. 그런 다음에 한 이십 분 정도(?) 학교 수업 시작하기 전에 그날 당번인 조의 조장이 나와서는 이것저것 간단한 미팅 비슷한 거 주최하고(오늘의 연락 사항 등), 담임 선생님 간단히 한 말씀하고 10분 쉬면 첫 수업이 시작된다.

이 첫 수업 후에 10분 쉬고 2교시 수업 후에 20분 쉬고 3교시 수업은 10분 쉬고 4교시 수업은 끝나면 점심, 이런 식이었다. 이런 쉬는 시간이나 갑자기 생긴 공백, 자습 시간에는 뭐 했냐면 영어단어 익히거나 하진 않았다. 그럼 뭘 했냐? 안에서 책을 읽거나 낙서하거나 수다 떨거나 하진 않았다. 밖에 나가서 축구나 야구, 발야구, 술래잡기. 엄청난 장난을 치거나, 아니면 보통은… 빙고를 했다. 5X5, 조금 더 심심하면 90X90 칸 만들어서 한국 도시 이름 등 집어넣어 빙고를 했던 것이다. 원래는 파리, 런던 등 간단한 도시 이름 넣기 등 했으나 어느 날 윤햄이 '한국 전주!' 라고 혼자 치사한 짓을 하자 그 후 열받았는지 에로시마 선생님이 본 에로 잡지, 에로 문고 이름 넣기 등등 각종 엽기적인 것을 넣기 시작한 것이었다. 윤햄 일파는 그렇게 살 수밖에 없었다.

야만인이라도 좋아(Yabanjin de ii) —Song By 安全地帯

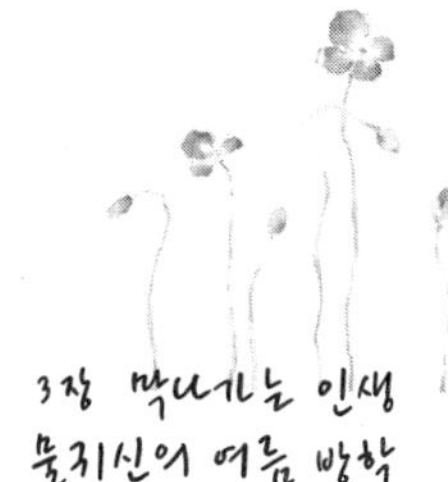

　　윤햄 인생에는 이상하게도 본인의 덕망과는 달리 태클이 많이 들어온다(날라오는 돌 피해보아). 거기다가 잔소리하는 사람은 왜 그리 많은지. 내가 그리도 사랑스럽단 말인가라고 되물어보고 싶을 정도로 이 말 저 말 충고랍시고 해주는 사람들 많지만 윤햄으로서는 그러는 사람이 한둘이 아니니 당연히,

　　'아악. 아악. 잔소리 싫어! 싫어!!'

　　라고 귀를 막을 뿐이다.

　　중학교 때 이미 6명이나 잔소리꾼들이 달라붙은 상태였으니 그런 바람직하지 못한(?) 상태가 예상외로 길게 이어질수록 그 스트레스는 이루 말할 수가 없었다(지금은 그 뒤를 쓸데없이 여동생들이 잇고 있다. 그런 건 안 해도 되는데). 말을 깨우치고 나니 이전에는 몰랐던 일들도 알게 되고 모르는 게 더 나은 일들도 알게 되니 그 폐해가 막심했다. 그래도 버틸 수 있었던 건… 순전히 조금만 있음 여름 방학! 그거 하나뿐이었다.

뭐, 애 한둘 있는 집에서야 방학 동안 한국에 놀러간다든지 아님 어딘가 놀러간다든지 할 테지만 알다시피 윤햄 집은 애만 많다. 거기다 애완도 많다(당시 개 한 마리, 붕어 패밀리 등 사육하고 있었다). 그런 집인 만큼 여행은 사치였다. 그런고로 집안 도우는 일이란 다름 아닌 집에서 얌전히 뒹굴대다 집안일 조금 하고 동생들 업어주는 일이 되겠다. 덕분에 늘어난 주부습진에 탈골 현상. 그런 방학이라도,

'어서와~ 방학.'

심정이었다. 아아, 불쌍한 윤햄. 그런 윤햄을 덮친 충격적인 사실!! 일어도 모른 채 일본에 온 후유증이랄까. 당연히 성적이 제대로 안 나왔던 것이다. 윤햄 인생에 처음 맛보는 좌절이었다. 중딩 나이에 빨간 점수라니.

성적표 나온 날 윤햄은,

「야수미닷(방학이다)!! >_<」

라고 교실 주변을 만세 삼창 외치며 싸돌아 댕기고 있었지만 교실 안에서는 어두운 표정을 띤 남자 6명이, 정확하게 말하자면 남

자 3명이 있었다.

마루「후훗. 방학 되면 저 얄미운 윤햄도 안 보겠군. 가만있자, 학원 다니고, 영어학원 다니고… 그렇게 하면 2학기 때 성적이 평균 X점은 오를 테니… 2학기는 내 세상(승리의 브이)!! −_−v」

마츠「타니, 사랑해!! 우리 바다 가서 아리따운 고딩 누님들 꼬시자. *−_−*」

타니「마츠, 나도 사랑해. 우리의 키와 몸매, 그리고 약간 삭은 외모라면 대학생이라고 사기쳐도 누님들 속을 거야. −_−*」

마츠「쿨럭. 삭은 게 아니라 약간 성숙한 이미지라고 해줘.」

타니「쿨럭. 그런가.」

이러고 있었기 때문에 나머지 3명만 어두웠던 것이다.

모리「딱 한 문제씩만 더 맞추면 40점 커트라인 돌파하는 것을… 아깝다(보통 사람은 할 수 없는 기술이겠지?)」

이케다「요녀석, 주리를 틀어야겠어. 그렇게 잔소리했는데도 시험 직전에 공책 한 번 더 안 보려고 바동대더니 결국은 사고를 치는군(아버지 심정).」

와다「……」

장밋빛 뷰티풀 라이프를 꿈꾸던 소년 3명도 점차 말수가 줄어들고 있었다. 그만큼 와다의 먼 산을 바라보는 시선이 불길했던 것이다.

모리「수학만 46점이네. 그것도 중간에 식은 빼먹고 어떻게 답만 달랑 맞출 수 있지? 암산 문제도 아닌데 말이야. -_-;」

이케다「후우. 제대로 한자 맞춘 건 임진왜란 일으킨 토요토미 히데요시(豊臣秀吉) 바보라고 쓴 거 정도—주: 어린 마음에도 넘치는 이 애국심?—나머지는 감으로 한자를 다 그렸어! 미친!!」

와다「…….」

옆에서 누가 뭐라고 한들 그저 묵묵히 창문밖에 시선을 두는 와다.

마루「와다가 왜 저리 조용하지? 불길. -_-;」

마츠「'생리' 인가? -_-a」

타니「바보. -_-;」

와다의 침묵이 신경 쓰이는지 눈치를 보기 시작한 마루와 타니&마츠 콤비.

모리「이렇게 되면 3학기가 있더라도 최소한 2학기 때 XX점씩 받아야 만회가 된다는 거네.」

이케다「여름 방학 끝나고 공부시킬 생각하니 후우… 벌써부터 암담하다.」

와다「…….」

이케다와 모리 정도가 진지하게 윤햄 성적표를 두고 분석하고 있었다.

마루「난 다 90점 넘었는데. -_-v」

마츠「닥쳐! 퍼억!」

타니 「이 눈치없는 것이! 킥!」

그 무렵 윤햄은 자신의 응석을 친절하게 다 받아주는 같은 반 미소녀들인 마이 짱, 이시하라 상과 열심히 수다를 떨고 있었다.

이시하라 「윤 짱은 방학 때 뭐 할 거야? ^^」

마이 「평일에는 학원 다녀도 주말에는 놀이동산 가고 그럴 건데 윤 짱도 우리랑 같이 갈래?」

윤햄 「앙! 쉴 때는 쉬어야지. 암, 그렇고말고.」

와다 「…쉰다고(욱)?」

평화롭게 이러고 있었다.

와다 「타아~!!」

난데없는 기성(奇聲)과 함께 수도(手刀)로 책상을 내려친 와다. 망가지고 만 책상. 알고 보니 일본 쿵후 유단자였다.

와다 「오마에니 야수미나도 나이(너한테 방학은 없어)!!」

윤햄 「엥?」

모두 「에?」

와다 「여름 방학 특강이다. 혼자 매일 등교하도록.」

윤햄 「야다. 야다(싫어! 싫어)—!!」

이케다 「소레가 이이카모(그게 좋을지도).」

모두 「아멘.」

이렇게 해서 여름 방학임에도 불구하고 공부하게 생긴 것이었다.

여름… 여름 방학……. 세상 사람들은 바캉스를 외치며 싸돌아다닐 시각, 중학생임에도 불구하고 학교 교실 한구석에 잡혀서 무수히 쌓인 교과서와 참고서, 문제집 등을 암울한 눈빛으로 노려봐야 했던 한 불행한 소녀가 있었으니… 그게 바로 윤햄이었다.

일본 중학교에 전학 가게 된 게 죄였다. 일본어의 일도 모르는 상태로 일본 현지 중학교, 그것도 성적 좋은 학교로 들어가게 된 비운의 소녀 윤햄. 집에서야 그런 만큼 0점을 받아오던 10점을 받아오던 '할 수 없다'는 표정이었다. 그런데 집에서도 어쩔 수 없는 일이라고 생각하는 일을 도저히 납득이 안 간다고 난리치는 인간이 있었으니… 바로 와다였다. 자신이 가르쳤음에도 불구하고 평균점이 40점대를 들락날락하자 폭발한 것이었다. 그리하여 날씨 좋은 여름 방학에 풀장은커녕, 놀이동산은커녕 우울하게도 학교 한구석에서 1대 1 면담을 하고 있었던 것이다.

당시 윤햄이 해야 했던 학교 방학 숙제는?

전 과목 공부 개학식 날 바로 전 과목 모의고사를 본다.

＊국어 ☞한자 외우기. 작문.

＊영어 ☞영어 단어 외우기. 작문.

＊수학 ☞잇세이 선생님이 작성한 문제집 한 권(주: 깨알만한 글

씨로 300장 넘는 일대 역작이었다).

　*사회 ☞지역사회에 대한 조사 및 리포트.

　*역사 ☞세계사 혹은 일본사에 관련된 인물 조사 및 리포트.

　*미술 ☞그림 한 장.

　*음악 ☞피리 마스터.

　*체육 ☞보건교육.

　*이과 ☞화학 공식집 암기.

이런 식으로 학교에서 내주는 것만 해도 방대한 양인데 와다는 매일같이 숙제를 내주었다. 최소한 일어로 하루 10줄 이상 써야 하는 일기가 그중 가장 고역이었다.

원래 방학 일기라는 것 자체를 싫어하는데—주: 쓰다 보면 쓸거리가 3일 만에 없어지기 마련—매일 쓰고 매일 검토받고 하는 그 피폐한 생활은… 이미 방학이 아니었다.

윤햄「…….」

와다「이건 이렇고 저건 저렇고. -_-+」

윤햄「…….」

지금쯤… 마츠&타니 콤비는 아름다운 고딩, 대딩 누님들 유혹하러 가까운 바다를 헤집고 다니고 있을 것이며, 모리는 외갓집 놀러갔다가 영국 놀러갔다가 한다고 했으니 외지로 놀러 다니고 있을 것이며, 이케다는 농구 잘하는 덕분에 외국에 가야 한다고 했으니 좋아하는 농구 하며 자빠져 있을 것이며(주: 예를 들어 한일 청소년 친선경기), 하다못해 마루조차 엄마의 사랑을 듬뿍 받으면서 행복한 여름 방학을 보내고 있을 텐데…….

'난데 와타시 다케(왜 나만)!!'

하고 폭발하기까지 그리 오랜 시간은 걸리지 않았다. 원래 인내심이 없었던 관계로. 1대 1 공부 시작하자마자… 는 아니었지만 한 3일인가 지났을 때 주먹 불끈 쥐고,

"히토리와 야(혼자서는 싫어)!!"

라고 외친 것이다. 바로 물귀신 윤햄이었다.

본인은 결코 남 잘되는 꼴 못 보는 성격은 아니라고… 그때까지는 생각했었다. 남, 그것도 친구가 잘되면 좋잖아라고 생각했건만 길고 긴 여름 방학이 시작되고 지옥 같은 여름 특별 공부 시간이 다가와도 친구 아마도 친구 인 윤햄이 고통의 신음을 내지르며 공부하고 있는 걸 뻔히 알고 있을 텐데 그럼에도 불구하고 전화, 위문공연은커녕 그림자마저 구경할 수 없는 냉혹한 현실에 무릎 꿇고 만 윤햄. 의지가 약했던 사춘기 윤햄이었다. 이 윤햄이 결심한 복수란 바로 물귀신 작전이었다.

윤햄「혼자는 싫어! 싫어(도리도리. 바둥바둥)!!」

와다「음. -_-」

이렇게 며칠을 바둥바둥대자 와다는 내심 할 수 없다는 듯 전화기를 들었고 여름을 만끽하고 있던 소년들에게는 날벼락과 같은 호출이 터졌다.

그럼 그들은 그때까지 무얼 하고 있었기에 그림자도 구경할 수 없었던 것일까?? 우선 오동통 마루야마 소년은 얄미운 윤햄을 잊고자 노력할 필요도 없이 안 보자마자 1시간도 안 되어서 윤햄을 잊는 데 성공하고 즐겁게 학원을 다니며 땀을 빼고 있었다고 한다. 그러다 호출이 오자 '아악' 비명을 지르고 방을 떼굴 굴러보는 등 반항하고자 했으나 와다가 그걸 허용할 사람인가. 다름 아닌 보스 와다가 부른다니 갈 수밖에(안 가면 다가올 냉혹한 응징이 두렵기에. 뱃살은 남보다 많아도 배짱은 남보다 없었던 마루 소년다운 소심함).

그 무렵 이케다 소년은 여름 방학 학원 강습과 농구부 해외전지 훈련 등에 땀을 빼며 그야말로 100% 여름 방학을 충실하게 시간을 보내고 있었으나…

이케다 「내가 왜? 왜? 왜?!」

와다 「너 윤햄 아빠잖아. 딸내미가 부르니 어서 오길. ㅡ_ㅡ」

이케다 「으윽…….」

그래도 책임감있는 놈이라 궁시렁대긴 했지만…

이케다 「그래, 딸내미가 보자는데……. 훗.」

하고 왔으나,

윤햄의 '쿠케케케케. 물귀신 성공이다. >_< 소리에 발끈해서 주먹질이 오고 가고 말았다. 별로 아름답지 않은 부녀(?)의 상봉이었던 것이다(주: 언제는 아름다웠냐만은……).

모리 소년은 착해서 그런지, 아니면 젠틀맨해서 그런지 제일 흔쾌히 승낙해서 다른 남자들의 원성을 사고야 만다.

모리 「응. 어차피 방학이라고 해도 학원 아니면 가야 할 데가 있는 것도 아니고. 할머니 댁은 오봉(주: 여름에 성묘하러 가야 하는 날) 때 가면 되니까. 진작 부르지 그랬어? 난 아무 말 없기에 그냥 잘 지내나 보다 했지. ^^」

윤햄은 이 반응에 조금은 양심이 찔렸다는 후문이 있으나 언제나 그렇듯이 확실치는 않다.

제일 반항했던 것은 의외로 평소에 오누이처럼 같이 악행을 일삼던 마츠&타니 콤비였다. 왜냐? 그들은 놀랍게도 쇼난(湘南)이라는 인근 해변(가장 퀸카, 퀸카들이 많다는 바캉스 지역)에서 한 건 올리고 있었던 것이다!! 두둥.

하나둘 불려가는 동안에도 그런 사정에는 아랑곳없이 배신을 때리는 남자가 어느새 생기고 있었다. 그 소년 둘은 다름 아닌 윤햄에게 평소 교육상 안 좋은 일본어만 가르쳐 주던 두 악동 타니&마츠 콤비였다(주: 바보—바카, 멍청이—아호 등 주옥 같은 단어만 열심히 주입하고자 노력하던 그들이었다). 이건 생각지도 않은 배신이었다!! 그 정도로 평소 같이 안 좋은 장난만 치는 거의 이란성 세쌍둥이처럼 같이 댕기던 그들이 아닌가. 다른 사람—예를 들어 마루 소년—보단 훨씬 더 가깝던 둘이 아닌가. 그런 만큼 윤햄의 복수심은 음흉하게 불타오르고 있었다.

집요한 와다의 전화호출에 이불 뒤집어쓰고 자는 채, 자기 방 책상에서 뭔가 열심히 자습하는 채, 아픈 채 등등 갖은 스킬로 대항하던 둘. 그런다고 물론 포기할 와다가 아니다. 반항, 항거, 거역이란 말을 안 그래도 안 좋아하는 남자다. 게다가 나만 억울하리? 덩달아 죽어! 란 정신으로 와다를 선동하는 마루 소년도 있었다. 여느 때라면 쉽게 덜미 잡혀서 도살장 끌려가는 도야지 두 마리처럼 능지처참의 궁형을 당하겠지 하고 예상한 윤햄 일파였으나 두 소년의 배신은 의외로 뼛속 깊숙이 박혀 있었다. 그도 그럴 것이 이 두 소년은,

「조금 어려 보이겠지만 저희 는 젊고 싱싱한 고등학생이랍니다, 누님. -_-*」

이란 거짓말이 먹혀… XX여자대학 댕기시는 아리따운 누님 그룹(여대생 넷이 친구란다), XX여고 댕기는 아리따운 누나 둘(둘이서 놀러왔다가 두 소년의 마수에 걸린. 쿨럭) 등 승승장구하는 여름을 보내고 있던 차라 무슨 일이 있어도 잡혀서는 아니 된다는 그런 강박관념에 필사 회피를 하고 있었던 것이다. 여름 방학 이후의 일은 생각지도 않는 그들이었다.

타니「햄… 이게 다 너 혼자 크라는 우리의… 흑! 눈물이(실은 씨익)앞을 가리는군. 휘리릭.」

마츠「햄… 사랑했지만~ 이제 우리 그만 만나자. 반인륜적인

삼각관계는 청산해야 해.」

타니「하나 친구이긴 하니 양심이 조금 찔리는군. -_-」

마츠「응원 편지나 남겨주지. 훗.」

그렇게 해서 온 투서—주: 맨션 우편함에 쑤셔놓고 간 것도 편지라고 한다면—내용은 다음과 같았다.

『이 세상에서 가장 사랑하는 소녀 윤햄에게……

이런 결정을 내릴 수밖에 없었던 우리를 용서해 달란 말로 이 편지를 시작하고 싶구나.

처음 볼 때부터 한눈에 반해 사랑했으며 지금도 물론 사랑하고 있지만 우린 떠날 수밖에 없는 거 같아. 우리 관계가 한 번도 그릇된 관계라고 생각한 적은 없었지만 복잡한 삼각관계는 세상에서 불순한 눈으로 쳐다보잖니? 그런고로 우리 둘은 남자만의 세계에서 다시 수행하기 위해 눈물을 머금고 여행에 떠날 생각이야. 그동안 즐거웠고 보람찬 강습 되길 바란다.

From. 한때 널 사랑했던 남자 둘이

키스마크와 함께 사랑을 보냄.

p.s 방학 끝나고 나서 너무도 변한 우릴 보고 놀라지 말아다오. 네가 알던 우리가 아닐 거야, 아. 마. 도.」

그렇게 편지를 쑤셔놓고 등에 큰 가방 메고 또다시 헌팅하러 쇼

난 해변을 향해 발길을 돌리려던 두 소년이었으나…

　　윤햄 아버지「남자 둘이서 칙칙하게 어디 가니? ㅡ_ㅡ」

　　타니「헉, 아버님, 안녕하세요? ㅡ_ㅡ;」

　　마츠「사정이 있어서 둘이서만 어딜 조금 다녀오려고요. ㅡ_ㅡ;」

　　윤햄 아버지「응. 바이.」

　　언뜻 보기에는 아무렇지도 않게 끝날 그런 평범한(?) 우연한 만남이었으나…

　　윤햄 아버지「햄, 너 친구 둘 어디 가출하나 보더라. 그것도 남자 둘이서 우울하게 말이야. ㅡ_ㅡ」

　　윤햄「뭐야. 이 편지는… 가출? ㅡ_ㅡ;」

　　그리하여 방학이 끝나고 학교에 컴백한 두 배신 소년을 기다리고 있었던 것은?

　　소녀 1「어머 어머! 쟤네 둘이래!! ＞_＜」

　　소녀 2「어머 어머! 정말?!」

　　라는 이상한 비명이었다.

　　소년 1「둘이 너무 친하다고 평소에 생각은 했어(외면).」

　　소년 2「후우, 정말 사람 일이란(먼 산)…….」

　　소년 3「사랑의 도피 행각이라니……. 거참. 중딩 나이에 그런 행동하는 건 미야 선배밖에 없는 줄 알았는데. ㅡ_ㅡ」

　　그리고 거리를 두고 수군대는 소년들까지…

　　타니「뭐야(버럭버럭)!! ㅡ_ㅡ;」

마츠「무, 무슨 말을?! 우린 청순해!! -_-;」

소년 4「너희 둘이 사랑의 도피를 한답시고 윤햄네 집에 편지 남기고 며칠 집에도 안 돌아왔다며? -_-」

타니&마츠「헤? -_-」

소년 5「이제까지의 삼각관계를 정리하고 둘이서 새 출발한다고 했다고 윤햄이 그러던데? -_-」

그런 그 둘을 더욱 몰아세우는 와다&윤햄 일파.

와다「그래, 우리라도 이해해 줘야겠지. -_-」

이케다「그, 그런 관계였다니.」

마루「꺅! 변태! 오지 마!! 내가 미소년이라 해도… 악! 왜 때려! 왜 매일 나만 때려!! 힝!」

윤햄「폭탄, -_- 꺼져!」

모리「멀리서 행복해야 해. ^^;」

타니&마츠「Oh~! Shit~!!」

이렇게 해서 평범한 길에서 벗어나기 시작하게 된 둘이었다. 이렇게 해서 두 멀쩡한 소년은 향후 몇 년 동안 발렌타인 데이 때, 크리스마스 때, 생일 때 유일하게 여자로부터 아무것도 받을 수 없는… 그런 은따 커플링이 강제로 이루어지고 만 것이었다. 하지만 중3 때 이들을 덮친 불행을 생각하면 이것은 약과에 불과했다. -_-;

타니&마츠「윤~햄~!!」

윤햄「내 일본어 독해력에 아무 문제없다던데! 와다가! −_−b」
와다「끄덕끄덕.」
두둥!!
두 소년에게는 날벼락과 같은 학창시절 우울한 추억들의 시초
였다고 한다.

I am… —Song By Hamasaki Ayumi

이지메와의전쟁

이런저런 사정으로 인해 피 같은 여름 방학. 마츠&타니를 제외한 와다 일파(주:마루+축구부)는 매일같이 학교에 열심히 등교하게 되었더란다. 다른 애들이야 뭐 성적 우수하니 자습이었지만 특별감시&관리 대상인 윤햄은 와다와 이케다 파파와 마루 소년의 온갖 잔소리를 들어가며 공부를 해야만 했다.

윤햄 「우워~ 시어머니가 셋!」

이케다 「야! 한자를 누가 그리라고 했어?! 다시 익혀!!」

마루 「윤햄 바보, 바보, 바보. 크헉!! 왜 때려!!」

와다 「자, 그럼 시험 삼아 이제껏 설명했던 거 질문 타임.」

매사가 이런 식이자,

윤햄「울먹울먹. 이지메다! 이지메!」

통곡하는 척하며 책상에 고개를 푹!

마루「우는 척해봤자 소용없어(사디스트 눈빛). ㅡ_ㅡ+」

이케다「내 딸 패지 마! 퍽.」

마루「하지만… 울먹.」

와다&이케다「남자의 눈물은 무시. ㅡ_ㅡ」

마루「헉! 도모다치자 나이(친구가 아냐). ㅡ_ㅠ」

와다&이케다「오토코와 무시(남자는 무시)!!」

의외로 연약한 체하는 윤햄이었다.

와다「그럼 쉬어가는 의미에서 윤햄에게 직접 일기 쓰게 하는 건 잠시 중단하고 숙달된 조교의 일기를 한번 시범 삼아… 어이, 마루 일기장.」

마루「헤?」

이케다「어, 여기 있네.」

마루「악악악! 내 일기장은 왜?! 너희 걸 보여주면 될 거 아냐!!」

와다「시꺼. ㅡ_ㅡ」

이케다「자, 자, 읽어보지. 음?」

윤햄「음(뭔가 재미있을 것 같다)?! +_+」

그것은… 중 1 소년의 일기가 아니었다.

『7월 XX일.

근처 책방은 뭔가 찜찜해서 전철 타고 2구역 더 간 A역에서 내려 곧바로 미리 점찍어둔 책방을 찾아갔다. 오늘 산책은 '불륜의 향기' 애로물로 유명한 B출판사의 검증된 추천서라 그런지 역시 표지부터 뭔가 기대하게 된다. 두근두근.

7월 XX일.

어제 '불륜의 향기' 첫 장 읽다 자서 그런지 꿈속에 평소 사모하던 이시하라 상이… 꺅. 몰라, 몰라.)_<//

7월 XX일.

요즘 무흐흐흣 꿈을 많이 꿔서 그런지 엄마가 한방약이라도 찾아봐야겠다고 한다. 역시 아들이 너무 예쁘고 잘나고 어쩌고 저쩌고(주:너무 길어서 생략)영특하다 보면 엄마가 세심해지나 보다. 역시 울 엄마가 이 세상에서 제일 멋진 엄마다.

7월 XX일.

기분 좋은 꿈을 꿨다. 꿈속에서 와다가 '초절정 핸섬보이이신 마루사마'라고 무릎 꿇는 꿈이었으니…… 음훼훼.』

몇 장 읽고 난 후 교실에는 야릇한 침묵이……

윤햄「-_-」

이케다「남의 그녀를 맘대로……. 퍽!!」

(주: 이때 드러난 이시하라와 이케다의 관계.)

와다「아직 조직의 쓴맛을 보지 못했나 보군. 꿈속에서 내가 어쨌다고?!」

마루「헉. -_T」

와다「잠시 다른 방에서 가서 다시 세뇌교육을 받아야겠어. 따라와!!」

마루「컥!」

윤햄「여기 이 자리에서 이케다의 단련된 다리로 옆차기 받는 것보단 숙달된 교주의 정신적인 고문이 차라리 낫다고 생각해(친절한 충고?). -_-」

마루「크헉~!!」

그렇게 해서 사라진 그 둘을 그날은 볼 수 없었다.

사람이 살다 보면 자신의 인생에 영향을 주는 그런 만남이 한두 번은 있기 마련이다(먼 산). 이번에는 바로 그런 이야기를 하고자 한다.

그날 그렇게 공부하다 말고 와다&마루 두 소년이 사라진 후―주: 그날 방음 시설이 최고로 잘되어 있는 시청각 교실에서 비명이 들렸다는 소문도 있지만 언제나 그렇듯이 확실치는 않다―호랑이가 사라지자 살맛을 갑자기 느낀 윤햄!

　윤햄「놀자, 아소보!!」

　이케다「크헉. 너란 넘은! ㅡ_ㅡ;」

　모리「와다가 내준 숙제는 어쩌고?」

　윤햄「바둥바둥. 도~세 카에루 지칸다몬(어차피 집에 갈 시간이
잖아)!!」

　모리「그래서 매일 깨지는 거잖아. 참아.」

　이케다「그래, 무슨 놀이 하고픈 건데. 말은 해봐. ㅡ_ㅡ」

　윤햄「카쿠렌보(술래잡기)!」

　모리「ㅡ_ㅡ;」

　이케다「네 나이가 몇인데! 중1이나 되어갖고! 매사가 그런 식
이니 수학문제에 약한 거잖아(잔소리)!!」

　야마모토「하자!」

　요시다「허허…….」

　이렇게 해서 노을이 아름다운 저녁 시간 교내에서 난데없는 술
래잡기가 시작되었다.

　이케다「크헉(각혈)!」

　전원「당첨. 축. 박수.」

　술래도 정해지고ㅡ가위바위보에서 진 이케다ㅡ애들은 하나둘 날
렵하게 숨을 장소 찾아 뿔뿔이…

　윤햄「평소에는 훈련 때도 굼벵이더니……. 후우, 술래잡기 안

했으면 얼마나 섭섭했을까. -_-b」

　이케다「빨리 가. 세질 못하잖아.」

　윤햄「앗, 와스레테타(숨는 걸 까먹고 있었어). -_-:」

　이케다「하무 오마에토이우 야츠와(햄, 너란 놈은)!」

　윤햄「도망가면 될 거 아냐. >.<」

　윤햄도 잡히지 않기 위해 숨을 장소 찾기 시작했는데 막상 찾아보니 마땅한 곳이 없었다. 여자는 달랑 윤햄 혼자인데 여자 화장실은 너무 뻔하고… 한참을 나름대로 머리 굴린 결과.

　『등잔 밑이 어둡다.』

　그런 고전속담에 충실히 따라 1층 남자 화장실에 잠입하기로 결심했다. 두둥~

　1층 남자 화장실. 방학, 그것도 저녁 타임이 가까워서 그런지 아무도 없었고 창문을 통해서 바깥 염탐하기에도 딱이었다.

　윤햄「케케케, 아무도 못 찾는군. -_-v」

　그렇게 소녀답지 못한 회심의 미소를 띨 때였다.

　소년「후우……. 음?」

　윤햄「캑(각혈).」

　체육관에서 검도부 연습하다 왔는지 검도소년의 형상을 갖춘 한 소년이 죽도를 들고 들어오는 것이었다. 위기의 햄.

소년「뭐, 뭐야. 여기 남자 화장실 아니었나. -_-:」

윤햄「쉿! -_-+」

소년「음?」

한편 밖에서는 때마침 이케다 파파의 '하무~' 라고 윤햄 부르는 소리가…….

소년「뭔가 사고친 건가. -_-:」

윤햄「노코멘트. (-_-)」

소년「뭐 하면 내가 대신 말해 줄까? 거기 비켜주지 않으면 볼일을 볼 수가 없는데. -_-:」

윤햄「싫어.」

소년「각혈.」

뭔가 혼날 짓 해서 도망다니는 줄 알고 안 혼나게 잘 말해 주겠다는 소년의 호의를 걷어찬 윤햄. 둘 다 서로의 첫인상은 '뭐야, 이놈' 이었다. 이것이 바로 와다 일파의 숙명적 라이벌 그룹 아키야마 일파의 보스인 아키야마 리호 부회장과의 그다지 아름답지 못한 운명적인 첫 해후였다. 두둥~

S중의 특색 중에 하나가 바로 학생들의 파워가 남다르게 센 점에 있었다. 하긴 아무리 패대기쳐도 입만 살아있는 데다 대대로 성적만은 아주 우수했으니 무슨 일이 있어도 체벌이나 구타하면 선생 목이 날아가니… 어쩔 수 없다면 어쩔 수 없는 추세였다. 게다가 할렘 술탄인 미야 선배를 필두로 개성발랄한 학생임원들.

당시 학교는 카리스마 잇세이&에로시마 선생님 빼고는 체력이 남아도는 학생들 당해낼 개성의 소유자가 그다지 없었다. 그중에서도 막강 파워를 행사하며 학교 제패를 꿈꾸는 그룹이 몇 있었다.

첫째로 투표로 뽑히는 학생회. 학교의 얼굴이라고 할 수 있는 회장이 이끄는 이들이 있었다. 하나 단점은 S중은 학생회나 교장이 맘대로 할 수 있는 체제가 아니었다. 중앙위원회라고 학생회 멤버와 각 위원장들(주: 반장/특별활동 부장/위원회 위원장들로 구성)이 회의해서 투표하는 걸로 모든 사안이 결정나는 시스템이었기에 그곳에서는 학생회장마저 1표에 불과했던 것이다. 그래도 명색이 학생회장인만큼 파워는 있었지만 당시 아키야마 리호 소년은 사상 최악의 회장도 사상 최고의 회장도, 될 수 있는 인간이었다.

먼저 장점부터 열거하자면 백옥 같은 수준은 아니지만 적당히 흰 피부에 그런대로 핸섬한 면상, 웬만한 키에 어릴 때부터 다진 검도 덕분에 튼튼한 몸, 성적 우수, 쾌활한 성격 등이 있었다. 단점이라면 그래서 그런지 왕자라는 점, 지각을 너무 많이 한다는 점(소풍날에도 지각하는 학생회장이 어디 있겠는가). 의외로 소심해서 와다한테 밀린다는 점… 정도였다.

그런 그를 보좌하는 것은 같이 검도하는 검도 소녀 사와다 상, 영리하고 붙임성이 많아서 항상 친구 포섭하는 서기 수에다 군, 냉철한 두뇌로 참모 역할을 해내는 서기 미카미 군이 있었다. 미모와 화사한 말발로 학생회 간판 미소녀 겸 여자 서기 역할을 해내는 나카무라 상, 헌신적인 성격의 미소녀 다카하시 마이 서기 등 보좌하는 애들도 빵빵했다.

그런 아키야마가 학교를 쉽게 장악할 수 없었던 것은 순전히 와다 때문이라고 할 수 있었고, 와다 또한 학생회장 선거전 등에서 유독 아키야마에게 밀린 추억이 있기에 나름대로 친분은 있어도 불구대천 원수 보듯이 냉랭하게 대했다. 아니, 어쩌면 어릴 적부터 집안끼리 알고 지내는 친구 사이인만큼 놀리는 게 더 재미있어서 그런 건지도 모르지만 둘은 서로 친구가 아니라고 했다.

와다. 아키야마를 싫어하는 남자들이 주로 열렬히 지지하는, 카리스마와 너무 뛰어난 두뇌로 마치 암흑세력 보스처럼 군림하는 그의 직책은 중앙위원회 위원장이었다. 보좌진으로서는 비교적 사람의 호감을 잘 얻는 포섭의 달인 축구부 주장 모리 군, 모범생들 사이에서는 카리스마로 통하는 뱃살소년 마루 군, 원리원칙에 시끄러운 반장 겸 학년 반장 모임인 학년위원회 회장인 이케다 군, 대책없는 무대포 가문을 세운 윤햄(주: 광고홍보 위원장), 보디가드로 딱 좋은 마츠(주: 선거대책 위원장)&타니(주: 체육 위원장) 등이 있었으나 이들은 가끔 윤햄 페이스에 휘말려 도움이 안 될 때가 종종… 쿨럭.

그 외에는 뱃살, 아니, 근육으로 승부하는 응원단이란 폭력단체도 있었다. 처음에는 몇몇 단체가 서로 권력을 다투었으나 아키야마&와다 그룹의 권력투쟁에 하나둘 고래 싸움에 새우 등 터지듯이 역사 속에서 사라져 간……

그리고 마지막으로 다크호스. 교내 암흑 세력 분포도에서 빠뜨린 인물이 생각난다. 당시 S중 상식으로는 아키야마 회장을 상대할 수 있는 건 와다 정도, 혹은 와다를 상대하고 쫄지 않는 건 그나마 아키야마 회장이란 것이 보통 학생들 생각이었다. 그런데 믿을 것도 없으면서 두 남자에게 개긴다고 해야 하나. 동급이라고 혼자 생각하는 인물이 있었으니 바로 그 남자의 이름은!! 오오츠키 유타카(大月 穰). 직급은 생활지도부 부장(주: 풍기위원)에 속하는 남자였다.

그 남자의 프로필을 읊어보자면 부친은 동경대 법대를 나왔으면서 백수(어째선지 취직하지 않고 주식투자로 먹고 살았던 독특한 인물), 모친은 전문대 졸업 이후 슈퍼에서 알바하며 집안 살림 꾸리는 장한 어머니, 형제는 위로 5형, 자매는 밑에 여동생 하나. 엽기적일 정도로 무책임하신 아버님 밑에 슬하 자녀가 7남매라는 인구밀도가 아주 높은 환경에서 자란 그는 이미 그 나이에 상당히 뻔뻔했다. 이른바 '못생긴 폭탄 철가면'이 별명일 정도로 말이다.

먹을 거, 현찰 등에 극단적일 정도로 집착하는 면이 있어 애 많은 집만 장학금이 S구청에서 나온다고 했을 때 그가 7남매로 1위였고, 윤햄이 6남매로 2위였기에 애 많은 면에서 유일한 라이벌인 윤햄을 구덩이에 파묻으려고 했을 정도였다(주: 허리까지 묻고 있을 때 그의 범행은 다행히 발각되어 거꾸로 그가 목까지 묻히는 그런 사태도 있었다). 그는 그런 놈이었다.

윤햄과의 첫 랑데부도 상당히 인상적이었다. 결코 평범할 리가 없는……. 해골병사같이 생긴—주: 엄청 야윈 데다 안경까지—소년 하나가 뭔가 파일 목록을 옆에 끼고 다가오더니 '도를 아십니까?' 틱한 말투와 목소리로 딱 한 마디.

오오츠키 「저랑 결혼해 주실래요? -_-」

이었던 것이었다.

윤햄 「헤?」

오오츠키 「뭐, 달리 이유가 있어서가 아니라 실은…….」

하며 내민 프린트 다발에는 생전 본 적도 없는데 한국 국내에 있는 윤햄 집 접시 개수까지 주르르르르륵. 다른 산더미 같은 자료에는 교내 소녀들의 재산목록이 있었다. 나중에 알고 보니 그는 전교 교내 여학생들 중 '대외극비! 집 가진 딸내미' 리스트란 걸 만들어서 호시탐탐 부잣집 데릴사위를 꿈꾸며 온몸으로 Attack 하지만 번번이 깨지는, 그러고도 정신을 못 차리는 최강의 빈대였다. 윤햄과 오오츠키는 그렇게 해서 알게 되었고 후에 신발스런 우정을 쌓게 된다

그렇게 아키야마 학생회장과 아옹다옹하는 동안에 술래인 이케다에게 들키고 만 윤햄.

이케다「헉. 윤햄! 여기서 뭘 하고 있는 거야?!」

윤햄「울먹울먹. 이 사람이 날 괴롭혀! -_T」

아키야마「-_-:」

이케다「내 딸 손 놔! -_-+」

아키야마「왜… 내가! -_-:」

모리「사정도 들어보지도 않고 패는 건. -_-:」

야마모토「아냐, 저런 왕자는 조금 밟혀야 인간 돼. -_-+」

요시다「허허. 요즘 젊은이들은 힘이 남아도는군.」

한참 그러고 있을 때였다.

오오츠키「코라 코라(이봐), 카메오 이지메테와 나란(불쌍한 거북이는 이제 그만 놓아주게나).」

아키야마「거북이가 어딨다고!」

오오츠키「거기 둔탱 윤햄=카메(거북이). -_-」

윤햄「퍽!」

오오츠키「아악! 풍기위원회 위원장이신 오오츠키 사마를 감히! 폭력녀!!」

이케다「윤햄, 사람을 패고 보는 건 안 좋은 버릇이야. -_-:」

모리「자기도 아까까지는 팼으면서. -_-:」

이케다「우리 지난 일은 잊기. (--):」

모두「이케다, 윤햄하고 알게 된 후부터 많이 주접스러워진 거 같아. -_-:」

오오츠키「자, 자, 방학인데 빨리 집에나 가시게나. 문 잠그고 나도 집에 가게. ㅡ_ㅡ」

아키야마「후암, 이 시간까지 순찰 돌다니 수고가 많군.」

오오츠키「나도 이러고 싶지 않은데 장학금 타려면 어쩔 수 없어. 게다가 요새 이지메가 심해서. ㅡ_ㅡ」

아키야마「아, 사토시 군 사건…….」

윤햄「ㅡ_ㅡ?」

이케다「넌 몰라도 돼.」

그런 말을 들으면 더 더욱 궁금해지는 게 인지상정! 추궁한 결과─주:목 졸랐음─사건의 개요는 다음과 같았다.

에노모토 사토시(榎本 智)라고 한 소년이 있었다. 같은 중1인 이 소년은 초딩 때부터 덩치가 좋아 여러 운동부에 들고 그랬는데 막상 중학교에 입학하니 별로 하고 싶은 특별활동이 없었다. 게다가 애니에 푹 빠진 탓인지 빨리 집에 가서 만화나 봐야지 했던 것이다.

그런데 세상은 그런 그를 가만두지 않았다. 예상외로 운동부에 안 들자 응원단에서 찍은 것이다. 자기들 그룹에 들어오라고. 처음에는 말로만 설득하려 했으나 사토시 군이 그냥 난감하게 웃을 뿐 응원단에 가입하려 들지 않자 차츰 주먹질로 윽박지르게 되었다. 그래도 사토시 군은 아무 말 안 하고 참고 견디고자 노력했다. 제풀에 지쳐서 곧 그만 하겠지, 했던 것이다.

그런데 나중에는 사토시 군의 책상까지 나사 하나하나 풀어서 해체하는 등 악질적인 장난이 심해지자 사토시 군은 점차 말수가 적어졌고 급기야 등교 거부까지 하게 되었다. 사건의 개요를 듣고 난 윤햄은?

윤햄「그럼 그 집 가면 만화 많겠네(침 쥘쥘)? +_+:」

이런 엉뚱한 게 부러워진 것이다.

이케다「오마에토이우 야츠와(너란 놈은)!!」

모리「소~이우 몬다이쟈 나이다로(그런 문제가 아니잖아)~ -0-」

윤햄「외면. (-_-)」

오오츠키「암튼 난 학교 문 다 잠글 테니 집에 갈 사람은 집에 가고 남아서 학교에 갇힐 사람은 즐거운 감금되시길.」

모두「-_-;」

그렇게 해서 집에 돌아갔는데 잠잘 시간이 되어 바닥에 누워도 윤햄의 뇌리를 뒤덮은 것은,

윤햄「만가가 잇빠잇(만화가 많다니)! +_+:」

이것뿐이었다.

그리하여 다음날 아침.

윤햄 엄마「어머, 일찍 일어났네. 말 안 해도 일어나다니. 그래, 친구들은 몇 시에 온댔니? 잠깐, 햄, 어디 가는 거야? 친구 안 기다리니?!」

윤햄「후닥닥닥.」

엄마 「뒷감당은 어쩌려고 튀는 거야, 쟤는.」

학교에서 나눠 주는 주소록 하나 들고 윤햄이 찾아간 곳은 같은 반 사토시 군 집이었다. 회사 사택에 사는 관계로 집 찾기가 무지 쉬웠던 것이다.

사토시 엄마 「어머, 누구세요?」

윤햄 「도모타치데스(친구예요)!」

아마 남자 아이였으면 혹시나 이지메 하던 일당?! 하고 안 들여 보냈을지도 모르나,

사토시 엄마 「처음 보는 여자애네. 이사 온 거니?」

하고 말았다.

윤햄 「사토시 군~ -_-/」

사토시 「헤? 우리 집은 웬일이야? -_-:」

윤햄 「학교 안 오길래 걱정돼서. (--);」

사토시 「어. 그래, 고맙다.」

윤햄 「헤헤.」

실은 만화책 양이 더 궁금했던 것은 말할 것도 없었다.

사토시 「나 학교 안 간 지 꽤 되는데 새삼스럽게 지금 와서 궁금해졌다니 별일 다 보겠네(뻔한 거짓말을. 이놈 만화에 눈 뒤집혔군). -_-:」

윤햄 「와아~ 만화 정말 많다. 만세! -_-/~」

사토시 「하무 일본어 많이 늘었네. 안 보는 새에(세월의 흐름

이란).」

　　윤햄「앙! 이 만화책 몇 권까지야? +_+」

　　사토시「응. 15권(이 뻔뻔스러움은 대체). -_-;」

　　윤햄「저건?!」

　　사토시「아, 그건 내가 옛날에 그린 건데.」

　　이런 식으로 조금씩 말을 나누게 되었는데 그렇게 한창 신나게 놀고 있을 때였다. 쿠당탕이란 요란한 발자국 소리와 함께 문이 벌컥!

　　이케다「하무~!!」

　　윤햄「캑.」

　　마루「감히 와다사마를 기다리지 않고 튀다니! 이 아줌마! 주리를 틀어버려?!」

　　시청각실 고문 이후 오버하게 충성을 표시하는 비굴한 마루였다.

　　윤햄「오마에니와 마케나이(너 따위한테는 안 진다)!!」

　　마루「컥!」

　　남의 집에 들어와서는 요란하게 떠드는 일행이었다.

　　모리「미안, 소란스럽게 해서.」

　　사토시「응. 아냐. 들어와, 다들.」

　　사토시 엄마「오늘 친구들 정말 많이 왔네. 이거라도 우선.」

　　모두「컥. -_-」

사토시의 엄마가 어느새 준비하셨는지 다과를 쟁반 가득 들고
온 것이다. 먹을것에 굶주린 사춘기 일행은 그만 자리에 앉게 되
었다. 그렇게 접대받은 후 적당히 수다 떨기.

와다「그럼 슬슬 학교로. ㅡ_ㅡ」

윤햄「컥(지금 학교 가면 난 죽는다)!!」

사토시「에? 벌써 가려고? 아직 한 시간밖에 안 지났잖아.」

와다「응, 이제 슬슬 공부해야지.」

사토시「흐음…….」

윤햄「하하, 오늘 날씨가 좋네요. ㅡ_ㅡ:」

이케다「윤햄, 화제를 바꿔도 소용없어. ㅡ_ㅡ」

윤햄「난 아직 사토시 군과 대화가 하고 싶은 이야기가! 밀린
수다가(와락)!!」

사토시「부, 부담스러워. ㅡ_ㅡ:」

그렇게 옥신각신하다가…

사토시「그럼 나도 오랜만에 학교에 가볼까?」

윤햄「캑.」

하는 바람에 다같이 여름 자습하러 학교에 가게 되었다.

윤햄「내가 바란 건 이런 게 아니었는데.」

이케다「언제 남의 집에서 그렇게 많은 만화책을. ㅡ_ㅡ:」

윤햄「그것도 기술이지. 음훼.」

이케다「자랑이냐. ㅡ_ㅡ:」

공부하다 말다 그렇게 시간을 보내다 점심 시간에 문득 생각나서,

윤햄 「난데 이지메라레테루노(어째서 이지메당하는 거야)?」

라는 폭탄적인 질문을 던지고 말았다. 그 질문을 한 다음 순간,

마루 「이 눈치없는 여편네!」

윤햄 「컥.」

마루의 한 방에 얻어맞은 윤햄이었다.

사토시 「아하하… 뭐 그리 대단한 일도 아닌데. -_-:」

마루 「(이 기회에 확실히 밟자. -_-+)대단한 일이 아니라니?! 너무 실례되는 말을 하잖아! 친구로서 두고 볼 수 없어!!」

윤햄 「그냥 나 밟고 싶어서 그러는 게지? -_-」

마루 「헉(저놈이 눈치 챘군)!! 그럴 리가. 난 다만 햄이 좋은 어른이 될 수 있게 어쩌고저쩌고…….」

윤햄 「미에 미에(속마음이 보여).」

사토시 「괜찮아. 난 그런 걸로는 상처 안 받아.」

사토시 군은 지극히 담담하게 말을 이어 나갔다.

사토시 「야마자키는 옛날부터 날 싫어했으니까.」

윤햄 「야마자키? -_-」

사토시 「응, 우리 반 남자애 중에 키 조금 크고 등치 조금 있고.」

윤햄 「아, 그 재수없는 분…….」

사토시「응, 그 야마자키 군이 응원단에 들어오라고 했는데 거절했어.」

야마자키는 아마 학교에서 좋아하는 사람이 있냐고 질문하고 싶을 정도로 재수없는 놈이었다. 얼굴은 까무잡잡한 게 특징. 키가 크다 보니 운동도 조금 하고, 공부도 조금 하는 통에 자신이 가장 잘났다고 생각하고 살고 있었으며, 강한 자에게는 한없이 비굴하고, 약한 자에게는 한없이 드세게 구는 그런 놈이었다. 참고로 윤햄과 같은 반이 되었을 때도 첫마디가,

야마자키「히죽. 윤햄, 한국에는 TV 있냐? 아, 흑백 말고 최신 칼라 TV 말이야.」

윤햄「－_－?」

야마자키「너무 어려운 걸 물어봤나. 한국에 자동차는 있고? 하하하하!!」

매사가 이런 식이었다.

야마자키「심심한데 윤햄, 나한테 절해봐. 한국 종들이 하는 그런 절 말야. 하하.」

윤햄「－_－?」

야마자키「햄은 아직도 일어 모르나 봐. 하하. 바보 아냐.」

이케다「그만 해. －_－」

야마자키「뭐야. 반장이라고 나서는 거야? 퉤!」

윤햄「－_－??」

와다 「저 신발룸이 뭐라고 했냐면……(통역).」

윤햄 「-_-!」

다가간 윤햄 방긋 웃어주고는,

야마자키 「악악악!」

윤햄 「한국에서는 예의범절을 모르는 무식한 상놈한테는 이런 인사를 하지. -_-」

가차없이 팔을 꺾어버린 일이 있어 당연한 이야기지만 처음부터 사이가 안 좋았다. 그런 야마자키였던 만큼 덩치에 비해 한없이 순딩이라 조용한 사토시를 보고 타킷으로 삼아 응원단을 들먹이며 계속 갈구었던 것이다. 그렇게 이야기를 계속 나누다 보니 사토시 군은 매일은 안 오더라도 가끔 학교에 와서 여름 방학 강습을 같이 받는 그런 사이가 되었다. 그런데 그런 것이 야마자키의 맘에 안 들었던 모양이다.

하루는 사토시의 책상에 아침부터 덩그러니 국화꽃이 놓여 있었다. 그리고는 메모 한 장.

『빨리 죽어 버려.』

사토시는 아무 말도 하지 않았다. 그냥 조용히 메모를 주머니에 집어넣고 교실을 나갔을 뿐이었다. 사토시가 집에 가버리고 난 후 사토시의 가방만 놓여져 있는 걸 보고,

윤햄「앙? 왜 가방만 있는 거지. 어디로 간 거야.」

하고 사토시의 가방과 소지품을 대신 주섬주섬 챙겼다. 한창 짐 정리를 하는데,

야마자키「하하하. 둘이 사귀냐, 가방도 가져다 주게?」

하고 응원단에 얼굴 내민 후 교실에 들린 야마자키가 놀리는 것이었다.

윤햄「-_-」

야마자키「뭐야? 할 말 있음 해봐. 등신.」

윤햄「난 약한 놈은 상대 안 해.」

야마자키「뭐? 품!」

이어서 뭐라고 빈정대려고 한 순간 와다의 주먹이 정확하게 야마자키의 뺨을 작렬했다.

야마자키「캑. 뭐, 뭐 하는 거야!!」

와다「죽기 싫으면 너나 등교 거부해. -_-」

야마자키「왜… 왜 날 때리는 거야! 같은 반 친구잖아!」

와다「난 너 같은 놈 친구로 둔 기억 없어. 꺼져.」

야마자키「…이러고도 무사할 거 같냐.」

와다「네 엄마를 부르든 너 귀여워하는 선생님이나 선배들을 부르든 니 마음이야. 하지만 그전에 너 목 비틀 시간 정도는 있겠지?」

조용하지만 살기등등한 말투였다.

야마자키「ㅡ_ㅡ:」

이케다「보내줄 때 꺼져. ㅡ_ㅡ」

야마자키「쳇…….」

평소에는 폭력 싫어하는 반장 이케다까지 와다에게 가세하자 조금은 쫄은 모양이었다. 투덜대며 사라진 야마자키. 이후 그의 중학교 생활은 상당히 지내기 불편한 것이 되었다.

문제는 무술 유단자인 와다의 가차없는 한 방에 야마자키의 앞니가 두세 개 나가떨어졌다는 거였다. 덕분에 정학을 맞게 된 와다. 그것은 교내를 떠들썩하게 만들 만한 스캔들이었다. 온갖 이야기가 떠돌던 어느 날 윤햄 집 우편함에 한 장의 엽서가…

『안녕, 안녕, 햄. 남은 방학은 잘 지내고 있겠지?

괜히 나 같은 왕따 때문에 너네가 피해 본 게 아닌가 걱정돼. 내가 등교 거부하면 되는 일인데 우등생인 와다까지 정학 맞게 되다니……. 이런저런 일 생각 하면 이상하게 눈물이 나. 나만 얻어맞으면 되는데 괜스레…….

친구가 생길 것 같다고… 같이 학교에서 잠깐잠깐 이야기하는 게 즐겁다고… 학교에 갈 생각을 ‘왕따 주제에’ 감히 한 게 잘못인데…….

2학기부터는 전학을 가거나, 아니면 자퇴를 해서 그냥 검정고시나 치를래. 검정고시 따면 졸업장은 없어도 되니까…….

그냥 평범하게 학교 가고 친구랑 이야기하고 그러고 싶었을 뿐인데. 어디에서 잘못된 걸까?

처음에는 난 야마자키의 이지메를 무서워서 피하는 게 아니라 더러워서 피할 뿐이라고 생각했는데… 어느새 내 목소리는 작아지고, 당하기만 하는 사람으로 변하고 만 거 같아.

처음에 내가 '야마자키, 하지 마! 화낸다, 나!' 하고 자기 의사를 밝혔더라면 야마자키도 그렇게까지 날뛰진 않았을 텐데……. 지금은 내가 뭐라고 해도 약한 자의 한마디로 끝나고 만다는 게… 목소리가 점점 작아진다는 게 스스로 두려워. 이제부터라도 초등학교 다닐 때 그나마 목소리 크던 시절의 나를 찾고 싶어.

미안해, 햄. 그리고 고마웠어.」

그 편지를 읽은 순간 윤햄은 머리에서 뚜껑이 열리는 줄 알았다.

윤햄 「크어!!」

마루 「앗! 햄이 흉폭해지려고 해. 꺅! >_<///」

모리 「-0-」

그렇게 해서 이지메와의 전쟁이 시작되었다.

와다가 정학 처분을 받는 바람에 어느새 윤햄의 여름 학습도 쉬게 된 채 여름 방학은 끝나고 말았지만 별로 기쁘지 않았던 걸로 기억한다. 아마도…….

타니「후우… 오늘도 와다는 학교 안 온대?」

마츠「어. 반성문 제출할 때까지 무기정학이래. 와다가 낼 리가 없잖아, 미친 교장! −_−凸」

타니「야마자키 그놈. 우리가 없다고 별 지랄 다 했더구먼.」

마츠「그러게 말이야. 우리 둘 앞에서는 끽 소리도 못하는 주제에.」

윤햄「…….」

마루「윤햄이 조용하니 난 무섭기만 해! ㅜ^ㅜ」

모리「^^:」

이케다「뭔가 재미없다, 학교가. −_− 후우.」

그런데 학교 가는 길에 다른 학교 교복 입은 남자애랑 담소하는 야마자키가 눈에 띈 것이다.

이케다「재섭다. 다른 길로 가자. −_−」

타니「아침부터 쏠릴 면상이구만.」

마츠「하하하하. 시비나 걸어볼까?」

문득 바람을 타고 들려오는 그 두사람의 대화.

야마자키「하하하, 그래서 조센진 아마(주: 조선 년)가 나보고 그러더라고. 난 약한 놈은 상대 안 해.」

소년「그래도 대단하다. 어떻게 와다 건드릴 생각을 하냐.」

야마자키「훗. 와다가 뭐 어쨌다고. 별거 아니던데.」

순간 욱!!

마루「앗, 윤햄, 어디로 가는 거야. 그쪽은 야마자키…….」

마루의 손길도 뿌리친 채 소년 둘에게 다가간 윤햄은 다짜고짜,

윤햄「안령~」

야마자키「어? ㅡ_ㅡ」

소년「ㅡ_ㅡ?」

두 소년의 마빡을 단단한 소가죽 책가방으로 찍고 말았다.

야마자키「무슨 짓이야!」

소년「코, 코피가…….」

마루「컥!」

모리「햄. ㅡ_ㅡ;」

이케다「윤햄까지 폭행사건에. ㅡ0ㅡ」

난데없는 유혈사태가 벌어지고 만 것이다.

윤햄「또 한 번 말해 봐. 조센징 뭐라고?」

야마자키「악악! 아파! ㅡ_ㅠ」

소년「왜 이러는 거야, 초면에.」

윤햄「왜 이러냐고? 내가 그 한국 년이라면 어쩔겨! 어쩔겨!」

소년「아……!」

안색이 변하는 주변 등교길 오른 소년, 소녀들.

야마자키「이게!」

반격하려는 야마자키의 손을 잡은 것은 남자가 아니었다. 가냘

픈 소녀의 손이었다.

야마자키「다카하시, 넌 또 뭐야.」

마이「퍽!」

야마자키「악악.」

마이「내 친구를 년이라고? 네가 뭔데?! 아무나 보고 함부로 이지메하고, 괴롭히고, 놀리고 하는 거야? 무슨 권한으로? 너희 아버지가 PTA(학부모 모임) 회장이면 다야? 난 너 같은 애 싫어!!」

평소에는 하얗기만 한 안색을 분노로 붉게 물들이며 마이 짱은 울먹거리고 있었다.

마이「난 너같이 내 친구들 학교에 못 오게 괴롭히는 애가 싫어!」

마이 짱의 평소의 다소곳한 모습에선 도저히 상상할 수 없을 만큼 억센 말투에 야마자키는 순간 흠칫하는 것 같았다.

마이「와타시 아나타난카 다이 키라이(난 너 같은 애 아주 싫어)!!」

야마자키「내, 내가 뭘 어쨌다고?! 난 얻어맞은 사람이야! 피해자라고!!」

마이「난 너 같은 애 하나 때문에 윤 짱이 일본을 싫어할까 봐 두려워. 사과나 해, 어서!」

야마자키「내가 왜 사과해야 하는데?!」

소년「야, 그만 가자.」

야마자키「아니, 우리가 뭘 잘못했냐고!!」

그때였다. 소동을 보곤 등교하다 말고 모인 아이들이 입을 모아서 외치기 시작한 것이었다.

소년, 소녀들「아야마레요(사과해)!!」

야마자키「뭐, 뭐야, 너희들.」

사오리「아야마리나사이(사과해, 얼른)!!」

소년, 소녀들「아야마레(사과해)!!」

야마자키「…….」

갈수록 많아지는 인파…….

사토미「윤 짱니 아야맛테! 사토시 군니모(윤 짱한테 사과해! 그리고 사토시 군한테두)!」

야마자키「시, 싫어. 내가 왜 사과해야 해?」

아이들「아!! 야!! 마!! 레!!」

야마자키「…….」

아이들이 둘러싸고 한목소리로 외치기를 멈추질 않자 점점 식은땀만 흘리던 야마자키였으나…

오오츠키「자, 자, 교문 닫을 시간이 왔어요~ 다들 교실에 가세요~」

야마자키「퉤. 너네 상대할 시간 없어. 학교나 가야지.」

하고 튀려고 했다.

오오츠키「자, 사과 한마디도 제대로 못하는 이런 못난 놈 하나 때문에 지각한다면 인생이 억울하지 않을까. 자, 자, 해산. 해산.」

야마자키「뭐야!」

오오츠키「내가 뭐 틀린 말 했냐? 어쨌든 오늘 소란 피운 주동자들은 풍기 위원장인 날 따라 풍기위원실로 즉각 출두하도록. -_-a」

야마자키「난 잘못한 게 없대도!」

오오츠키「훗. 니 못생긴 얼굴과 그 더러운 성깔 자체가 죄다. 알간? -_-」

야마자키「뭐, 뭐라고. 너 한번 나한테 맞아볼래?!」

풍기위원들「오오츠키 위원장님한테서 손떼지 못해! -_-+」

야마자키「쳇.」

오오츠키「아무튼 야마자키는 오늘 집에 가기 전에 들리도록.」

그렇게 해서 얼떨결에 생활지도부에 호출당하고 만 윤햄과 야마자키였다.

일단은 소란이 진정되었으나 며칠 후 저녁 식사 때 아버지가 전학을 권하는 것이었다.

아버지「교장 선생님이 그러시던데 네가 사교성이 없고 너무 제멋대로라서 전학 가는 게 좋지 않냐고 하시더라. 너 전학 갈 생각 있냐?」

윤햄「에?」

알고 보니 PTA 회장인 야마자키의 부친이 교장에게 압력을 집어넣은 것이었다. 두둥!!

아버지「물론 아빠는 햄이 잘못했다고는 생각 안 해.」

아버지는 평소의 장난기 짙은 말투와는 달리 약간 침울한 표정으로 말씀하셨다.

아버지「그놈⋯ 야마자키인지 야마오카인지 사과할 필요도 없다고 생각하지만 그런 놈이 있는 학교를 계속 다니면 햄이 힘들까봐 그래.」

윤햄「⋯⋯.」

아버지「햄 오라는 학교도 이 주변에 많은데 굳이 그런 놈 있는 학교를 다닐 필요는 없잖아? 안 그래?」

윤햄「⋯⋯.」

아버지「그러니 햄 힘들면 그냥 다른 학교 가도 돼.」

윤햄「⋯난 전학 안 가요, 아버지.」

아버지의 성의를 생각해서라도 한참 생각한 끝에 낸 결론이었다.

아버지「그래, 그럼 우리 열심히 한번 해보자구나.」

그렇게 부녀끼리 나눈 대화는 끝났다, 엄마는 길길이 날뛰었지만.

엄마「뭐 그 딴 썩을 놈이 다 있어?! 진짜배기 한국 부산 여편네—주: 엄마, 아버지는 부산이 주무대인 경상도 분임—한테 귀싸대기 맞아보려고 환장을 하는구먼!」

일단은 학교 측의 반응을 보기로 했다.

한편 와다 역시 부모님으로부터 전학 권유를 받고 있었다. 이것 역시 야마자키 부친의 압력 때문이었다.

와다 아버지「지금까지 말썽 한번 안 부리다가 무술을 익힌 놈이 그렇게 행패를 부려서야 쓰겠냐.」

와다「…….」

와다 어머니「뭐 사정은 대충 들었는데 웃겨서 원. 동네 의원도 무슨 벼슬이라고 학교에 압력이래요? 누구는 세상에 빽없어서 가만있나.」

와다 아버지「어허, 애 듣는 앞에서 그런 말투를 쓰면 교육에 안 좋아요. 어쨌든 아버지는 조금 실망이다. 네가 여느 아이들과는 달리 침착하고 자신을 다스릴 줄 알았는데 아무리 못쓸 애라고 해도 무술 유단자가 주먹을 휘두르는 건 좋지 않은 일이에요. 더군다나 우리 집은 다른 집도 아닌 차와 향기를 통해 스스로를 단련시키는 걸 가르치는 집안인데 그래서야 어찌 너 제자들 앞에 설 낯이 있겠냐. 안 그러냐?」

와다「…일단은 아버지, 어머니께 심려 끼친 점과 제자들한테 쓸데없는 걱정 끼친 점은 사과하지만 그놈은 내 손으로 죽입니다. 그러고 나서 저도 배를 가르든 말든 하겠습니다. -_-」

수제자「도, 도련님.」

여제자「선생님도 너무 극단적으로 생각하시지 마시고…….」

제자「그래요, 진정하시고 일단 다같이 좋은 방법을…….」

와다 「그렇다고 제가 개나 소나 패는 사람은 아니잖습니까? 마땅히 패서라도 가르칠 놈이 있다면 반 죽여야지요. -_-」

와다 아버지 「…….」

한참을 생각에 잠기시던 와다 아버지였으나,

와다 아버지 「그래, 네가 그렇게까지 단단히 각오를 하고 나서는 일이라면 마음껏 출사표를 던지고 해봐라. 내 너를 믿으마. 단 상대방을 너무 몰아세우는 건 안 좋다. 그리고 무엇보다도 야마자키의 누나가 바로 네 제자 중 한 사람이잖니.」

와다 「그런 사사로운 정에는 얽매이지 않슴다. -_-」

와다 일가 「고집불통. -_-ː」

이런 식으로 하나의 결론을 내고 있었다.

그런데 이 사건을 해결하기 위해 움직이는 사람이 더 있었으니 바로 훗날 학생회장이 될 학생회 부회장 아키야마였다. 그 역시 야마자키의 폭주를 견제하기 위해 암암리에 움직이고 있었던 것이다.

실은 학생회에서는 교내 최장수 클럽(주: 개교 당시부터 있었던 유일한 특별활동부가 바로 응원단)이라는 걸 방패 삼아 항상 폭행사건과 연루되어 있는 응원단을 눈엣가시처럼 생각해 왔던 것이다. 그런 응원단에서 특히 귀여워하고 있을 게 바로 야마자키. 이유는 야마자키의 부친도 응원단 출신이었고(주: 단장까지 맡은), 야마자키의 두 형도 나름대로 우수한 성적을 유지하며 열심히 응원단 활동을 한 형제였기에 최고의 선배라 할 수 있는 선배들을 아버지와 형으로 모신 야마자키를 무슨 황태자처럼 떠받들고 살았던 것이다. 게다가 '남자!'를 누누이 강조하는 곳이라 야마자키의 폭주를 지극히 남자다운 행위라 칭송하고 뒷탈없게 처리해 주고 살았으니 아니꼽게 생각하는 애들이 한둘이 아니었던 차에 야마자키가 원인인 사건이 연이어 터지자 학생회에서 풍기위원회와 상의하며 본격적으로 한 번에 밟을 찬스를 노리고 있었던 것이다.

다른 학생회 멤버들은 하나같이 공부만 잘하는 우등생이었으나 아키야마는 검도를 어린 나이에 시작하여 중딩 때는 거의 동경 안에서는 적수를 찾을 수 없을 정도로 검도 고수였던지라 겁이 없었다. 게다가 그는 스타가 될 수 있는 기회라면 다소의 위험도 불사하는 왕자암 환자였으니 혼자 응원단 선배들 만나서 담판할 배짱이 있었던 것이다.

아키야마「그런 관계로 이쯤에서 야마자키를 혼내든 말든 신경 꺼주셨으면 합니다, 선배들. -_-」

단장「핫! 야마자키가 뭘 잘못했다고?」

아키야마「이런 식으로 계속 응원단 주변에서 잡음이 들리면 저희도 초강수를 둘 수밖에 없다는 건 아실 텐데요. -_-」

단장「그러니까 우리는 야마자키가 뭘 잘못했는지 도저히 짐작이 안 간대두. 꺼져. 3학년 미야 회장 데리고 와. 1학년인 너랑은 배분이 달라 말이 안 통하는군. 우리가 아무 문제 없다고 하면 없는 줄 알아.」

　아키야마 「그렇습니까? 그럼 저희도 학생 긴급총회를 여는 수
밖에 없겠네요. 그래도 좋습니까?」

　단장 「네가 뭔데.」

　아키야마 「전 학생회 부회장입니다. 그러니 학생 긴급총회를
요청할 자격은 충분히 됩니다. 그럼 안녕히.」

　단장 「야!」

　아키야마 「임시총회에서 뵙죠.」

　그렇게 해서 학교 안은 폭풍 전야를 맞이하고 있었다…….

　그날은 아침부터 날씨가 지극히 화창했다. 보통 드라마나 영화
보면 주인공이 운명의 날을 맞이하면 천둥번개도 치고 엄청 분위
기 잡아주었는데 말이다. 그날은 아키야마가 부회장 자격으로 제
출한 긴급총회 개최가 중앙위원회에서 다수결로 통과되어(주: 반
대는 응원단과 유도부 단 2표)학생들이 전체투표 즉결심판 하는 날
이었다. 아침부터 엄마가 기운 내라고 인삼으로 삼계탕 가득 끓이
는 것이었다.

　윤햄 「엄마가 밥을 하다니……. 몇 년 만이야, 엄마가 차려주는
아침밥상. (−_−)」

　엄마 「쿠, 쿨럭. 얘는 친구들 앞에서 무슨 소리를 하는 거야.
−_−;」

참고로 3년 만의 일이었다.

타니&마츠「이야~ 뭔가 죄송하네요. 음훠훠. 이렇게 맛있는 음식 아침부터 차려주시고. -_-^」

엄마「호호호홋.」

마루「어머님, 오늘 빛나 보이세요. 수줍(아줌마 킬러). -_-*」

엄마「호호호, 마루 군도 오늘 멋져 보여.」

타니&마츠「오늘 집에 가기 전에 저놈 운동 삼아 매장해 버릴까. -_-」「어, 나도 왕자암 싫어.」

마루「쿠, 쿨럭. -_-;」

모리「^^;」

이케다「자, 시간이 되었으니 학교 가자. 오늘은 어차피 수업 없어져서 학생총회밖에 안 하지만 그래도 평소 시간대로 가야 나중에 지각 안 해.」

와다「후후후. -_-」

모두「와, 와다 군이 웃고 있어. 무섭. T_T」

그렇게 학교를 향해 거의 긴장하지 않은 편안한—거의 평소 때와 다름없는—쓸데없는 수다를 나누며 등교했다. 다른 날과는 달리 PTA도 소집하였기에 많은 학부모님들도 차려입고 시간보다 빨리 오는 것이었다.

야마모토「앗, 우리 엄마 새 정장 입고 왔어. 제길! 내가 10만 엔짜리 마운텐바이크 사달라고 할 때는 '돈 없어! 썩을 놈!!' 해놓

고서는 자기는 30만 엔짜리 샤넬 치마 정장! 우우우우우~ 독재자
아줌마~」

　야마모토 어머니「어머, 얘가 무슨 소릴 하는 거야(주: 너 집에
가면 죽어). -_-;」

　야마모토「아악, 엄마 귀! 귀 아파요! 그만 잡아당겨요!!」

　야마모토 어머니「어머나, 햄, 오랜만이네. 와락.」

　윤햄「역시 우리 엄마 어릴 적 친구! -_-」

　야마모토 어머니「호호호. 무슨 뜻이니, 햄. 이상한 소리 하지
마.」

　윤햄 어머니「어머, 혜영아, 벌써 왔어?」

　야마모토 어머니「어머, 선이 오늘 대개 빼입고 왔네.」

　윤햄 어머니「오호호호호호호호홋.」

　한참 홍소하던 윤햄 엄마.

　윤햄 어머니「오늘 신발룸 만나는데 추리한 복장 입고 나오면
조금 그렇잖아. 기 팍 죽여야지. -_-」

　야마모토 어머니「그건 그래. -_-」

　참고로 야마모토 어머니는 윤햄 엄마 친구이자 국제 결혼한 한
국인 피아니스트였다. 서울대 음대까지 갔다가 나중에 일본 대학
원에 유학 갔는데 거기에서 야마모토 아버지 만나 결혼에 골인한
그런 분이셨다. 부산 분이라서 그런지 꽤 터프한.

　나카자와 선배 어머니「어머, 혜영이, 선이 너네 둘 다 정장에

한복. 내가 너무 초라해 보이지 않을까 몰라.」

그런 말 하는 나카자와 선배 어머님 역시 일본 대기업 임원과 국제 결혼한 한국인이었다. 키가 훤칠하고 늘씬한 아줌마라 그런지 멀리서도 눈에 띄는 미인인지라 나카자와 선배 아버님이 결혼하고자 미국에서 삼 년 스토킹했다는 전설적 수준의 미녀였다.

나카자와 선배「엄마, 그게 뭐예요! 아줌마면 조금 아줌마답게 입어요!!」

나카자와 선배 어머니「내가 뭐 어쨌다고. -_-」

참고로 그날 나카자와 선배 어머님 복장은 화사한 분홍 원피스에 진주 목걸이 주렁주렁이셨다. 한국인 어머니 셋 다 상당히 화사하게 차려입고 온 것이다.

윤햄「부산 여자 만세(주: 세 분 다 부산이었다). -_-/~」

시간이 되자 각자 교실에서 자기 의자 들고 강당을 향해 걸어갔다. 그날은 결석하는 사람이 하나도 없는지 강당 안이 학생들과 부모님들로 가득 차 있었다.

아키야마「그럼 지금부터 제XX회 학생총회를 개최하겠습니다. 저는 현재 학생회 부회장을 맡고 있는 1학년 6반 3번 아키야마 리호라고 합니다.」

마이크 쥔 아키야마는 어딘가 긴장한 모습이었다.

아키야마「이번 총회 결제안은 다음과 같습니다. 먼저 1학기 때부터 끊이지 않았던 응원단의 1학년 스카우트 강요사건과 그 과정에서 벌어진 연쇄 폭행사건, 이지메사건, 그리고 얼마 전 있었던 와다 군의 야마자키 군 폭행사건과 야마자키 군의 한국인 비하발언, 그리고 윤 양의 야마자키 군 폭행사건에 대해 심의하고자 합니다.」

한순간에 조용해진 강당 안.

아키야마 「그리고 아울러 야마자키 군의 부친 야마자키 PTA 회장의 권한 남용과 더불어 에니시 교장 선생님의 부당한 전학 권유에 대해 PTA 회장과 교장 선생님에 대한 불신안을 저희 학생회에서는 제출하고자 합니다.」

교장 「자, 잠깐 그게 무슨…….」

자리에서 벌떡 일어선 교장 선생님은 식은땀을 흘리고 있었다. 그런 교장 선생님을 정면에서 노려보며 아키야마는 말을 이어 나갔다.

아키야마 「말 그대로 저희는 더 이상 PTA 회장님과 교장 선생님의 공정성을 신뢰할 수가 없습니다.」

한마디로 일급 폭탄성 발언이었다. 야마자키의 아버지는 얼굴이 붉어진 상태였다. 아마 의원으로 지내면서 이런 삿대질은 처음 당하는 일이었을 거다.

야마자키 아버지 「난 지금까지 이 학교 출신인 것을 자랑스러워하며 나름대로 학교를 위해 희생과 봉사를 해왔다고 생각하는데 겨우 그게 학생들이 내게 해준 보답인가?」

아키야마 「아무리 공로가 있으셔도 공정성없는 권력남용을 저희는 받아들일 수 없습니다. 그리고 회장님 순서는 아직 오지 않은 상태입니다. 순서와 절차를 따라주시면 감사하겠습니다.」

야마자키 아버지 「허허.」

아키야마 「그럼 다음 순서로 넘어가겠습니다.」

총회는 이렇게 처음부터 팽팽한 긴장감에 싸인 채 시작되었다. 그렇게 해서 시작된 긴급총회. 놀라울 정도로 온갖 고발이 이어지는 것이었다.

윤햄 아버지 「저는 이번 일에 대해 놀라지 않을 수 없었던 것이… 물론 패고 만 제 딸도 딸이지만 그전에 야마자키 군이 몇 번이나 한국인, 아니, 조센징이라고 비하발언을 했음에도 불구하고 그 장면을 목격한 적도 있는 교장 선생님이 한 번도 야마자키 군을 불러 제지를 안 했다는 것에 대해 대단히 실망하지 않을래야 않을 수 없었습니다. 게다가 더 황당했던 것이 딸 성격에 문제와 장애가 많으니 다른 학교로 가줄 수 없냐는 의사타진이 왔다는 거, 이걸 두고 저는 어떻게 해석해야 할지 막막하더군요. 한국인은 무조건 나가라는 걸로 받아들여야 할지 아니면 정말로 제 딸이 미쳐서 제 딸만 혼자 난리치는 건지 그것에 대해 먼저 묻고 싶은 심정입니다. 조센징이란 말은 대체 어디에서 누가 가르쳐 준 말입니까? 그게 그리 좋은 단어입니까? 실례지만 야마자키 상은 집에서 아들 분에게 어떤 인성교육을 하고 계신지 그것도 묻고 싶습니다.」

　교장「아니, 그건 뭔가 오해를 하신 모양인데…….」

　야마자키 아버지「그럼 댁에서는 딸보고 함부로 사람을 패라고 가르쳤습니까?」

　윤햄 아버지「저는 평소에 일이 아무리 바빠도 이렇게 가르쳤습니다. 첫째, 한국인이라고 무시하는 놈은 끝까지 사과를 받아라. 둘째, 너의 인격을 업신여기는 놈은 마땅히 항의를 해라. 셋째, 여자라고 밟는 놈은―치한, 강간마 등 파렴치한 남자를 말합니다―가방으로 찍는 건 너무 약하다. 맥주병으로 마빡 깨라. 그러기 전에는 집에 돌아올 생각을 말아라고 말입니다. 그런데 유감이지만 댁 아드님은 이 세 가지 사항에 다 해당되더군요.」

　야마자키 아버지「…….」

　윤햄 아버지「저는 이 사건이 공정하게 처리되지 않는다고 여겨질 경우에는 후지 TV를 비롯한 제가 아는 모든 일본 언론에 알려서 한일 우호관계를 해치는 이런 식의 비열한 일이 두 번 다시 일어나지 않도록 끝까지 싸울 겁니다.」

　교장「아니, 그건…….」

　야마자키 아버지「그렇게까지 꼭 하셔야겠습니까? 증인이 있습니까?」

　야마모토 어머니「잠깐, 저도 한마디 하죠. ―_― 증인이라면 널려 있습니다. 저도 알다시피 한국인 출신입니다. 그 일에 대해 자랑스러워하고 있으며 제 주변 분들도 하나같이 잘해주셨습니다. 그런데 저기 야마자키 군은 친구들에게 이런 말을 했다고 하더군요. '야, 야마모토는 엄마가 한국인이래. 쟤네 집 가면 김치 냄새 나겠다. 걔네 엄마 거시기도 김치 냄새 나는 거 아냐? 하하' 그 말 듣고 제 아들도 한 대 후려치고 싶었다고 했어요. 하지만 만지는 것도 싫어서 그냥 참고 '하지 마'라고 항의했다고 합니다. 하지만 결국 야마자키 군은 사과하지 않았죠. 야마자키 의원님은 자기 자식이 하고 다니는 이런 꼬락서니에 대해 알고는 계셨나요? 전 아들로부터 그 말을 들었을 때 머리에 뚜껑이 열렸습니다.」

나카자와 선배 어머니 「그건 저도 당한 일입니다. 길 가는데 저기 썩을 놈, 어머, 실례했습니다. 그날 일만 생각하면 아직도 머리에 뚜껑이 열려서요. 저도 많은 사람들이 알다시피 미국에서 애아버지랑 만나서 국제 결혼했죠. 그런데 언젠가 인도인이랑 결혼한 하시모토 상 어머니가 울상을 지으며 제게 상담을 한 일이 있습니다. '혼혈아, 피부도 시꺼매. 거시기도 시꺼매. 하하' 하도 놀리고 다녀서 하시모토란 여자애가 학교에 가고 싶지 않는다고 하니 어디 좋은 상담 선생님 모르냐고요. 그래서 제가 PTA 학부모 모임 때 말씀드렸더니 야마자키 의원께서는 애들 일입니다. 그렇게 장난치며 크지 않습니까? 그렇게 웃으며 때우셨습니다. 그게 그리도 우스운 일이었나요?」

마이 어머니 「제 딸도 야마자키 군을 팼죠? 언젠가 마이가 그러

더군요. 영국에서 공부하다 왔다고 하니 야마자키 군이 이상한 농
담을 했다고 해서 정말 기가 막혀서 학교에 찾아갈까 했습니다.
무슨 농담이었냐고요? '야, 그럼 양놈들 많았겠네. 거기 여자들
거시기는 어떤 냄새 났냐? 혹시 너도 양놈 냄새 나는 거 아냐?' 라
고 말예요. 정말 집안교육이 의심 가는 애라고 생각했습니다.」

　야마자키 아버지「…그, 그게 만약 사실이라면… 사과해야죠.
-_-;」

　마이 어머니「만약에 사실이라면, 이 아니죠. 엄연한 사실인
데.」

　야마자키 아버지「아니, 그건…….」

　와다 아버지「저도 오늘은 일은 잠깐 중단하고 학교에 왔으니
한마디 하죠.」

　야마자키 아버지「아, 와다 선생님, 말씀하시죠.」

　와다 아버지「전 이런 사태에 대해 아들을 비롯해서 제자들한
테도 물어보고 동네 분들께도 여쭙고 난 후에 하룻밤 내내 고민을
했습니다. 처음에는 아들이 주먹을 썼다고 해서 이놈의 다리를 어
떻게 부러뜨릴까 하고 화부터 났지만 이야기를 들으면 들을수록
가슴이 너무 아파… 사토시 군 편지를 전해 듣고는 가슴이 너무
아파 자다 말고 일어나서 이 나이에 그만 눈물을 흘리고 말았습니
다. 사토시 군이 얼마나 학교에 오고 싶었을까, 어린 나이에 얼마
나 소리 내서 당당히 웃고 떠들면서 살고 싶었을까, 보통 아이들

처럼 즐겁게 학교에서 지내고 싶었을까… 그런 생각을 하니 이 몇 개 나가게 한 제 아들 심정이 이해가 되면서 눈물이 그치지를 않았습니다.」

다들 숙연해지는 순간이었다.

와다 아버지 「비록 내 아들은 아니지만 마음이 여린 사토시 군이 옆에 있다면 꼭 안아주며 그 소년의 눈물을 닦아주고 싶은 그런 심정이 들었습니다.」

와다 아버지의 눈가에서 눈물이 보였다.

와다 아버지 「괜찮아, 괜찮아. 너는 학교 가도 괜찮아. 그렇게 응원하고 싶은 그런 심정이 들었습니다. 참 우스운 일이죠. 내 아들도 아니고 아들하고 단지 같은 반일 뿐인데……. 그런데도 사랑스럽다는 거… 안타깝다는 거… 그런 건 다 자기 자식이 예쁘다 보니 세상 모든 아이들이 덩달아 소중한 보물처럼 여겨져서 그러는 게 아닐까요? 야마자키 의원께서는 이런 저도 이상하게 보입니까?」

야마자키 아버지 「아, 아니, 그런 게 아니라 물론 애들은 소중하죠.」

그때 사토시 군의 어머니가 조용히 일어섰다.

사토시 어머니 「어떻게 보면 오늘 일은 제 아들이 덩치도 큰 놈이 처음에 딱 부러지게 말하지 못해서 여러분께 본의 아니게 폐를 끼친 셈이 됩니다. 먼저 물의를 일으켜서 죄송합니다. 뭐라고 잘

표현은 할 수 없지만, 저는 워낙 싸우거나 다투는 걸 싫어해서 애가 초딩 때 운동한다고 했을 때도 별로 좋아하지 않았습니다. 처음에는 활달하고 뛰어다니는 걸 좋아하는 아이였는데 중학생이 되고 점점 생각이 많아지고 어른스러워지면서 안에서 그림 그리고 아기자기한 물건 만들고 하는 일을 더 좋아하게 된 걸 보고 저는 참 다행이라고 생각했습니다. 사토시는 덩치가 워낙 크니까요. 시합, 그런 경쟁이 심한 걸 하다 보면 자칫 싸움도 붙을 수 있는데 남 다치게 할 수도 있는 그런 걸 하느니 차라리 집에서 놀고 그림 그리고 하는 게 정말 낫겠다 싶었죠. 초등학교 때 축구 하다 사토시가 본의 아니게 여자애하고 부딪쳐서 다치게 한 적이 있어 그런 일에는 사토시는 물론 저도 제 남편도 항상 민감해진 상태였습니다. 그래서 사토시가 시비는 이제 싫다며 야마자키 군이 제풀에 지치는 걸 기다리겠다고 했을 때 난 그냥 '그래, 그게 낫겠다'고 했습니다. 얼마나 잘못된 일인지……. 아마 제가 그때 '왜 그러니? 너의 인격과 마음을 죽이고 밟고 아프게 하는데 왜 당하고 있니? 가서 너 권리를 찾아라' 그런 말을 하기 전에 그냥 또 불려가서 댁 아드님이 어쩌고 하는 소리 듣는 게 그냥 싫었던 게으른 엄마가 바로 저였습니다. 만약에 처음부터 제가 항의를 했더라면, 사토시가 싫다고 확실하게 말했다면 아마도 와다 군이나 윤 상이 야마자키 군을 때릴 일도 없었겠죠. 그전에 우리 사토시가 스스로 알아서 자기 밥그릇은 자기가 알아서 챙겼을 테니까요. 그런 면에서 저는 두 아이의 부모님께 죄송한 심정입니다.」

야마자키 아버지 「그렇게 제 아들이 심했나요? 그냥 장난으로 한 거라고 생각했는데.」

사토시 어머니 「장난요? 장난이라니요? 요즘 애들은 그럼 장난으로 한 사람의 영혼을 죽이고 살리고 하나요?」

그 순간 야마자키 부친은 물론 교장 선생님조차 할 말을 잃는 것이었다. 고개 숙인 두 어른. 그렇게 많은 이야기가 오간 끝에 야마자키 부친은 부모들은 부모들끼리 PTA 모임에서 해결을 보자고 하면서 자기 아들 야마자키도 애들 앞에서 뭐라고 말할 기회를 달라고 했다. 아마 자신이 주최하는 학부모 모임인만큼 말발과 권위로 휘어잡을 자신이 있었던 것 같았다. 그러나 야마자키 군이 단상에서도,

야마자키 「뭐, 장난이 장난처럼 안 여겨진다면… 미안하다.」

하고 말하자마자 아이들이 일제히 일어서서는 등을 보이는 것이었다. 누가 지시한 것도 명령한 것도 강요한 것도 아닌데 각자 자기가 앉았던 의자 들고 교실로 돌아가 버리고 말았다. 무언의 항의였다.

야마자키 부자는 망연자실한 모습이었다. 그날로 응원단은 해체되기로 결정되었고 야마자키 군은 성적표에,

『이 학생은 주변과 화목하게 지내는 방법을 모르는 것 같습

니다. 부모님의 엄격한 인성교육이 필요하다고 봅니다. 다시는 이지메 주도하는 일이 없도록 부모님이 주의하시기 바랍니다.』

　라고 적히는 망신을 당한 데다 3년 동안 어떤 위원장 자리에도 출마할 수 없게 출마권을 몰수당했다. 그래서 야마자키는 3년 동안 아무리 성적이 좋아도 감투 하나 못 얻고 졸업했다. 야마자키의 부친은 몇 년 동안 맡아오던 PTA 회장직과 응원단 후원회 회장직을 사퇴해야만 했다. 그리고 교장 선생님은 다른 학교로 좌천당하고 사토시 군을 비롯한 그동안 등교 거부하던 아이들도 학교로 돌아오면서 오랫동안 상의해서 '이지메 관련 규칙'을 만들었다.

Trauma —Song By Hamasaki Ayumi

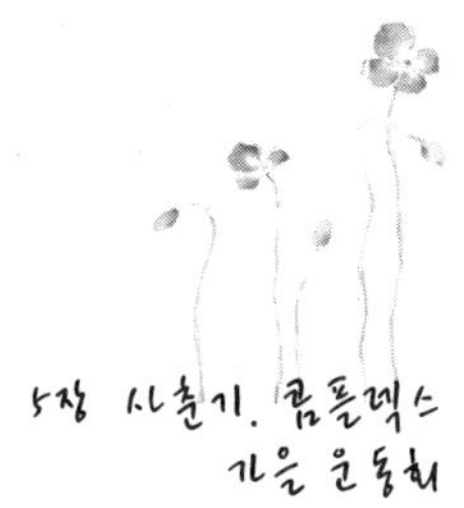

윤햄과 그 친구인─일까? 과연…─마루 군은 3년 가까이 광고홍보위원회에서 위원장, 부위원장을 맡았다. 이런 말 하면 보통 사람들은,

「아, 사이가 무지 좋아서 그랬나 보다. ^^」

라고 말하고 윤햄과 마루의 성격을 아는 이들은,

「뭔가 약점이라도 잡힌 걸까? 마루 불쌍해. -_-;」

라고 말한다. 이 이야기는 마루가 Koei 관련 게임과 은영전, 삼국지 등 역사대하소설 등을 접하면서 시작된 비극이었다.

한 소년이 있었다. 생김새가 매우 동글동글하여 주변으로부터,

「동굴하게 생겼으니 성격도 조금 동굴동굴해져 봐. -_-」

란 차가운 말을 듣는 소년이었다. 그런 소년의 스트레스 해소는 오로지 공부, 책, 게임, 야설 등이었다.

그러던 어느 날…

마루「오오, 노부나가의 야망이라! 너무 멋져!! -_ㅠ」

하고 감탄을 한 후부터 이 소년의 인생은 꼬이기 시작했다.

마루「나도… 나도 학교에서라도 짱 먹고 싶어(불끈)!!」

그렇다. 야망을 품으면서 인생이 꼬이기 시작한 것이었다. 실은 이 소년… 와다 일파에 들어오기 전에는 나름대로 한 조직의 수장을 해먹는 넘이었다. 비록 잘 알려지지 않은 마이너한 조직이었지만 말이다. 동글동글한 남자들이 모여서,

「언젠간 여자들을 전부 꼬시자. -_-+」

라는 야망을 논하는 일명,

『풍만한 남자들의 다이어트 모임 —요가부.』

의 부장이었던 것이다. 아아~ 그곳에서는 카리스마 미남으로 손꼽혔던 마루.

마루「실은 와다와 아키야마도 내 꼬붕야. 다만 내가 겸손해서 져주는 척하지. 걔들도 먹고 살아야 할 거 아녀. 음훠훠.」

동글이들「오오~ 마루사마!」

그러나 야심을 품고 만 마루는 더 이상 그런 작은 조직으로는 만족이 아니 되었던 것이다.

마루「양지로 가야 해(각혈)!」

그렇게 해서 생각한 것이 바로 위원장이 되는 거였다. 당시 선거 위원회(주: 학생회장 선거 등 교내 주요 선거 담당)는 마츠가 꽉 잡고 있었다. 체육위원회 위원장은 타니가 잡고 있을뿐더러 동글이 마루 군은 별로 운동을 좋아하지 않는 편이었다. 보건양호위원회(양호실) 위원장은 와다가 쥐고 있다. 대권에 도전했다가는 아마도 시청각 고문사건보다 더한 일을 당할 게 분명했다. 방송 위원회는 날라리 일파의 보스인 두 남녀 좌충우돌 이란성 쌍둥이인 이카리 남매가 사이좋게 위원장, 부위원장 맡고 있었다. 풍기위원회는 역대 사상 최악의 풍기문란남 오오츠키 해골병사가 비열한 음모와 암투 끝에 휘어잡은 후였다. 이런 식으로 각자 보스가 있었던 것이다.

남는 것은 광고홍보위원회와 도서위원회. 마루는 하루 내내 도서관에 처박혀 있어야 하는 도서위원회는 제치기로 하고 언론을 장악하기 위해 광고홍보위원회를 찍기로 했다. 그리고 조금 더 확실하게 위원장으로 뽑히기 위해 러닝메이트를 구해서 자기는 위원장 해먹고 러닝메이트는 부위원장을 시키는, 이른바 자신의 넘버2를 찾기로 했다. 러닝메이트를 누구로 할까. 보니 꽤 인물, 아니, 마루는 친구 자체가 별로 없었던 것이다. 와다는 이미 위원장을 맡고 있을뿐더러 말 잘못하면 피를 본다. 타니와 마츠 역시 등치 클뿐더러 말발도 세서 말 안 들을 게 분명하다. 이케다는 드센 성격에다 반장 1학년 위원회 위원장 등 맡는 게 많다. 가장 만만한—실은 알고 보면 만만한 인간이 절대 아니지만—젠틀맨 모리는 축구부 부장을 맡아 바쁜 몸이다. 그럼 누가 남나? 그렇게 해서 제일 할 짓이 없어 심심해하던 윤햄이 선택된 것이었다. 두둥.

즉 마루 눈에는 시다바리 삼기에 젤 적합하다고 만만하게 여겨진 윤햄이었던 것이다. 그래서 마루는 곧장 윤햄 찾아 교내를 뛰어다녔다. 시다바리 삼기 위해.

그날 윤햄은 가을 날씨 화창함을 탄식하며,

윤햄 「아웅. 바둥바둥. 놀러가고파. 놀러가고파.」

하고 옥상에서 바동대다 외면당하고 있었다.

와다 「자, 이 사탕 먹고 조금 얌전히 있는 훈련을 해봐.」

이케다 「숙제는 다 하고 그런 소리 하는 거냐(잔소리).」

모리 「그러니까 2군 골키퍼는 그냥 포기하고 집중훈련부터 시키는 게.」

야마모토 「아냐, 훈련도 중요하지만 골키퍼 1명으로 무슨 대회에 나간다고. 축구부 스카우트는 나한테 맡기라고. 아는 놈 데리고 올게.」

요시다 「걔는 글쎄… 운동 싫어한다던데.」

타니&마츠 「후우, 심심하군.」「햄 기분 알 만해. -_T」「자, 햄,

우리가 놀아줄까?」「자, 우리 품에 앵겨보렴. -_-/」

그런 모습을 보고,

마루는「훗. 윤햄, 마침 심심하군. -_-+」

하고 회심의 미소를 지었다.

윤햄「앙? 마루다.」

마루「햄, 심심하니? 잠깐 우리 저쪽에 가서 대화를 조금 나눠 볼까?」

윤햄「난카 네랏테루(뭔가 꿍꿍이가)!」

마루「컥(생각보다 예리한 것)! 그럴 리가… 마루와 햄은 친구잖 아. 친구, 친구.」

윤햄「아야시이(절대로 수상해).」

그렇게 해서 한쪽 구석에 간 마루&윤햄.

마루「우리 광고홍보위원회 가입하자~」

윤햄「에? 멘도(귀찮소). -_-」

마루「컥(이 잡것이)! 귀찮은 일은 하나도 없어요. 위원장, 부위 원장 하면 내신도 좋고 시다바리도 많이 생기고 얼마나 좋아!」

한창 좋은 말로 설득하는 마루에게 윤햄은 단 한 마디 던지는 것이었다.

윤햄「쟈~ 와타시가 보스데, 마루가 코붕(그럼 내가 보스 하는 거야? 마루가 부하 되고)?」

하고 폭탄발언을 하는 것이었다.

마루「컥! 아니, 윤햄은 아직 일어 못하니까 내가 위원장하고 햄이 부위원장.」

윤햄「하하하하핫. 지나가던 개가 웃을 일이군. 사람들한테 물어봐, 누가 더 보스로 보이냐고. -_-」

마루「컥(이 자신감은 대체)! 안 돼, 안 돼. 햄은 덜렁대니 실수 많이 할 거야. 안 돼. 안 돼.」

윤햄「시꺼! 내가 한다면 하는 거야!」

마루「컥(각혈)!! 폭력은 안 좋아. 그럼 투표에서 이긴 사람이 하기로 하자.」

마루는 순간 일이 이상하게 돌아간다는 생각이 들었지만 이미 물러설 수 없었다. 왜냐… 붙기도 전에 집에서…

마루「홋, 제 카리스마가 워낙 있다 보니 애들이 위원장 하래서……. 후우, 고민예요. 공부도 해야 하는데 그런 잡다한 일에 일일이 신경을 써야 한다니.」

마루 엄마「아아, 우리 마루 군은 왜 이리 똑똑하고 예쁘고—주:길어서 생략—인기도 많아서 어떡해~」

마루「홋. -_-」

이 세상에서 가장 사랑하는 엄마에게 벌써 자랑해 버렸기 때문에 더 이상 물러설 곳이 없었던 것이다. 그렇게 해서 위원장 선출에 출사표를 던지게 된 햄과 마루는 일단 라이벌이라고 할 수 있는 사람들이 다행히 없어 그대로 통과될 분위기였다.

마루「실은 어느 쪽이 위원장 할지 아직 안 정해졌기에 모두의
의견을 듣고 싶어. -_-」

애들「마루하고 햄 둘 중에서 하나 위원장 한다고? 그럼 당연히
햄이지. -_-」

마루「헤?」

그것만 해도 뇌리를 강타할 충격인데 담당인 다카하시 선생님
마저 무뚝뚝한 말투로 덧붙이는 것이었다.

다카하시「마루로는 와다나 다른 드센 애들하고 다이다이 맞짱
붙을 배짱이 없어. 그냥 햄 네가 해라. 넌 겁이 없으니.」

마루「헉! 선생님, 무슨 말씀을 하시는 거예요! -_π」

윤햄「소오다토 오못타(그럴 줄 알았음)!! 냐하하하. -_-v」

마루「우워~ 어째서 햄이 나보다 더 낫단 말이야?!」

이렇게 해서 윤햄은 얼떨결에 위원장이 되고 만 것이었다. 마루
소년의 야망이 무참히 밟힌 하루였다. 그리고 그날은 S중 사상 처
음으로 외국인이 감투 쓴 날이기도 했다.

그렇게 학교에 평화가 다시 찾아오고 여느 때처럼 등교하기 시
작한 지 얼마 안 되는 어느 날 아침, 그 사건은 터졌다. 축구부 아
침 훈련하다 말고…

윤햄「악악! 와스레모노 시타(뭐 잊고 왔어)!! -_T」

야마모토「이 덜렁이! 퍽!」

윤햄「힝~」

모리「지금이라도 가지러 갔다 와. 아직 시간 많이 남았잖아.」

윤햄「그런가. 음훼훼.」

지나가는 견학 맨 마루「마누케~ 마누케~ 마누케(덜렁이 덜렁이 덜렁이)~」

윤햄「퍽!」

마루「크헉.」

와다「갔다 오려면 혼자 얼른 갔다 와.」

윤햄「네. -_-;」

그렇게 해서 서둘러 집에 일단 들리게 된 햄.

엄마「하여튼 간에 누굴 닮아 덜렁대는 건지. -_-」

자신은 아닐 거란 근거는 어디에서 오는 건지.

윤햄「엄마. -_-」

엄마「퍽!」

윤햄「힝~」

이렇게 여유만만하게 엄마랑 담소 나누다 시계를 보니,

윤햄「컥!」

엄마「…8시 30분이네.」

빨리 달리지 않으면 지각할 타임이었던 것이다. 그리하여 서둘러 달리기를 시도했으나…….

오오츠키「후우. 저기 어디서 많이 본 여인네가 달려오고 있지만~ 이제는 안타깝지만 교문 닫을 시간~!! 흥얼흥얼. 즐거운 지각!!」

풍기위원회 위원장인 오오츠키가 '메롱~!' 하면서 한 손으로 문을 닫기 시작하는 게 보인 것이다!

윤햄「어이!」

오오츠키「케케케케. -_-^」

그리하여 어이없게도 바로 눈앞에서 문이 닫히고 만 것이다.

윤햄「아직 15분 남았잖아! 왜 닫아!!」

오오츠키「내 맘.」

윤햄「각혈.」

오오츠키「그럼 난 수업 준비하러.」

윤햄「히도이! 이지메다(너무해! 이건 이지메야)!! -_T」

오오츠키「하하하. 난도데모 오이이(뭐라고 말한들 안 들려).」

윤햄「그런다고 못 들어갈 줄 알아?!」

주먹 불끈 쥔 분노의 햄은 아랑곳하지 않고 수다 떠는 풍기위원회 멤버들이었으나… 곧 경악하게 된다.

소년「위원장님, 정말로 저대로 내버려 두면 지각하잖아요. -_-:」

오오츠키「조금 더 놀리다 열어줘야지. 쯧쯧. 너무 쉽게 열어주면 저 녀석 또 느긋하게 덜렁대며 돌아다닌다고. 이게 다 친구를 위한 배려야.」

소년들「위, 위원장님은 배려남이셨군요. -_T」

오오츠키「훗, 내가 한배려 하지. 음?! 컥! 저, 저놈 뭐 하는 거야?! 각혈.」

윤햄「안 되면 담이라도 넘어간다!」

라고 외치며 펜스 넘기를 시도했으나… 문제는 S중 담이 너무 높았던 것이다. 야구부의 야구공이 담을 넘지 말라고 사방팔방을 야구장에서나 볼 수 있는 펜스로 비싼 돈 들여서 도배했던 것이다. 그래서 담 넘기에 앞서 건물 4층 높이인 펜스부터 넘어야 했다. 두둥!

오오츠키「간덩이 부은 눈. -0-」

소년들「각혈.」

윤햄「음화화홧!!」

그렇게 아무 생각 없이 올라갈 때는 좋았으나,

윤햄「힝~」

넘어갈 때쯤에 문득 밑을 내려다본 게 화근이었다.

윤햄「고아이(무서워)!! >_<」

오오츠키「저 대책없는 눈이. -0-」

소년들「어, 어쩌죠?」

이렇게 해서 아침부터 소동이 벌어진 것이다.

아키야마「또 햄이야?」

오오츠키「힝! 햄 때문에 내 인생 꼬이기 시작했어. 이러다 다치기라도 하면 낼 아침 신문에 '풍기위원회 위원장의 장난으로 인해 외국인 여학생이 중상'이라고 대문짝만하게 나올 거 아냐! 악악!!」

아키야마 「그거 말고 할 말은 없냐. 이 이기주의자. -_-;」

오오츠키 「넌! 학생회 부회장이잖아! 빨리 구조해!! -_-+」

아키야마 「일은 네가 저질러 놓고 왜 이럴 때만 부회장타령이야, 정말.」

욱신각신대는 두 소년 옆에서는 와다가 한숨 쉬고 있었다.

와다 「드디어 하늘을 날고 싶어진 게냐, -_- 햄.」

이케다 「사, 사다리가 어디 갔지.」

타니&마츠 「햄, 기다려!」「체육관 창고에서 매트라도. -_-;」

야마모토&요시다 「요즘 젊은애들은 간덩이가 부었다던데.」「허허, 안 좋은 일야.」

친한 남자애들이 구조할 도구 찾으러 가는 동안 여자애들은 거세게 119에 전화할 것을 요청하고 있었다.

마이 「119라도 전화해!」

아키야마 「그건 할 수 없어. -_-;」

오오츠키 「응.」

마이 「왜?!」

아키야마 「신문에 나면 곤란해.」

마이 「히도이(너무해)!!」

아키야마 「암튼 신문에 날 일은 곤란해. -_-;」

사토미「사람 목숨이 더 중요하지, 이것들아! 퍼어어억.」

그러는 동안 마루는 한 소년만 안 보인다는 것을 예리하게 짚어내고 있었다.

마루「음? 모리 군은 갑자기 어디로 갔지?」

사토시「그러고 보니 없네.」

모리는 그 무렵 한 발 먼저 체육관 창고를 뒤지고 있었다. 곧 이어 나타난 그는 밧줄을 들고 있었다.

마루「어디 갔다 온 거야?」

모리「창고. 잠깐 이것 조금 들고 있어봐.」

마루「헉! 왜 내가.」

잠깐 뒤로 물러서서 달릴 공간을 확보하고는… 달려오는 그 기세로 한꺼번에 펜스 위까지 올라간다는 그런 묘기를 보여준 것이다.

윤햄「힝, 다레데모 이이카라 다스케로(주: 아무나 좋으니 나 살려내)!!」

상당히 거만한 구조요청이었다. 그 말이 나오자마자 일제히 고개를 90도 옆으로 돌려 버리는 무정한 S중 소년들.

모리「괜찮아. 괜찮아.」

윤햄「앙! 모리 군, 할루!」

모리「밑은 보지 말고. 이걸로 허리 묶으면 돼.」

윤햄「앗, 이노치즈나(생명줄)! >_<」

모리「천천히 한 발씩 내려가면 돼. ^^;」

한편 밑에서는 타고난 괴력으로 힘껏 양껏 체육 수업용 매트 등 끌고 온 무책임 떡대 타니&마츠가 잽싸게 매트를 깔고 있었다.

타니&마츠「자! 이젠 떨어져도 괜찮아!!」「내려오는 것도 귀찮을 텐데 그냥 점프해.」

윤햄「컥! 무섭단 말이야.」

타니&마츠「밑에서 받아준다니깐(아.마.도.)!!」

그리고 사다리 찾아온 이케다.

이케다「하무! 파파가 이쿠카라네(아빠가 간다)!! -_T」

와다「마루, 사다리 밑에서 꽉 잡아. -_-」

마루「오랴 안타노 코분카이나(헉! 내가 니 시다바리가)!!」

와다「응. -_-」

마루「각혈.」

이렇게 해서 직접 올라온 모리 군과 사다리 타고 올라온 이케다 도움을 받아 찬찬히 내려온 햄을 맞이한 건 마이 짱을 비롯한 소녀들의 뜨거운 포옹.

윤햄「오오, 땅이 이렇게 사랑스럽게 여겨질 줄이야. -_T」

마이「와락! 하무 -_T 신빠이가케테(걱정하게 만들고)!!」

윤햄「울먹울먹. 오오츠키 군이 와루이(오오츠키가 나빠)!!」

윤햄의 말에 집단 응징당하기 시작한 오오츠키는 변명하느라 바빴다.

오오츠키 「각혈. 그냥 장난친 건데. -_T」

타니&마츠 「퍽!」

이케다 「시네(죽어)!! 퍽.」

오오츠키 「크헉!」

내심 안도의 한숨 쉰 와다 군.

와다 「이걸로 다행히 한 사건이 종료되는군. 메데타시, 메데타시(해피엔드).」

아키야마 「신문에 나기 전에 끝나서 다행이다.」

와다 「히토데나시(그러고도 인간이냐)!! 퍽!」

아키야마 「왜, 왜 때려!! -_-;」

마루 「맞을 만하네! 덩달아 퍽!」

말할 것도 없이 과잉충성.

아키야마 「컥!」

한편 축구부 멤버들은 진지한 얼굴로 부장 모리를 둘러싸고 있었다.

야마모토&요시다 「부장! 고작 햄 하나 때문에 위험한 일을 하다니!」「햄한테 목숨 걸다니 부장 아직 젊구려. 허허.」「다시는 햄한테 목숨 걸지 마!」

모리 「뭐 대단한 것도 아닌데 그래. ^^;」

야마모토&요시다 「그래도!!」

그렇게 해서 평화롭게(?) 하루는 시작되었지만 이후 고소공포증이 되고 만 윤햄이었다.

　와다 「저놈 적어도 이제부터는 옥상에서 장난치는 일은 없겠군. 야레야레(한숨)~」

　두둥~

　행사가 유달리 많았던 S중학교. 그날도 행사 때문에 아침부터 소란스러웠다. 바로 가을맞이 교장배 운동회가 열리는 날이었던 것이다. 수업 하루 제칠 수 있는 날이라 그런지 다들 들떠 있어 요란하게 떠드는 날이었다.

　윤햄 「안녕하심까. 여기는 특설텐트 안. 제XX회 교장배 가을 운동회 실황중계실임다. 아나운서는 저 광고홍보위원장인 바른생활 윤햄. ^^＊ 해설에는 전교생 프로필을 몽땅 외우고 있는 풍기위원회 명랑 풍기문란남 오오츠키 위원장이 맡아주시게씀다. -_-」

　오오츠키 「네. 지금 체육관안에서는 여학생들 배구 시합 중계를 방송위원회에서 맡고 있죠(왜, 왜 내가 남자 따위를)?」

　윤햄 「그렇슴다. 인물이 무척 달리는 관계로 오늘 하루 남자부 시합 해설을 맡으셔야 하는데 소감 한말씀. -_-」

　오오츠키 「뭐니 뭐니 해도 남자부 중계의 묘미는 가차없는 예리한 독설가 스타일 해설 아니게씀까? 오늘도 가차없이 추한 놈은 추한 대로 알리고 멋진 놈은 그냥 씹으며 중계해드리게씀다. -_-v」

　일부 남자들로부터 돌 날아오나 두 해설자는 씹는다.

윤햄「무척 공정한 해설이 되겠군요. 참 기대됩니다.」

오오츠키「음훼훼.」

윤햄「오늘 운동회의 관전 포인트는 뭘까요?」

오오츠키「우선 S중에서는 단순하게 청군, 홍군식으로 나누질 않죠.」

윤햄「그럼 팀 분배가 어찌 되는지요?」

오오츠키「1반은 1반끼리, 그러니까 1학년 1반, 2학년 1반, 3학년 1반 이렇게 세 반이 한 팀 되어 승부를 겨룬다는 그런 시스템임다.」

윤햄「그렇게 되면 총 7팀이 되겠네요.」

오오츠키「네. 1학년이 못하거나 하면 3학년 선배들에게 바로 작살나는 그런 시스템이죠. -_-」

윤햄「네에. 오늘 하루 특히 남자부 1학년은 목숨 걸고 해야겠군요. -_-」

오오츠키「그렇죠. 중3 남자들의 신경이란 게 보통 민감한 게 아니잖슴까? 고등학교 입시 스트레스를 빌미로 지면 졌다고 중1한테 화풀이하겠죠?」

순간 긴장하는 1학년 남학생들.

윤햄「꽤 마찰이 심할 거 같은데 작년에는 어떤 일이?」

오오츠키「후우… 불미스럽지만 몽둥이가 쓰였다든지 단체로 박고 3시간 버티기 등 각종 기합이 펼쳐지는 게 전통이라고 합니다(먼 산). (-_-);」

순간 더 더욱 침 삼키는 1학년 남학생들.

윤햄「네, 그렇군요. 아, 말씀드리는 순간 1반팀부터 입장하네요. -_-」

오오츠키「네. 1반 팀 주장은 1학년 1반 와다 군이 맡고 있군요. 하긴 3학년이라도 덤빌 수 있는 허접 카리스마가 아니죠. -_-」

윤햄「쿨럭. 1반 팀에서 유망선수는 누가 있을까요?」

오오츠키「뭐니 뭐니 해도 농구부 기대주인 1학년 이케다 군과 별 볼일 없는 축구부에서 인생 썩고 있는 축구부 주장 모리 군이… 악! 왜 때려!」

윤햄「감히 축구부를. -_-+」

오오츠키「악악악.」

잠시 방송 중단.

오오츠키「대단히 실례했슴다. 잠시 아나운서의 폭행이… 크헉. 때리지 말래두!! 아무튼 이어서 해설을 해드리자면 그 외 1학년 와다 군이 무섭죠.」

윤햄「아니, 그렇게 와다 군의 운동신경이 뛰어납니까?!」

오오츠키「아뇨, 문제는 이긴 놈은 벌벌 떨고 살아야 할 거 아님까?」

윤햄「아항. 그런 애로사항이.」

오오츠키「심각한 애로사항이죠. 그 외는 럭비부 특기생인 타니&마츠 괴력남 콤비가 요주의 대상이 아닐까요?」

　　윤햄「2학년, 3학년은요?」

　　오오츠키「울 학교 시스템은 성적순 반편성이라 2~3학년 선배들은 공부만 잘하는 대가리 큰 대갈 왕자들이라 별 볼일 없죠. 그래서 아마 져도 할 말 없을 겁니다. 해마다 유일하게 기합없는 팀이죠. 게다가 올해는 와다 군이 1학년에 있으니 누가 감히 혼내겠습까. -_-:」

　　윤햄「그렇군요. 저도 와다 군은 무섭습다. -_-:」

　　오오츠키「그렇습까? 동지네요.」

　　뜨거운 악수.

　　윤햄과 오오츠키의 주접 방송하는 그 모습을 1반 팀 좌석에서 바라보던 와다. 순간 '욱' 했다고 한다.

　　와다「저것들 신났군. -_-+」

　　이케다「참아. -_-:」

　　모리「정말 햄은 수다 떨 때 제일 행복해 보여. -_-:」

　　마루「주접 아줌마. 저 자리는 원래 내가 있어야 할 자리인데! 내 자리!! 내 자리!! ㅠ_ㅠ」

　　모두「오토코노 나미다와 무시(남자 눈물은 씹자). (-_-);」

　　타니「주접보다 더 행복해하는 게 하나 더 있지 않나.」

　　마츠「응. 햄 먹을 때. -_-」

　　타니「꺅! 햄이 햄 먹는데! 동족상잔!!」

마츠「꺅! 무섭. >_<」

야마모토「난 니들 커플이 더 무섭.」

타니&마츠「퍽!」

야마모토「컥!」

요시다「에구. 오늘은 얼마나 달려다녀야 할꼬. 후우. 애일 때가 좋았어(주:대체 당신은 몇 살? 이라고 한 대 패주고 싶어지는).」

모두「지이⋯⋯(영감. -_-:).」

하나 굴하지 않는 윤햄과 오오츠키⋯⋯.

윤햄「아, 뭔가 밖에서 떠드는 소리가. -_-」

오오츠키「잡새들 말은 신경 쓰지 맙시다. -_-」

이 말 때문에 나중에 밟히고 만다.

윤햄「아, 말씀드린 순간 2반 팀 1학년부터 순서대로 입장합니다.」

오오츠키「2반은 간발의 성적 차이로 항상 앞서 가는 1반을 싫어해서인지 올해도 목표는 1반 타도라는 지극히 소극적인 목표를 세우고 있다고 하네요. 역시 공부벌레가 많은지 심히 영양결핍으로 보이는 해골군단입니다. -_-」

윤햄「한마디로 체력도 근성도 없어 보입니다.」

오오츠키「소레니 가오가 와루이(게다가 얼굴도 폭탄)⋯⋯. -_-a」

2반 팀「저것들이!! -_-:」

윤햄「그리고 보니 오오츠키 상도 항간에는 해골병사가 별명이라는(힐끔)소문이 있던데.」

오오츠키「쿨럭! 같은 해골이라도 품격이 다릅다!! 기분 드럽습다. -_-」

윤햄「실례했습다.」

2반 팀「-_-…….」

2반 팀 돌을 무시하며.

윤햄「3반 팀 입장하고 있네요. 3반 팀 선수층은 어떻습까?」

오오츠키「3반 팀은 뭐니 뭐니 해도… 앗, 방금 학생회장이신 미야 선배님이 입장하고 있습다!」

2반에서 2반 유망선수도 말해 달라는 항의의 외침 있었으나 난데없는 여학생들 환호에 묻힘.

윤햄「네. S중 최고의 할렘 술탄이시죠. -_-」

오오츠키「네. 니노미야 선배는 현재 학생회 회장을 맡고 계시며 미술부 부장도 맡고 계시며 한때는 농구부 들라는 권유도 받으신 초절정 꽃미남 대표주자시죠. 현재 성적은 그렇게 노는데도 불구하고 5.0 만점에서 4.7이라고 하시죠? 정말 존경스럽습다. 게다가 여자는 왜 그리 많은지 제가 파악하고 있는 여자 친구 리스트만 해도 3페이지 넘어갑니다. -_-」

윤햄「모든 남성들의 꿈의 결정체 그 자체죠. -_-」

오오츠키「집에 재산도 많아요. 아버님이 사업가시래죠? 어머니는 어쩌고저쩌고……. ㅡ_ㅡ」

　윤햄「그, 그런 건 또 어디서(각혈).」

　오오츠키「이 학교 학생들 중에서 제 눈썰미 벗어날 사람 없습니다. ㅡ_ㅡ+」

　윤햄「……(무서운 놈). ㅡ_ㅡ;」

　오오츠키「음훼훼.」

　윤햄「그런데 오오츠키 상이 여자도 아닌 남자를 칭찬하다니 뭐라도 얻어먹어씀까? ㅡ_ㅡ」

　오오츠키「실은 미야 선배에 대해 뭐라고 하다가는 여자 선배는 물론 동기 여자들한테 밟히는 게 두려워서 그만… 흑흑. 저도 이렇게 살고 싶지 않아요. T_T」

　윤햄「저런. 그런데 3반 팀은 대체로 어떤 전망인가요?」

　오오츠키「아마 미야 선배 혼자서 북 치고 장구 치고 다 하시겠죠. ㅡ_ㅡ」

　여학생들 환호.

　오오츠키「그런데 햄 상은 상당히 차가운 눈빛으로 보시네요, 미야 선배를. 그러고 보니 햄 상은 어떤 남성이 이상형인지요? 별로 알고 싶지는 않습니다만 일단은 질문해 드리죠.」

　윤햄「하하하. 남자는 뭐니 뭐니 해도 갑빠가 아니겠슴까. 저는 여자보다 허리 가는 꽃미남을 거부함다. ㅡ_ㅡ」

　오오츠키「각혈.」

윤햄「소란스러운 가운데 3반 팀 좌석에 가는군요. 이어서 4반 팀 들어오네요.」

오오츠키「4반에는 폭탄계의 지존이신 유도부 주장 하야시 선배가 계시죠.」

윤햄「갑빠라도 있나요?」

오오츠키「불행히도 몸매역시 안 따라준답니다. 근육보다는 뱃살이……위풍당당하시죠.」

하야시 선배「뭐야, 저것들.」

선배들「참아. 아직 1학년 애들이잖아. -_-:」

어째 방송하면서 점점 목숨의 위협을 느끼는 윤햄이었다. 이어지는 목숨을 건 중계.

윤햄「아, 또 여학생들 비명이…….」

오오츠키「5반 입장하는군요. 역시 미남 많기로 소문난 남자 테니스부가 많아설까요? 상당히 여학생들이 환호하고 있슴다. -_-」

윤햄「아무래도 테니스 유니폼 입고 있음 못 생겨도 괜히 뭔가 있어 보이죠.」

돌 피함.

오오츠키「아, 5반 팀 주장 사토 료지 선배 입장합니다. 테니스 못해도 테니스부란 자체로 인기를 얻고 있는 남자죠.」

역시 돌 피함.

윤햄「이어서 6반 들어옴다.」

오오츠키「개인적으로는 제가 젤 재섭게 생각하고 있는 팀임다. -_-」

윤햄「어째서죠?」

오오츠키「왕자암 말기환자인 아키야마 군이 있는 팀 아닙니까? 더 말이 필요한가요?」

윤햄「아뇨, 말씀 안 하셔도 알 듯싶습니다.」

남자들 사이에서 폭소.

아키야마「누가 저놈들한테 마이크 줬어?! -_-;」

소년「할 수 없잖아. 방송위원회 위원장인 이카리 군, 아키야마 군을 싫어하니. -_-;」

아키야마「저러라고 시킨 게 분명해(각혈)!!」

소년들「응. -_-」

윤햄「아키야마 군이 이쪽 향해 뭔가 삿대질을 하네요.」

오오츠키「무시하고 다음 멘트로 넘어갑시다. 다음은 7반입니다.」

윤햄「올해도 역시 우승후보죠.」

오오츠키「이른바 떨거지 반이란 말을 듣고 독을 품어서 그런지 해마다 괴력을 발휘하는 팀이죠. 운동부 특기생이 가장 많은 반이기도 합니다.」

윤햄「이상으로 각팀 간단한 소개를 마치고 새로 오신 교장 선생님의 인사말에 앞서 축하공연이 있겠슴다.」

오오츠키「오늘 축하공연은 현재 교내 유일한 밴드부인 밴드부 부장 마츠야마 선배의 락 공연이 되겠슴다. 노래 제목은 '모에로, S쥬(불타라, S중)!!' 이 되게씀다. -_-」

윤햄「별 기대는 안 하지만 작사, 작곡을 직접 했다는 소문이 있는데.」

오오츠키「저 밴드부는 대대로 메탈리카 팬클럽이라고 하네요. 메탈리카가 불쌍함다.」

운동장 무대 앞.

마츠야마 선배「뭐야, 저놈들(주먹 불끈)! 1학년 주제에 너무 건방지잖아!」

밴드부「참아. 학교에서 락 공연하는 게 어디야. -_-:」

마츠야마 선배「그런가. -_-:」

밴드부「다른 학교라면 허가도 안 나와.」

마츠야마 선배「하긴 저런 놈들이 위원장 해먹는 동네니. -_-:」

이어서 무대에 선 밴드부. 인사도 뭐도 없이 진행관계상 서둘러 전주를 하기 시작하면서 마츠야마 선배는 열정적으로,

「아~!! 오우~!! 예~!!」

등 괴성을 질렀으나… 'S중, 불타라!!' 이후 가사가 없이 '아~!!' 만 울부짖는 것이었다. 순간 윤햄과 오오츠키는,

「센빠이 카시 와스레타나(선배, 가사 까먹었군. 후우)!」

라고 대충 감 잡고 말았다. 마이크 쥐고 있었던 까닭에 그 대사는 그대로 마이크를 통해 전교에 알려지는 불운이 덤으로 발생하고 만다.

마츠야마 선배 「컥! 그걸 어떻게 알았지!!」

전교생 「-_-;」

그렇게 마츠야마 선배의 공연은 썰렁하게 막을 내리고 만 것이다. 그해 운동회 오전 타임은 그렇게 지나갔다. 왜냐하면 사토시 군 이지메 사건에서 시작해 윤햄 야마자키 폭행사건까지 연속으로 사건이 터지고 긴급 총회다 뭐다 교장 체인지다 뭐다 해서 이런저런 사건의 후유증 덕분에 준비할 시간도, 여유도 없었던 것이다. 그래서 그냥 배구 시합 적당히 하고 끝내자는 분위기였다. 무슨 반 대항 배구대회틱한 허접, 그야말로 이름만 운동회였던 것이다. 다만 예년과는 다른 것은 항상 최약체라던 1학년 1반의 어느 팀이 숱한 강호팀을 무찌르고 승승장구했다는 게 특이하다면 특이할까? 그 팀은 바로 말할 것도 없이 와다 팀이었다.

주장 와다. 부주장 이케다&모리. 세 졸병 마루, 타니, 마츠. 후보 야마모토&요시다라는 호화판(?) 팀이었던 것이다. 어째서 동굴이 마루가 당당히 후보도 아닌, 1군 선수였는지에 대해 의아하게 생각할 분들도 계실 것이다.

마루는 운동을 싫어한다. 그래서 좋아하는 운동도 없었다. 그런 고로 마루는 그때까지 자신의 숨겨진 소질을 전혀 모른 채 '각성(각혈이 아닌 각성이다)의 날' 만 기다려 왔던 것이다. 마루는 풍만한 몸매를 지닌 남자들의 다이어트 모임 요가부의 수장이다. 그래서 마루는 생각지도 않게 몸이 상당히 엽기적일 정도로 유연해졌고 몸매답게 힘도 좋았다. 게다가 생각지도 않았던 무기가… 그건 바로 옆으로 퍼졌기에 공 하나가 스쳐도 반탄력으로 인해 상대 코트로 되돌아가는 그런 엽기발랄한 장점이 있었던 것이다!

마루는 운동회 날 아침부터 우울했다고 한다. 매번 운동회니 체육대회니 나가봤자 좋을 일 하나도 없었다. 그래서 오늘도 그렇고 그런 우울한 날로 끝나겠지 하고 있었던 것이다. 잘하면 본전, 못하면 욕만 먹는다. 그런 강압감에 평소 5그릇은 아침부터 한꺼번에 먹던 그도 식욕이 없어 그만 두세 그릇 먹다 말아서 어머님을 경악하게 만들었대나? 참고로 이 말 하자마자,

「테메 구이스기다요(이 새끼 너무 많이 먹는 거 아냐)?!」

하고 집단 린치당한 마루.

마루「하암, 내가 왜 1차전 나가야 하는 거지? 못하면 등신 하고 이 고문 저 고문 다할 텐데. -_ㅠ」

그게 마루 소년의 솔직한 심정이었다.

마루「어차피 내가 평소에 잘났다고 질투하던 넘들인데. 오늘 건수 잡혔다고 얼마나 갈굴꼬. 하긴 내가 봐도 이 약간 곱슬한 머리 하며 이 하얀 백옥 피부 하며 잘난 투성이인데 어쩌고저쩌고.」

와다「뭐라 궁시렁대고 있는 거야, 저놈. -_-」

이케다「몰라. 알고 싶지 않아.」

이런 주변의 냉대에 울고 싶어지지만 매니저인 사토시 군으로부터 어깨 토닥토닥과 함께,

사토시「포카리스에트, 자.」

마루「앙.」

마실 거 하나에 금방 기분 좋아지는 단세포 마루였다.

마루「레몬도 준비해 줘.」

사토시「응. 다 해왔어.」

타니&마츠「젤 못하는 놈이 간식에는 목숨 거는구먼. ㅡ_ㅡ」「후우, 그러게 말이오.」

이렇게 해서 배구 시합에 나가게 된 마루.

와다「넌 힘은 좋으니 다른 건 신경 쓰지 말고 서브나 잘해.」

마루「으응. ㅡ_ㅡ;」

이케다「오는 공은 내가 막을 테니 서브 순서 오면 잘 부탁.」

모리「걱정 마. 그쪽으로 안 가게 막아줄게. ^^;」

마루「윽윽… 모리 군이 이치방 야사시이(역시 모리 군이 젤 상냥해). ㅡ_T」

모리「^^;;;」

타니&마츠「자, 밥값을 할 때가 왔어!!」「철권 서브를 보여주는 거야, 마루!!」

마루「응. ㅡ_ㅡ;」

이렇게 해서 코트에 나서게 된 마루.

한편 상대팀에서는 이런 대화가…

소년1 「자, 저 마루가 가장 허접해 보이니 무조건 마루 있는 쪽으로 넘겨.」

소년2 「당근, 저 동글동글을 노려야지.」

소년3 「이케다한테는 보내지 마. 저놈 농구선수야. ㅡ_ㅡ;」

소년1 「이케다한테 보내면 새 된다. ㅡ_ㅡ;」

그렇게 해서 집중포화공격을 받은 비운의 마루.

마루 「꺅! >_<」

요염한 비명부터 지르는 마루였다.

이케다 「역시 생각대로 마루한테로 온다.」

모리 「응. ㅡ_ㅡ;」

그럴 줄 알고 대기하던 이케다 등이 필사 방어하는 그런 시스템으로 흘러가고 있던 중 한순간의 틈이 생겨 오로지 마루 본인이 스스로 방어해야 하는 순간이 오고 만다.

마루 「컥! 나밖에 없잖아!!」

순간 '꺅' 하고 눈을 감는 것과 동시에 뱃살 부분에 강력한 통증이…

마루 「컥!!」

와다 「마루, 데카시타(마루, 나이스)!!」

타니&마츠 「오오!」 「뱃살신공!!」

마루「헤? -_-」

이케다「마루(와락)!!」

모리「파이팅!」

알고 보니 마루의 뱃살에 맞아 반탄력으로 인해 상대방 코트로 볼이 넘어가고 그 어이없는 묘기에 미처 손쓸 새도 없이 멍하니 바라보기만 하는 바람에 점수가 되고 만 것이다.

소년1「컥! 이렇게 어이없이 지다니.」

소년2「컥! 각혈.」

와다「마루 너에게 그런 소질(?)이 있었다니. 장하다.」

마루「헤?」

이후 2차전, 3차전이 이어지며 마루는 서브에도 자신감을 얻으면서 혼신의 힘을 쏟았다. 그리하여 결승까지 가려고 했으나 안타깝게도 준결승에서 재섭게 아키야마 팀과 붙으면서 결국 3위로 끝난 것이었다. 그러나 마루의 뱃살신공은 이후 교내 배구대회에서 전설로 남았다고 한다. 쿨럭.

이번 이야기의 주제는 일본 여자애들의 내숭. 여자. 여자. 여자. 세상에 반은 여자라고 한다. 그런 여자가 대접받는 나라(뉴질랜드 등)가 있는가 하면 대접은커녕 생사여탈권이 가부장에게 있는 나라도 있다고.

여자도 사람인지라 착한 여자도 있겠지만 못된 여자도 있을 거고, 지극히 바른말만 하는 여자도 있는가 하면 황당한 말만 하는 여자도 있을 거고, 귀엽게 생긴 여자가 있지만 상대적으로 외모가 떨어지는 여자도 있을 거고… 처절한 상대평가의 세계. 남자들도 거기에서 결코 벗어날 수 없을 것이다.

그런데 참 이상한 게 남녀라는 생물학적인 차이뿐인데 서로가 이해할 수 없는 일이 종종 발생한다. 아무리 '나 카사노바야~ 나 남자 잘 알아~', 혹은 '나 여자 잘 알아~' 해도 저 사람이 왜 그럴까 하고 고개 갸우뚱거릴 때가 있다. 미친 인간 아닐까 싶어도 아무리 평소에 정상적인 생활 99% 해도 마가 끼었는지 헷가닥할 수도 있고… 뭐 그게 그 사람의 전부는 아닐 테지만 때가 되면 그냥 같은 인간으로만 보이던 반 남자애 혹은 같은 특별활동하거나 같은 학원 다니는 남자애가 갑자기 남자로 보일 때가 있을 거고, 아니면 난 쟤가 싫은 느낌은 안 들던데 했다가도 다음 순간에는 갑자기 보기만 해도 토할 것 같아지고……. 남자애들이 보면,

「제멋대로야. 우씨. ㅜ^ㅜ」

할 테지만 여자애들은 그럴 수도 있지 하는 그런 사건 한 가지.

그 여자애 역시 윤햄과 같은 '전학생'이었다. 차이가 있다면 윤햄은 외국인이고 걔는 지방에서 올라온 여자애라는 거 정도. 그 정도인 줄 알았다. 처음에는 그때까지 윤햄 주변에 있는 여자라고는 이 세상에서 자신이 가장 아름다울 거라고, 혹은 옷, 장신구만 받쳐 주면 가장 아름다워질 수 있을 거라고 자신의 미모를 단단히

믿고 있는 언니와 그에 못지않은 공주임 환자 여동생 둘과 자신의 체중 연령, 기타사항은 일체 무시하고 결혼한 여자니 내가 이 세상에서 제일 잘났어, 라는 무서운 왕비암 말기환자인 엄마 정도였다.

그런 게 윤햄 체질에는 안 맞았는지 언니나 엄마나 여동생들, 그리고 한국에서 봤던 무수한 공주들… 한테 입바른 소리 하다 '왕따' 되는 게 윤햄의 주된 생활이었다. 내숭 안 떠니 자연히 남자애들이랑 놀고 하는 게 윤햄의 생활 패턴이었다.

그러다 일본에 오니 일본 여자애들은 가능한 한 외국인에게 좋은 인상 남기고자 노력하는 그런 애들하고 놀게 되었고 다들 친절한 줄로만 알았다. 그런 윤햄에게 태클 건 여자가 있었으니… 바로 사토미란 여자애였다.

처음 본 인상은,

윤햄「저 여자애 사실은 남자인가. ─_─:」

이었다. 가수 이상은처럼 키만 훌쩍 크고(중1 초가을에 처음 봤을 때 이미 키 172, 몸무게 46라는 열악한 신체 사이즈를 자랑하고 있었다), 머리카락은 천연 곱슬이라서 이리저리 제멋대로 헝클어진 상태. 그 헤어스타일에 오렌지 빛이 섞인 갈색에 가까운 색깔을 갖추고 있어 멀리서 보면 꽤 눈에 띄는 외모였다.

키에 비해 그렇게 몸무게가 없으니 당연히 가슴이나 엉덩이랄 게 있을 리 없고 목소리만 여자임을 느끼게 하는 하이소프라노라서 목소리 듣고서야 '아, 여자애구나' 할 정도. 단어를 고운말 바른말만 쓰는데도 따지는 게 많아서 그런지 '깡패다. >_<' 란 인상을 주게 만드는 특이한 여자애였다.

그전에는 상냥한 미소녀 타입인 다카하시 마이 여사나 평소에는 테니스 라켓 들고 열심히 운동하다가도 무슨 말만 하면 수줍어하는 이시하라 나나코 여사. 성적은 학년 TOP이지만 전혀 티 안 내고 뭐든 열심히 하는 특급 미소녀 미야자키 사오리 여사 그런 여자들밖에 모르던 윤햄을 난생 처음으로,

윤햄 「…….」

침묵하게 만든 여자… 바로 그 여자가 이데 사토미였다. 일명 학교에서의 별명은 철의 마리아. 도덕관념에 철저해서 하나라도 규율에서 어긋나는 부분이 있으면 여자든 남자든 팔뚝 꺾는, 나름대로 수줍음, 내숭, 소녀다운 꿈은 있는 모양인데 연애가 잘 안 되는 여자가 바로 그녀였다.

가을 무렵에는 여름에 있었던 사건들과 미야자키 사오리 여사의 출현 덕분에 아침, 저녁 가끔 해방된 생활을 할 수 있었다. 우락부락한 마츠나 타니가 아닌 똑똑하고 재미있고 상냥한 사오리와 함께 호호, 웃으면서 가끔 등교하고 살았던 것이다.

그런데 어느 날 사오리가 갑자기 새로 온 전학생도 이웃에 사니 같이 등교하자는 것이었다. 뭐 비슷한 애겠지 하고 그러마 했는데… 보자마자 '걷는 자세가 틀려먹었어!!' 라고 외치며 뒤에서 목

부터 비트는 것이었다. 본인은 어디까지나 굳어진 몸을 풀어주려고 했다고 하지만……(무한 침묵).

아무튼 덕분에 난생 처음으로 20분 동안 아무 말도 안 하고 걷기만 했다. 참고로 이 침묵의 등교는 반년 동안 행해졌다. 맘에 안 들어!!라는 윤햄 나름대로의 의사표명이었던 것이다. 혹은 이 아줌마 무서워, 였을지도 모른다.

그런데 어쩌다 친해졌냐고? 마음에 안 들어도 사오리 여사의 친구인만큼 싫어도 볼 기회가 많다. 그러다 보니 한 사실을 깨닫게 된 것이었다. −_− 그것은 바로… 그녀가 '시까리센카이(정신 똑바로 못 차려?! 앙)~!!' 라고 공포의 목비틀기를 하는 가운데서도 살짝 손목의 힘을 빼주는 상대가 있다는 것을 깨닫고 만 것이다. 쓸데없는 부분에서는 눈썰미가 있는 윤햄이었다.

그 상대는 다행히도… 애인이 있는 반듯소년 이케다 파파도 아니었고, 원숭이 산의 두목과 부두목 같은 타니&마츠 콤비도 아니었다. 그렇다고 복부인을 연상시키는 풍만한 몸매의 범생 마루 소년도 아니었다. 허구한 날 무슨 생각 하고 사는지 종잡을 수 없는 자칭 '불운의 천재' 와다도 아니었다. 다름 아닌 축구부 주장 모리였다.

당시 시끄럽게 자기 주장만 미친 듯이 하는 6소년 가운데서도 혼자 누가 장난쳐도 '하하' 하고 웃고 넘기는 그의 대범한(?) 모습에 뿅 간 소녀들이 상당수 있었는데 사토미도 그중 하나였던 것이다.

처음에는 아무런 내색 안 하고자 애쓰다가 겨울이 되니 옆구리가 시린지 학교 공부는 물론 연애 등에도 박식한 그때 이미 사귀는 남자 몇 갈아치운 사오리에게 상담을 부탁하는 것이었다. 그래서 더 잘 알게 된 내막.

사오리「조금 있음 크리스마스잖아. 그냥 그러고 있지 말고 명절 빌미 삼아 은근슬쩍 애들 카드 나눠 주면서 특별한 카드 보내든지, 아니면 남몰래 공략하는 거야. 예를 들어 어쩌고저쩌고……(생략).」

사오리 이야기를 들으면서…

윤햄「……(아, 남자 꼬시는 데는 저리도 스킬 종류가 가지가지 있구나). ┳＾┳」

라고 감탄을 금하지 않을 수 없었다. 처음에는 수줍은지…

사토미「그런 말을 어떻게 해~ 창피하게! 아이잉~」

하고 키 155인 사오리 등을 힘껏 쳐서 나가떨어지게 만들던 사토미였지만 그런 그녀의 마음을 뒤흔들듯이 윤햄은 모리가 크리스마스 핑계로 미리 받은 목도리 선물 3개, 장갑 선물 2개(주: 전부 손수 뜬 것이었다. 무서운 것들. ㅡ_ㅡ:), 케이크 4개, 직접 구운 과자 상자 6개 등 모리의 화려한 연애 연말결산을 사오리에게 잡담하는 식으로 말해 주자——물론 들으라고 한 소리였다——나름대로 초조해지는 것 같았다. 게다가 그냥 평범한 소녀들이 아닌 그중에는 꽤 잘 나가는 여자 한둘도 있어 긴장하게 만들었다.

무엇보다도 그녀를 당황하게 만든 건 학교에서 아이돌급에 속하는 에노모토 양의 러브 콜이었다. 키 155 조금 넘을까 말까 한 아담한 신장에 뽀얀 얼굴. 초롱초롱 빛나는 큰 눈망울. 머리에 뭘 달든 몸에 뭘 걸치든 패션으로 승화시키고 마는 백치미의 최강자 나나미까지… 수줍은 듯이 볼 붉히며 남자들 보는 앞에서,

나나미「아노(있잖아)~ ^^*」

작은 선물을 건네주고는 부끄러운 척 교실로 튀었던 그녀의 존재는 가히 위협적이라고 할 수 있었다.

윤햄「모리 왈 하하하. 어쩌지, 하는 걸로 보아 뭐 꺼릴 게 없으면 조만간 러브러브하게 되겠지. -_-」

사오리「오홍, 최신 뉴스네. 왜 난 몰랐지?」

윤햄「축구부 옷 갈아입는 운동부 탈의실 앞에서 발생한 사고였거든. 와다가 그러더라고, 이 사실이 알려지면 기말고사를 앞두고 남학생들이 충격먹고 난리칠 테니 내버려 두라고, 음훠훠.」

사오리「호호. 그럴 만도 하지. 윤 짱, 그런데 나한테는 말해도 되는 거야? 말하지 말랬다며? ^_^;」

윤햄「후우, 와다가 뭐라면 같이 죽는 거지. (-_-)」

사오리「하하하, 와다는 나도 조금 무서운데. ^_^;」

사토미「……(이 잡것이 지금 날 약 올리는 거 맞지??).」

윤햄의 천진난만한 웃음이 골목을 메운 것은 말할 것도 없었다.

그로부터 며칠 후, 카드 건네기 등은 죽어도 못한다던 그녀가 사오리와 함께 문방구점 간다고 학교 특별활동도 빼먹고 바삐 후닥닥 가는 것을 윤햄은 교실 창문에서 바라보고 있었다. 씨익.

준비성 철저한 여자애들이 겨울 방학 직전에 선물공세를 펼치고 나서 안심하고 기말고사 준비에 대응하던 무렵 와다네 방에서는 평소와는 다른 야리꾸리한 무드가 흐르고 있었다. 그도 그럴 것이 사오리 여사가 갑자기,

사오리 「우리도 공부 모임 끼면 안 될까? ^_^;」

라고 윤햄을 통해 부탁해 왔기 때문이다. 서로 소녀 순정만화잡지의 양대 산맥인 부케와 하나토유메 교환하는 사이였기에 그냥 그러라고 한 윤햄. 나중에 '남의 집인데 집주인에게도 안 물어보고 ok하다니' 라고 와다한테 목 비틀림을 당했지만 사오리의 목적을 익히 알 수 있었던 윤햄은… 윤햄은 그냥 모든 고통을 웃으며 감수할 수 있었다.

그런데 막상 뚜껑을 열어보니 여자 둘, 아니, 정확하게 표현하자면 여자다운 여자 하나 참가하는데 '이리 평소와 분위기 다를꼬' 이었다. 미야자키 사오리 양. 눈이 머리에 묻었다고 내심 평소에 자랑하는 긴 스트레이트 머리 휘날리며 귀여운 하양 코트를 벗자마자 눈길을 끈 것은 연한 분홍색 니트에 체크무늬 치마였다. 어찌나 귀여운지. 그걸 보자 평소에 아는 놈들 집이라고 그냥 머리 빗고 대충 검정색 니트에 청바지 패션에 회색 코트 걸치고 나

온 평소 작태를 잠시 반성하지 않을 수 없었다. 조용히 묵념하는 윤햄이었지만 이내 시선을 돌렸다. 그날 패션에 유난히 힘준 사토미로부터 시선을 돌렸다.

평소 삐친 머리에 한이 많았는지 머리 구석구석까지 젤을 바르고는 머리를 한데로 묶어서 날뛰지 못하도록 한 그녀. 누구 코트인지는 모르지만 연분홍 코트를 벗자—나중에 알고 보니 같은 학교 2년 선배인 백옥 같은 피부와 애수 어린 눈빛 하나로 남자들을 유혹할 수 있는 미소녀인 언니 나츠코 상의 물건이었다. 안에 역시 언니 옷 훔쳐 온 게 분명한—심플한 디자인의 원피스 달랑 하나. 춥겠다. 추위도 안 타나라고 표현하고 싶었지만… 살짝 바른 분홍빛 입술 등 마치 딴사람 같았다.

다른 애라면 웬만하면 예쁘다라고 한마디 덕담 정도 했겠지만… 다들 보니 외면 상태였다. 평소 목비틀기를 유난히 많이 당한 타니&마츠 콤비는 띠껍다고 거의 목을 억지로 90도 돌린 자세였다. 평소에 잘해둬야 하는구나를 절실히 느낀 순간이었다. 누가 뭘 입고 오든 벗고 오든 간에 자기 여자가 아닌 한 신경도 안 쓰는 주의인 와다와 이시하라가 아니면 의미가 없다는 마루 덕분에—말은 그리하면서 둘 사이에 끼어들어서 양쪽에 꽃 상태였던 마루. 당신… 당신은 대체…—이내 평소처럼 공부 모임은 굴러갔고 중간에 휴식할 때 즈음,

사토미 「책이 떨어져 있네? 이거 니 거 아냐?」

모리「아, 응. 언제 떨어뜨렸지?」

언뜻 아무렇지도 않은 지극히 평화로운 대화였지만 하나 윤햄은 보았다. 소매치기를 능가하는 전광석화와도 같은 스피드로 모리 참고서 중 한 권을 살짝 뽑아서 뭔가를 집어넣고는 도로 돌려준 사토미의 괄목할 만한 손놀림을…….

윤햄「나중에 먹고 살거리가 없으면 저 기술로 먹고 살아도 되겠군. 후우. (−_−)」

사토미「에? 무슨 소리 하는 거야. −_−;」

찔리는 구석이 많은지 얼굴이 빨개진 사토미였다. 이내 사오리를 쿡쿡 찔러서 한 20~30분 더 있다가 가버린 사토미. 쯧, 내공 부족이군 하면서 공부 끝난 후 집에 가려는데 모리가 붙잡는 것이었다.

모리「뭐 조금 물어볼 게 있는데.」

윤햄「−_−?」

모리「이 편지 주인이 누군지 알아?」

윤햄「−_−??」

분홍빛 편지지로 보아하니 러브레터 같았다. 모리의 양해를 구하고 소리 내어 읽어보니,

『To. 모리 군.
평소에 운동하는 모습을 보고 마음이 끌렸어요. 게다가 그

여기까지는 평범했다. 시큰둥하게 읽다가 마지막 부분에…….
윤햄 「-_-??」
이 되고 말았으니… 그것은 바로,

라는 부분 때문이었다.
윤햄 「마늘? -_-」
모리 「별명 같은데 누구지?」
이케다 「장난치는 거 아냐? 진지하면 편지에 이름 제대로 쓰겠지.」
와다 「신종 암호인가. -_-a」
윤햄 「마늘이란 별명 가진 여자애 우리 주변에는 없는데.」
모리 「그래?」
사토미 그녀의 별명이 마늘이었다는 걸 알게 된 건 그 후 시간이 흘러야 했다. 전학 오기 전 별명이 마늘처럼 매운 원투 펀치 날린다고 해서 '마늘 펀치'였다나. 너무 너무 수줍음을 많이 타는 성격이라서 차마 이름을 적을 수가 없었다고 하는 그녀의 변명을 듣고,

윤햄 「헨나히토(이상한 사람). ㅡ_ㅡ」

이란 인상밖에 못 받았지만 이 이상한 사람하고 꽤 오래오래 친하게 되었으니 인생은 알 수 없는 것이다.

옛날 옛적 그 시절에 마루라는 한 소년이 있었다(지금은 뚱땡이 어른). 그 소년은 바른말, 이른바 쓸데없는 말을 많이 하는 데다 무슨 일이든 어른들한테 말하고 만다는 무거운 고자질 증세에 걸려 있어 주변의 '왕따' 되기 일보 직전인 심각한 폭탄이었다. 외모는 키가 한 160이 될까 말까에 그즈음부터 어머니의 과한 애정의 결과물, 사랑의 건강식에 의해 비만기미가 서서히 보이기 시작하고 있었다.

사랑의 건강식이란 다름 아닌 고문식단이었다. 그 소년 집에 갈 때마다 윤햄이란 어린 소녀—당시에는 어렸단 말얏!—는 참 신기했던 게 다른 집에 놀러갈 때는 반찬 가짓수는 있어도 작은 접시, 손바닥에 올릴 수 있는 고양이 우유접시틱한 그릇에 단무지 조각 두세 개 올려놓는데… 그 집에서만 유일하게 한국 가정집에서나 볼 수 있는 접시 가득이란 것을 볼 수 있었다. 그리고 그 접시 가득은 애 여섯인 윤햄 집 접시 가득 곱배기 양을 능히 넘기고 있었다. 마루는 외동아들이란 포지션이었다. 딸도 없고 아들 달랑 하나인 탓일까? 어릴 때는 비실대서 행여 일찍 죽을까 봐 옛날 관습에 따라서 여자애 옷을 입혔더랜다(일본에서는 애가 7살, 5살, 3살이 되면 무사히 자란 것을 축하하고 장래를 비는 의미에서 기모노 입혀서 신사 그런 데 데리고 간다. 이를 두고 윤햄은 공포의 7. 5. 3이라 지칭한다. 패고 싶어지는 3살, 밟아주고 싶어지는 5살, 반 죽이고 싶어지는 7살 등 점점 머리 커진다고 개김이 늘어나기에).

그 7. 5. 3 때도 장군 같은 남자애 기모노가 아닌 여자애 기모노(빨강 노랑 원색 칼라풀 기모노였음)를 입혔더란다. 그 사진 본 순간 윤햄은 탄식했다. 어머니… 세상에 보는 이들 눈을 암울하게 만드는 작품을 남기시다니……. 웬만하면 남자애들 어릴 때 여장은 봐줄 만한데 함박웃음을 진 마루의 어린 시절 여장 모습은 귀엽다가 아닌 파마한 복부인의 축소판이었다. 왜 그랬니라고 묻고 싶었지만 너무 자랑스럽게 보여준 그의 면상에 대고 물었다간 밥 얻어먹기는커녕 귀싸대기 맞을 거 같아 그만 참았다. 그 정도 눈치는 돌아가는 것이었다.

마루는 수줍은 듯이 혀 짧은 말투로 '내 어릴 때 사진야~ 귀엽지? -_-*' 라고 내숭을 떨었다. 신고 있던 그 집 꽃무늬 슬리퍼로 면상을 패대기치고 싶었지만 꾹 참고 먼 산을 바라본 윤햄.

마루「질투하는구낭~ 푸히히히.」

윤햄「…….」

이럴 때 윤햄은 '내가 참 잘 참는구낭~'을 뼈저리게 느낄 수 있었다. 그런데 이런 마루에게도 봄날은 있었으니…

마루「그런데 오늘 부른 이유는…….」

마루의 수줍어하면서도 꺼내는 사진 공개, 추억 실토 등등에 윤햄은 그만 표정이 일그러지고 말았다. 상상이 갔던 것이다! 그 다음 말이. 그래서 외면하고 만 윤햄.

윤햄「Stop!」

마루「난데다요(왜에~ 사람 말을 끊어)~ -_-+」

윤햄「말 안 해도 알아. -_-」

마루「뭘 안다는 거야! -_-:」

윤햄「안다면 아는 줄 알아(버럭)! -_-+」

마루「그.래.도. 들어보란 말이닷! 난. 난. 난 이시하라 상을!!」

윤햄「신발!」

귀 막고 싶었지만 이미 서로 구타 중이었기에 남는 손이 없어 막을 노릇이 없었다. 그렇다. 평소 '왕따' 기미가 보이는 고자질쟁이 범생이 반에서 발랄하기로 소문난 친구를 아지트 자기 집 자기 방으로 불러제낀다. 밥 주고 간식 주고 하면서 상대가 방심한 틈을 타서 반 친구의 친구를 좋아한다는 것을 '고백' 한다. 그리고 수줍은 듯이 미소 지으며 도와주겠니? 하고 말하면 인기 많은 데다 착한 반 친구는… 너무 뻔한 설정 아닌가. 신발, 아니면 홍조 띤 얼굴로 사실은 난 널… 이 되던가. 홋. 그럴 일 절대로 없겠군. 미안하다. 써놓고 스스로 무안해진다.

그러나 마루는 그리 운이 좋은 범생이 아님이 분명했다. 그가 의지할 만한 상대는 '윤햄' 정도였으니……. 당시 윤햄이 관심을 기울인 건 건담 등 애니, 아니면 게임, 아니면 만화, 아니면 음모, 아니면 학교 교내 권력투쟁, 아니면 현찰 정도였으니… 흔히 학원 만화에 나오는 착한 친구, 좋은 친구, 다정한 친구가 아니었단 말이다!

윤햄「다카라(그래서)? 와타시 이시하라쟈 나이요(난 이시하라가 아냐)~ ㅡ_ㅡ凸」

마루「그… 그건 알아!」

라고 윤햄의 곱디고운 손… 이 아닌 흙 만지다 온 손을 부여잡은 마루. 미친 게 분명했다. 평소라면,

마루「꺄악! 병균 묻은 손으로 어디 울 집에 들어와! 몰라~ 손 씻어!!」

이럴 놈이 말이다. 그런 윤햄 생각을 입증하듯이 마루의 눈은 약간 들떠서 그런지 엄청 붉었다. 핏발 선 눈…….

마루「나야미~오 기이테 쿠레(고민 조금 들어봐봐)!!」

윤햄「외면. (ㅡ_ㅡ);」

그로부터 십 분 후 윤햄은 만화 읽으며 남의 집에서 당당하게 뒹굴거렸고 마루는 주절대고 있었다. 보통 웬만한 여자애라면 그래, 그래, 맞장구도 쳐주면서 이시하라에 대한 정보를 흘려준다든지(먹은 밥 값만큼 말이다), 아니면 이리해 봐 저리해 봐 어드바이스를 해준다든지(먹은 간식 값만큼 말이다), 그것도 아니면 좋아 내가 중간에 다리 놔주지(받은 물건값만큼 말이다)라고 3중 한 가지는

해주거나 아님 3개 다 해줄 테지만 윤햄은 녹록하지 않았다. 한 치의 흔들림도 보이지 않고 엄청 흐트러진 모습으로 남의 집에서 10시 너머까지 만화 보며 게임하며 혼자 잘 놀았던 것이다.

그러나 마루 소년 역시 녹록하지 않았다. 처음 시도한 방향으로는 전혀 도움이 되지 않자 다른 방향으로 급선회한 것이다. 그것은 바로… 연습 대상이었다! 보통 순진한 범생이라면…

마루 「아잉~ 말도 못 붙일 거 같아~ ㅡ_ㅡ*」

갰지만 이 마루는 남다른지라―외모도 어릴 적부터 엄청 성숙한 그였다. 5세 나이에 복부인… 쿨럭―수줍어하면서도 어떡해서든 말을 한 번에 붙여 단방에 덮칠 찬스를 노리고 있었던 것이다.

엄마를 상대로,

마루 「이시하라 상! 스키다요(이시하라! 좋아해요. 발그레)~ ㅡ_ㅡ*」

할 수도 없으니… 그렇다고 어디 가서 마네킹 훔쳐 와서 할 수도 없어 살아 있는 대상인 윤햄을 앞에 두고 연극대사 읊듯이 주절주절대었던 것이다.

마루 「이시하라, 보쿠와… 보쿠와(이시하라, 난)!!」

이건 물론 당시 윤햄이 중1 봄일 때 일이라 아직 일어를 못 알아듣는 것도 한몫했다. 뭘 말하던 시큰둥인 데다 의미를 모르니 어깨 으쓱.

그러나 지성이면 감천이라 했던가. 남몰래 윤햄을 앞에 두고 열렬히 같은 말을 반복하고 반복하던 어느 날. 윤햄은… 윤햄은…

마루에게… 반한 것이 아니라…

윤햄「푸하하하하하하하하하하하하하하하!! 아이시테루~? 다 사이(진짜 웃겨. 사랑한대? 촌시려! 추리해)!! 키스시타이떼(키스하고 싶대, 이 바보가)!! 마루 바카쟈나이노(마루 바보 아냐, 당신)?!」

라고 엄청 큰 목소리로 복도 울리도록 웃어 젖힌 것이었다. 일본어 문장을 첫 단어부터 마지막 단어까지 누가 가르쳐 주지 않아도 완벽하게 깨우친 것이다. 아, 똑똑한 윤햄. 윤햄이 일본에 온 지 3개월 될까 말까 할 때 마루 소년이 겪어야 했던 한 슬픈 첫사랑이었다.

동네방네 파문을 일으키게 된 윤햄의 폭로 덕분에 학교 복도에서 마루의 본심을 알게 된 이시하라 양은 그 자리에서,

이시하라「에? 야다(정말? 싫어). −_−;」

라고 내뱉고 말았다. 이렇게 해서 한 소년의 사랑은 알짤없이 막을 내리고 있었으니… 그가 엉큼한 마음을 다시 품을 때까지 그 안의 봄날은 몇 달을 더 기다려야 했다고 한다. 두둥~

이 마루란 소년. 생김새 오동통에 안경하고 있는 데다 별로 스포츠 좋아하는 것도 아니고 그렇다고 오락을 잘하는 것도 아닌 지극히 특이한 '범생'인지라 인기가 없었다. 엄마, 아빠 빼고는 남녀노소 골고루 인기가 없는 마루 소년. 그렇다고 해서 공부에 푹 빠져서 여자에게 전혀 관심이 없었던 것도 아닌 마루 소년. 도리

어 집안을 이어갈 기둥인만큼 난 열심히 공부해야 해란 생각 때문일까? 잡생각은 엄청 많았고—야한 계열—눈은 엄청 높았던 탓에 여자 친구도 없었다. 공부하느라고 바쁘다는 놈치고는 꽤 그래도 혼자 좋아하는 대상은 많았는데… 이시하라 상에 대한 사랑을 단념한 후 한동안 침울하리 하고 동정하던 어느 날, 그 사건은 터지고야 말았다.

여자 셋이서 학교 가는 길. 그날따라 옆길로 새고 있었는데 꽃 피는 4월이라 마음이 괜히 심숭샘숭해진 여자 셋은 꽃 따라 평소 안 가던 길을 가고 있었다. 봄바람 탄 소녀 셋인 것이었다. 그런데 소곤소곤 남정네들 소리가 들렸으니… 자세히 보아하니 마루가 웬 덩치 큰 콤비에게 둘러싸여 있었던 것이다.

순간!!

윤햄 「이지메카나(갈굼인가)?!」

하고 생각한 착한 윤햄&사토미, 달려가고야 말았으니…

사토미 「뭐 하는 거야?!」

소녀들이 난데없이 나타나자 화들짝 놀라던 소년들. 그들이 떨어뜨린 건…

윤햄 「-_-」

사토미 「야라시이(야해)~」

야한 잡지들이었다. 알고 보니 독신인 회사원들이 거주하고 있는 근처 기숙사에서 버리는 플레이보이 등을 수집해서는 소년들에게 파는 걸로 용돈벌이하는 중3 오라버니들이었다. 범생이란 이미지 땜에 책방에서 살 용기가 없었던 소년 마루는 어둠의 자식인 그들로부터 막 입수하려는 차에 들키고 만 것이었다.

그날부터 바로 야설로 이름을 날리게 된 마루. 당연히 그 직후에 어느 미소녀에게 한 고백은 차이고 말았다고 한다. 그리고 그는 이미지 란 가식을 버리고 당당하게(?) 구매하기 시작했다고 한다.

What's going on? Part 2 —Song By Hirai Ken

그날은 아침부터 날씨가 영 아니었다. 천둥번개는 기본이요, 우박 같은 게 막 쏟아지는 그런 무슨 폭풍의 날이었다. 그런 날씨임에도 불구하고 새벽같이 학교 와서는 교문 문지기 하던 소년이 있었으니 그 소년을 두고 아이들은 해골전사, 혹은 풍기문란남이라고 일컬었다. 풍기위원회(생활지도부) 위원장인 오오츠키는 그날도 열심히 자신의 직무를 수행하고 있었던 것이다.

윤햄 「냐하하하~ 안녕~」

오오츠키 「후우, 지각하기 직전에 들어온 주제에 뭐가 좋다고 실실대노. 음? 저 아줌마는 뭐지?」

윤햄 「음? 비범한 패션.」

오오츠키 「저, 저건 말로만 듣던 광년이 스타일!! -0-」

타니&마츠 「어디 어디?!」 「어디야? 구경 가자!!」

그도 그럴 것이 추정 연령 30대 초반으로 여겨지는 그 여자 분의 복장은… 미칠 듯이 화사한 야광색 핑크 바바리코트를 걸치고 안에는 눈부신 보라색 원피스에 손가방&우산 역시 야광색 핑크라는 놀라운 패션 감각을 선보이고 있었던 것이다. 화장 떡칠에 사람 질식사시킬 정도로 과도한 페르몬 향수 또한 잊지 않은 극악의 스타일.

윤햄 「마타 헨나 히토(또 이상한 사람이 왔다). -_-:」

오오츠키 「품, 머리에 총 맞으셨나. 컥!」

그 여자 분은 두리번대다 이쪽 말을 들었는지 오자마자 오오츠키의 볼을 있는 힘껏 꼬집는 것이었다.

여자 분 「어머 어머, 볼에 살도 없어라. 영양결핍이니? 어른한테 시비 걸 시간 있으면 잘 먹고 다니지 그래. ^_^」

태연히 웃으면서 처음 만나는 소년의 볼을 쭈압~!! 하고 끌어당기는 그 엄청난 힘과 노련한 기술을 보고 나서야 알아차린 그녀의 정체.

윤햄 「쿠소! 신마이 교시닷(젠장! 새로운 선생님이다). -_-;」

그렇다. 그 놀라울 패션을 선보인 여자 분은 새로운 선생님이었던 것이다.

여자 분「어머 어머, 여자애가 그런 말 쓰면 안 되죠?」

윤햄「놔요! 놔요!」

하고 윤햄의 볼도 마음껏 주무르다 난데없이 눈물을…….

여자 분「어머 어머. 애 볼이 마치 물렁물렁한 떡 같아. 역시 애들은 귀여워(와락).」

하고 다짜고짜 껴안는 게 아닌가.

여자 분「자, 귀여워 해줄게(볼 부비부비).」

와다「오모잇키리 아야시이(엄청 수상쩍은 사람). ㅡ_ㅡ」

모리「응. ㅡ_ㅡ;」

이케다「아레 모우 세쿠하라쟈 나이노(저것도 성추행 아냐)?」

이렇게 혜성같이 나타난 그녀의 정체는 바로 양호 교사 겸 상담 교사였다. 지난 이지메 사건 때문에 좌천당한 에니시 전임 교장 대신 새로 온 코바야시 교장이 아이들의 불안해지기 마련인 사춘기 정서를 안정시키겠다며 청소년 고민상담에 능한 사람을 구하기 위해 백방을 수소문한 끝에 찾아낸 사람이 그녀였다는 것이다. 두둥~

하늘이 놀라고 땅이 뒤집어질 일이었다. 어째 에로시마 선생님에 버금가는 이상한 선생님—그것도 여자 선생님이다—라는 것이 아이들의 솔직한 감상이었다.

교장「노하라 선생님은 명문 사립대학인 XX대학을 졸업한 우수한 재원이시며 XX대학원에서 교육심리학을 전공하셨고 그 후

각지에서 활약을 하시다 어쩌고저쩌고—길어서 생략—그런 훌륭하고 마음이 따스한 분이시니 모두 고민거리가 있거나 아플 때는 편한 마음으로 양호실 찾아가세요. ^^」

한창 교장 선생님의 이야기 듣던 와다는,

와다「저 미친 듯한 칼라 패션을 보고 과연 편한 마음이 들까? -_-」

라는 것이었다.

모두「풉. -_-;」「보스, 웃기지 조금 마.」

애들의 반응을 알 리가 없는 어딘가 둔한 교장 선생님은 자랑스럽게 노하라 선생님에게 자기소개를 부탁하고 있었다.

교장「그럼 노하라 선생님, 인사하시죠.」

노하라「네! 애들아, 안녕~」

이렇게 해서 아이들 곁에 찾아온 노하라 교사.

교장「그런데 선생님 그런 복장은 너무 화사한 게 아닐까요. 사춘기 소년들도 있는데 너무 자극적인 색깔의 복장은 교사로서 조금……문제가 있지 않을까 싶은데.」

노하라「어머 어머! 겨우 이 정도로 화사하다니요! 호호. 원래 애들 앞에서는 조금 밝은 색깔 옷을 입어줘야 보는 애들 마음이 밝아지지 않겠어요? 그게 제 교육방침입니다.」

교장「아, 네에. -_-;」

와다「그럼 저 미친 듯한 야광색을 시리즈로 입고 오겠다는 건

가. -_-」

　애들「-_-;」

　윤햄「호켄시츠노 치카쿠니 이쿠노 야메요(양호실 근처에도 안 갈 거야).」

　애들「응. -_-;」

　타니&마츠「왜에~ 재미있을 거 같은데!!」「후우, 이렇게 해서 우리 학교 미혼 여교사가 5명으로 늘었군!」「꺅! 선생님, 저 고민 있어요 하고 심심할 때 작업하러 갈까. >_<」

　애들「행복한 놈들. -_-;」

　이지메 퇴치란 명목으로 한 놈, 두 놈씩 불려가서 억지로라도 상담해야 한다는 소문이 돌자 아이들의 표정은 하나같이 '-_-'이 되고 말았지만 개중에는 환호하는 애들도 있었다. 그중 한 사람이 바로 축구부 떡대 중 하나인 야마모토였다.

　야마모토「시츠레이시마스(실례하겠습니다)!」

　노하라「어머 어머. 어서 와! 요즘 애들은 키가 정말 크당~ 그런데 야마모토 군, 아주 중요한 질문이 있는데 혹시 오라버니는?」

　야마모토「헤? 저 외동인데요. -_-」

　노하라「아, 그러니? 그런데 오늘은 무슨 일이지?」

　야마모토「다름이 아니라 집안 문제 때문에 고민이.」

　노하라「어머 어머, >_< 무슨 일인데?」

　야마모토「제 풀네임이 야마모토 준입니다. -_-」

노하라 「어, 그래서? 상당히 예쁜 이름이네(덩치에 안 어울리게).」

야마모토 「어, 그래서라뇨. 이런 여자 같은 이름만 해도 미치고 환장할 짓인데! 엄마라는 사람은 어째 매일 배려라고는 티끌만도 없는 말로 아들 놀리기나 하고.」

노하라 「자, 학생, 흥분하지 말고 다 들어줄 테니까 차근차근 말해 보게. -_-:」

야마모토 「이게 흥분하지 않을 일인가요? 어제는 울먹!」

노하라 교사 「?」

야마모토 「엄마라는 사람이 아들 앞에 앉혀놓고는 '준 짱은 엄마 덕분에 결혼 걱정 없겠다. 정 안 되면 햄하고라도 결혼하지 그래? 아하하하. 재미있겠다, 사돈 맺는 것도' 이러질 않나! 매일 무슨 일 있으면 햄 햄 햄! 악악악!」

노하라 「햄? 그게 뭔데? 먹는 거 아냐?」

야마모토 「아침에 선생님이 볼 꼬집은 여자애요. 걔네 엄마랑 울 엄마가 고향 동기거든요.」

노하라 「품, 귀엽다. 그래서 엄마들끼리 아는 사이니 결혼해라 그러는 거야?」

야마모토 「엄마는 햄의 정체를 알고도 그런 말로 아들을 갈구다니! 제길!!」

노하라 「왜에~ 귀엽잖아, 애들끼리 세워두면.」

야마모토「악악악. ㅡ_ㅜ 오토낫테 이야다(이래서 어른들은 싫어)!」

노하라「앗, 말하다 말고 어디 가니. 뒷이야기가 궁금하잖아!」

야마모토「역시… 어른들하고는 이야기가 안 통해요~ 진짜로 진지하게 고민하는데……. 울먹. 울먹. 후닥닥.」

노하라「ㅡ_ㅡ::」

두 번째로 찾아온 학생은 마루.

마루「…저 시간있으세요? ㅡ_ㅡ」

노하라「응, 어서 와. 살 때문에 고민있어서 온 거니(힐끔)?」

마루「아뇨! ㅡ_ㅡ」

노하라「그럼 뭣 때문에?」

마루「흑… 제가 너무 잘나서 그런지 남자애들이 막 질투해요!」

노하라「ㅡ_ㅡ」

마루「어제도, 어제도… 어쩌고저쩌고.」

노하라「너무 혼자서 신경 쓰는 게 아닐까. ㅡ_ㅡ: 그냥 아무생각 없이 한 말일 수도 있잖니. 물론 그런 심한 말을 하는 건 기본적인 예의가 없지만 말이야. 아직 다들 어리니 얼마나 상처받는지 모르고 한 말일 수도 있어요.」

마루「아니에요! 특히 햄 경우에는 흑흑… 위원장감은 바로 난데. 내 위원장 자리도 뺏고! 내 과자도 뺏고! 내 인기도 뺏고!」

노하라「동글이 주제에 엄청난 피해망상이군. (ㅡ_ㅡ);」

마루「헉. 센세이마데 만마루 군다난테 히도이(선생님까지 동글이… 라고 하다니 너무해)!! -_T」

노하라「컥(귀도 밝은 것).」

마루「상처받았어요. 엄마한테 이를 거야! 후닥닥.」

노하라「이 학교 애들은 왜 저렇게 그냥 나가 버리지? 끈기있게 끝까지 말하는 녀석이 없네. 할할.」

그래도 똑같은 일로 이내 다시 찾아가는 두 소년이었다고 한다.

와다 가즈히로가 풀네임인 천재소년 와다의 라이프 스타일은 너무나도 특이해서 그 누구도 흉내 못낼 그런 생활을 하고 있었다.

당시 키는 172, 적당한 체중, 적당한 근육, 조용하고 단정하게 생긴 외모, 서늘한 눈매. 딱히 보면 별 문제 없어 보이지만 자세히 생활을 관찰하면 문제 많은 소년이 바로 와다였다. -_-:

그중 하나가 바로 수면 습관. 5일 밤 꼬박 새고 난 후 하루 반나절 내내 잠잔다는, 잠탱이들로서는 도저히 이해할 수 없는 생활을 하며 살았던 것이다. 그래서 그 잠자는 날이 공휴일이나 주말이면 다행이지만 평일에 걸리는 날에는 짤없이 학교를 마음대로 자체 휴학하는 작태를 보이며 제멋대로의 스타일을 고수하고 지냈다. 이 수면하는 날에는 부모도 깨울 수 없고 제자들도 못 깨운다. 학교 선생님이라도 깨울 수 없다.

한 번은 그런 습관을 모르고 학교 안 나오길래 궁금해져서 집에 놀러가서 깨운 윤햄.

윤햄「어~이!! 이키테루카(어이! 살아 있어)?!」

와다「…….」

말없이 주변에 있던 젤 큰 프랑스어 사전을 던진 그였다. 잠자다 말고 던진 사전치고 꽤 정확하게 날아온 것으로 기억한다.

윤햄「컥!」

목숨의 위기를 느낄 정도로 살기등등해서 그냥 조용히 집에 가고만 윤햄. 아직 죽고는 싶지 않았던 것이다.

일본 소풍 및 각종 행사 특징이 결코 학생들 노는 날이 거의 아니란 점이다. 무슨 체력 훈련 같았던 봄 소풍을 가장한 단체 등반 이후 '소쿠(소풍)'란 말에 별 기대 안 하게 된 윤햄. 그래서인지 가을 소풍이란 말에도 시큰둥하고 말았다.

잇세이「그래서 올해 가을 소풍은 계곡에 가서 직접 밥도 해보고 친구들끼리 자연과 함께 어쩌고저쩌고.」

윤햄「이번에는 서바이벌 게임인가. 후우.」

와다「예리한 것. −_−」

윤햄「바둥바둥. 그런 고생문 훤한 소풍은 안 간대두! 게다가 가기 전에 소풍을 빙자한 리포트 발표는 또 뭐야!」

이케다「아, 그거? 원래 소풍이나 수학여행 가기 전에 해야 하는 숙제야. 그룹 짜서 소풍 가는 곳에 대한 사전 조사라든지 해서 사회시간에 발표해야 해.」

　윤햄「그런 건 소풍이 아냐!! 크억~」

　타니&마츠「불쌍한 햄. 체력도 없는 게 매번 등반이니.」「자, 햄, 이 소시지라도 먹고 기운 차려.」

　요시다「이 나이에 등반이라니, 허허.」

　야마모토「요시다, 그러니까 애들이 자꾸 애늙은이라고 놀리자나! ㅡ_ㅡ;」

　요시다「헐헐.」

　모리「직접 취사하려면 재료 준비도 해야겠네?」

　이케다「후우. 귀찮아.」

　윤햄「밥이라면 지겹도록 집에서 해봤단 말이야(바둥바둥).」

　마루「시꺼! 영어단어 암기가 안 되잖아!」

　윤햄「퍽!」

　마루「왜 때려! 왜 매일 나만! ㅡ_T」

　와다「자, 자, 조용히 하고 계곡에서 밥 지을 재료 사야 하니 오늘 방과 후에 모여.」

　이렇게 해서 재료 구하러 가게 되었는데…

　와다「뭐냐? ㅡ_ㅡ」

　마루「음? 나 허약체질이라서.」

　마루가 써가지고 온 산에서 먹고 싶은 음식 리스트는 무지 길었다.

이케다「불고기, 불갈비, 돼지갈비, 바비큐, 옥수수구이, 감자튀김, 샐러드, 햄버거, 피자, 쇠고기덮밥, 샌드위치, 꼬치구이, 스테이크……(길어 생략). 뭐야, 이거 다.」

마루「산속에서 지난번처럼 배고프면 그렇잖아. -_T」

야마모토「퍽! 무슨 수로 그걸 다 준비해!」

요시다「허허, 매를 버는구먼..」

마루「왜! 왜 나만!」

와다「이번 주요 메뉴는 불고기&밥이 되겠다.」

이케다「웬 불고기? 다른 애들은 간단하게 카레라이스 준비한다던데. -_-:」

와다「그건 순전히 윤햄(힐끔)이 있으니 할 수 있는…….」

윤햄「음훼훼.」

마루「윤햄이 밥 짓는다고? 차라리 안 먹을래(바둥바둥).」

타니&마츠「왠지 불안. -_-」「윤햄, 산속에서의 취사는 방화놀이가 아니걸랑(정색)?」

야마모토「신라이데킨(믿을 수 없어). -_-」

모리「차라리 라면가게 하는 요시다한테 부탁하는 게. -_-:」

와다「걱정 마. 못하면 목 비튼다는 거 알 텐데도 할 수 있다 했으니 알아서 책임지겠지. 게다가 윤햄은 집안일하기 시작한 게 유치원 때래.」

타니&마츠 「오오.」 「정말?」

윤햄 「(끄덕)그리고 당신들 내가 1학기 때 전골 해준 적도 있잖아!!」

이케다 「그런 일이 있었던가. 매일 덜렁대는 얼굴 보다 보니 그런 사실은 어째 기억에 안 남는……」

모두 「끄덕.」

윤햄 「이 사람들은 대체.」

그렇다. 윤햄 집안은 애가 많은 관계로 자기 스스로 밥 지을 수 있어야 한다는 가혹한 환경이었던 것이다. ーㅅー

타니 「햄 얼굴 보면 생각없이 대충대충 사는 거 같은데 의외로 고생 많이 했구나.」

윤햄 「뭐야. 내 얼굴이 뭐?! 내가 뭐 어때서! ー_ー;」

마츠 「이런 어린 아이가 그런 고생을(볼 부비부비). ー_T」

윤햄 「난카 바카니 사레타 기분(뭔가 바보 취급당하는 기분인걸).」

타니&마츠 「아냐.」 「이 오라버니의 마음을 그토록 몰라주다니. ー_T」

윤햄 「……」

그렇게 해서 다같이 윤햄의 말에 따라 재료 사고, 재료 다듬고 해서 음식 준비는 완벽히 한 후 마루네 집에 가서는ー마루는 물론 반항했다ー갈 장소에 대한 사전조사 리포트 대충 쓰고 헤어졌다.

그러나 역시 가을 소풍날이 되자 약간은 설레는 햄이었다.

　윤햄「도키도키(두근두근). +_+」

　누가 깨워야 일어나던 햄이 알아서 5시 30분에 기상했으니 말이다.

　윤햄 엄마「7시까지 가면 된다는 애가 왜 이리 일찍 일어났어? -_-;」

　윤햄「+_+(아무것도 안 들리는 무아의 경지)」

　윤햄 엄마「자.」

　윤햄「이거 다 뭐야. -_-;」

　윤햄 엄마「점심 재료.」

　윤햄「컥! 뭐야, 이 한보따리는. 무슨 보따리 행상 같잖아!」

　윤햄 엄마「애는 안 해줘도 난리고 해줘도 난리야. -_-」

　지난 봄 소풍 때 무성의했던 게 맘에 찔린 건지 한보따리 품에 앵겨주던 어머니였다. 그리하여 짐 가득 들고 약속 장소에 간 윤햄.

　와다「오늘 원래라면 잠자는 Day이지만 특별히 소풍이라서 나온 거니 버스 안에서 잘 때 건드리는 놈은 즉시 사망되겠다. -_-」

　모두「사와라누 카미니 타타리 나시 데스네(건드리면 안 되는 날이군요). -_-;」

　윤햄「냐하하하하. +_+」

　이케다「햄, 여전히 사람 말 전혀 듣지 않는군.」

타니&마츠「벌써 마음은 소풍에 가 있다니 마치 초딩 같은 햄. ㅡ_ㅡ」「쯧, 아직 애군, 애야.」

그러는 니들은? 이라고 반문하고픈 대목이 아닐 수 없다.

마루「에, 그러니까 영어단어 암기장하고 수학 문제집……」

모리「마루 군, 오늘은 소풍인데 참고서 문제집 다 갖고 오는 건 조금 그렇지 않아? ㅡ_ㅡ;」

이케다「반장으로서 압수.」

마루「악악! 내 성적 관리를 방해하다니!」

이케다「퍽!」

마루「각혈.」

타니&마츠「오쿠상, 키키마시타? 오벤쿄 수룬 데스텟(사모님, 보세요. 이런 데서도 공부한데요)!」「아라 아라 곤나토코로데 하즈카시이(이런 데까지 들고 오다니 정말 창피한 학생이네)!!」

와다「쏠릴 거 같으니 여자 목소리 내지 마.」

타니&마츠「컥!」「우리가 폭탄이란 거야?! ㅡ_T」

대체 뭘 생각하고 사는지 모를 콤비였다.

잇세이「자, 자, 수다 그만 떨고 차례로 버스 안에 타세요.」

모두「네!!」

그리하여 버스 안에 몸을 실게 된 윤햄 일행. 와다는 맨 뒤에 있는 자리 가서는 잠자 버리고 그 옆 역시 이케다가 잠자 버리고… 잔소리꾼 둘이 잠에 빠지는 것을 기다렸다는 듯이 윤햄 일행이 펼친 것은……?

야마다「어머, 쟤들, 안 말려도 되나요?」

잇세이「내버려 둬요. 하지 말라면 버스 안에서 날뛸 놈들이니 오히려 조용하고 좋잖아요. ㅡ_ㅡ」

윤햄 일당이 하고 있었던 것은 하나후타, 즉 아시아권에서 막강의 인기를 누리고 있던 고스톱이었던 것이다.

윤햄「쿠소(제길)! ㅡ_ㅡ」

타니「크허허허허허! 도박황제라 불러줘. ㅡ_ㅡv」

마츠「타니 상, 스테키(타니 씨, 멋져요 하고 안기는).」

일당「외면. (ㅡ_ㅡ);」

마루「우어~ 야오쵸다(짜고 치는 고스톱이다).」

타니「뭘 근거로. ㅡ_ㅡ」

마루「아니면 수학천재인 내가 질 리 없어! 내 계산은 완벽했단 말이야!」

일행「무시(면 산).」

소풍 와서도 공부한다더니 고스톱의 매력에 흠뻑 빠지고 만 모범생 마루였던 것이다. 어느새 가장 열심히 하고 있었다. 두둥.

그렇게 고스톱을 하다 보니 두세 시간은 눈 깜짝할 새에 지나가고…

윤햄「냐하하하. 카치(승리)!」

타니「우워. 피박이닷! ㅡ_T」

마츠「아니, 타니 상, 어떻게 질 수가 흑… 내 용돈까지 군자금
으로 사용했으면서. -_ㅠㅠ」

타니「앗, 마츠, 그게 실은…….」

마츠「미워, 미워. 타니 상이 세상에서 제일 미워요! 후닥닥닥.
-_T」

마루「하다 말고 어디가! 앗! 도착했네.」

모리「어느새. -_-:」

요시다「허허.」

야마모토「야, 짐 챙겨.」

윤햄「반자이 반자이(만세)!」

이케다「어, 도착했네(부시시). 근데 와다는 누가 깨우나. -_-」

모두「외, 외면. (--):」

타니「앗, 맞다. 윤햄, 텐트 치는 법을 모르지?」

마츠「자, 햄 어린이는 이쪽으로.」

이케다「어이. -_-:」

모리「주섬주섬.」

이케다「컥. 모리 군까지 도주.」

요시다&야마모토「요새 주식이 영 아니에요. -_-」「역시 제일
안전한 투자는 부동산인가요? -_-」「아직까진 그렇겠죠?」

마루「후닥닥.」

이케다「이럴 땐 잽싸군. 마루… 에라, 나도 모르겠다.」

아무도 와다의 수면을 방해할 배짱이 없었으니 자연히 버스 안에 버리게 된 것이다.

야마자키 「와다는 왜 안 내리는 거지. 어이 어이, 툭툭.」

와다 「퍽!」

야마자키 「왜… 왜 때려! 이번엔 뭐야! -_T」

사토시 「와다 군, 도착했어.」

와다 「아, 땡큐, 사토시(힐끔). 넌 뭐냐, 야마자키. -_-」

야마자키 「각혈.」

와다가 내릴 즈음에는 텐트까지 치기 시작한 윤햄 일행이었다.

와다 「민나 고쿠로(다들 수고가 많군). -_-^」

타니&마츠 「꺅, 오야붕(앗, 보스). >_<」「꺅꺅!! >_<」

와다 「(부들)한 번 더 여자 흉내 내면 죽어.」

타니&마츠 「고레다케가 이키가이나노니(이것만이 유일한 삶의 보람인데).」「히도이(너무해)! 오토메 고코로나노니(순진무구한 소녀의 마음일 뿐인데). -_TT」

이케다 「저놈들, 대체 뭘 생각하고 사는 걸까. 컥! 햄.」

마루 「햄, 어느새 그런 중장비를….」

윤햄 「주섬주섬.」

어느새 갖고 온 보따리 하나하나 풀기 시작한 햄이었으나 끝이 없어 보였다.

모리 「헉! 뭐야. 이건 마늘이고 양파고… 김치에… 이건 또 뭐지. -_-:」

　윤햄「훗. -_-+」

　타니「아, 맞다. 햄이 부탁했던 거 갖고 왔어, '그거'.」

　하고 타니가 아무 생각 없이 꺼낸 것은 숯!

　이케다「뭐야, 그건. -_-:」

　타니「햄이 갈비는 숯불이 제일이라고 해서.」

　마츠「어, 그래서 어젯밤 남몰래 코리아 타운까지 가서 사 온 숯이랑 여러 도구요. 음훼.」

　모두「그 엄청난 집념을 공부에 쏟지 그래. -_-:」

　타니&마츠「꺅! 장작불 준비해야지. >_<」「응! >_<」

　이케다「뭔가 햄하고 타니&마츠 콤비만 살맛난 듯.」

　모리「저기 야마모토도. -_-:」

　야마모토「캬캬캬캬, 나뭇가지 줍자!」

　요시다「허허, 애들은 역시 발랄한 게 보기 좋구만.」

　사토시「냄비는 이걸로 되려나.」

　반 아이들「쟤, 쟤네들은 대체. -_-:」

　경악하는 반 아이들은 뒷전. 장작불에 숯불까지 해내는 윤햄 일당이었다. 남들이 어떻게 보던 신경 쓰지 않고 밥 짓고 고기 굽고 하는 데 온통 집중하는 윤햄 일당. 다른 조 애들은 간편한 '3분 카레'로 때우는 가운데 당당히 숯불구이에 도전한 것이다.

　처음에는 긴가민가하던 이케다 등도 차츰 고기가 불타오르고 야채도 야릇한 유혹의 냄새를 풍기며 잘 익기 시작하자 감개무량한 듯했다.

　모두「윤햄, 정말로 밥 지을 줄 아는구낭. -_T」

　윤햄「……(부들. 뭐야, 그럼 여태까지 내가 했던 말 하나도 안 믿었던 거야? 이 사람들이 정말).」

　타니&마츠「웅~ 하야쿠! 하야쿠! 마마 하야쿠(웅~ 빨리 줘요, 엄마! 빨리 줘요)!!」

　윤햄「어허, 밥이 돼야 먹을 거 아니니. 쯧.」

　타니&마츠「앙!」

　이케다「이놈들은 대체 무슨 연기학원 다니나. 매일 시트콤 흉내야. - -」

　모리「그러게. -_-;」

　마루「저 익숙한 달래는 말투, 애 10명은 낳은 듯한……. 컥.」

　윤햄「퍼퍼퍼퍽!」

　와다「윤햄, 마루 패고 있을 때가 아니잖아. 탄다, 고기.」

　윤햄「컥!」

　타니&마츠「자, 마루는 친절한 우리가 대신 패줄 테니 어서 하던 작업 마저 하시게나.」

　사토시「무슨 캠프 온 거 같아.」

　그도 그럴 것이 애들로부터 다소 떨어진 계곡 한구석에서 텐트까지 치고 있었던 것이다.

야마자키「쟤네들 한 일주일은 버티기로 작정한 놈들 같아. −_−;」

그렇게 해서 불고기 파티를 하게 되자 하이에나와 같은 불청객들이… 오고 싶어했으나 먹보인 떡대만 몇몇 있으니 그림의 떡이나 다름없었다.

마루「대체 고기 얼마나 갖고 온 거야? 물론 다 먹을 수 있지만 (오물오물).」

윤햄「후우, 전도 부쳐야지. 동그랑땡도 부쳐야지. 할 일 많아 죽겠구먼. −_−;」

모리「어? 마늘은 왜 구워? −_−;」

윤햄「헤? 마늘 안 먹어?」

모두「먹으려고 굽는 거야? −_−;」

윤햄「당근.」

모두「컥.」

문화의 차이 때문인지 마늘 구워먹는 윤햄을 바라보는 눈길이 따가웠다.

마루「…윤햄이 독한 구석이 있는 건 아마 저 마늘 파워로 인한 게 아닐까. −_−;」

윤햄「퍽!」

마루「컥.」

대충 포식하고 나면 밀려오기 마련인 잠.

와다「그럼 난 낮잠. −_−」

실은 와다 잠자는 날이란 이유 하나만으로 무거운 텐트 들고 오게 된…….

이케다「후암, 나도 졸리네.」

마루「나도.」

이렇게 해서 세 게으름뱅이는 텐트 속으로 사라지고 말았다. 요시다 할배와 사토시, 그리고 모리는 숙제인 데생—소풍이니 바깥 풍경 그려오라는 교장 선생님이 내준 숙제—을 하고 있었다. 힘이 남아도는 타니&마츠&야마모토 세 고릴라와 윤햄은 계곡 주변에서 뛰어놀았다.

타니「캬캬, 개구리 잡았다. 이것도 구워 먹을까?」

마츠「꺅. 개구리래. >_<」

야마모토「구라에! 마죠 하무. 와가 힛사~ㅅ츠(마녀 햄, 내 필살기를 받아봐라. 음훼훼). ─_─+」

윤햄「…썰렁.」

그럭저럭 논다고 시간 가는 줄도 몰랐던 윤햄 일행이었다.

잇세이「벌써 이런 시간이네. 자, 자, 아쉽겠지만 다들 버스 타고.」

모두「네.」

윤햄「악악악. 짐 다 안 챙겼는데.」

사토시「있는 대로 쓸어가지 뭐.」

후닥닥 버스 타고 난 한참 후에야 윤햄은 뭔가 잊은 게 있는 것이 아닐까란 생각을 문득…….

　윤햄「컥!」

　모리「왜 그래, 햄?」

　윤햄「와다 군노 코토 와스레테 나이(와다 군 두고 온 걸 잊고 있지 않아, 다들)?」

　순간 윤햄 일행의 표정은 이루 형용할 수 없는 공포의 표정으로 바뀌고 말았다. 두둥~

　윤햄「킷토 코로사레루(죽이려고 들 거야). -_T」

　모두「각혈.」

　이렇게 해서 이번 가을 소풍도 결코 평탄치 않게 끝나는 것이었다.

　S중학교 뒤뜰에는 개교 당시의 유물들이 거지처럼 널려 있었다. 그중 하나가 다들 잊고 만 낡은 창고. 그 창고 앞에서 한 소년이 발길을 멈추더니 문가에 바짝 다가가서는 소곤소곤거린다.

　수수께끼의 목소리「암호는? -_-」

　소년「햄… 햄… 소세지……(쪽팔려. 누가 보면 어떡해! 빨리 열어)!! -_-;」

　목소리「음, 맞군.」

　대체 안에서 무슨 작당들을 하길래 이처럼 보안에 철저해지는 것일까? 이 모든 고생은 얼마 전의 가을 소풍에서 벌어졌던 한 실수에서 비롯된 비극이었다. 들어온 동글동글소년은 말할 것도 없이 마루 군이었다.

마루「오늘도 와다 군은 학교에 안 오고 있어.」

야마모토「제길! 도피생활도 지겹구먼. -_T」

그렇다. 가을 소풍을 마칠 무렵 와다 군을 텐트에 내버려 둔 채 자기들끼리만 집에 갔다는 배신자들의 아지트였던 것이다.

마루「근데 난 그때 와다 군 곁을 지키고 있었는데 왜 나까지 이 클럽에! 악악악! 바둥바둥.」

타니「퍽!」

마츠「의리없게 혼자 살아남을 생각을 하다니. 퍽!」

마루「컥!」

그 당시 상황을 잠시 회상하자면… 와다 군, 마루 군, 이케다 군 이 셋을 텐트 안에 나란히 눕혀둔 채 버스가 출발하고 말았다는 것을 깨닫자마자 버스 안은 패닉 상태에 빠져들고 말았다.

윤햄「크어~ -_T」

그대로 돌아가서 곧장 실어올 수 있으면 좋으련만… 유감이지만 1학년 1반 버스라 맨 앞을 달리고 있기에 되돌아갈 수가 없었던 것이다. 뒤에서 열심히 따라오고 있는 다른 반 버스들이 있기에. 할 수 없이 운전사끼리 무전 연락해서 제일 꼬리부분에 있던 7반 버스가 U턴해서 데리러 도로 갔지만 뒷감당이 안 될 짓을 한 배신자들은 그냥 자기 집으로 뿔뿔이 도망가고 만 것이었다. 그

후 와다의 추궁이 두려워 벌벌 떨면서 살고 있었다.

모리「그냥 사과하지. -_-;」

이케다「후우. 난 그냥 사과하고 말련다. 이게 뭐냐. 먼지 뒤집어써 가며.」

사토시「나도 그냥 사과할래.」

덩치 좋고―갑빠. -_- ―머리도 괜찮은 편인 세 남자는 이렇게 갈 길을 정해 버리고…….

요시다「허허. 귀찮아서라도 그냥 사과하련다. 설마 죽이겠냐. 그럼 잘 지내.」

하고 귀차니즘의 선구자 요시다 할배도 역시 떠나 버리고, 나머지 소심파인―덩치만 컸지 꽤 우왕좌왕하던 세 고릴라―야마모토, 타니, 마츠는 절대 혼자 죽지는 않겠다며 방과 후 마루 군을 볼모로 삼아 창고 안에 은닉하고 있었던 것이다. 그리고 마찬가지로 소심파인 윤햄도 덩달아…….

윤햄「고노 토시데 이노치노 신빠이오 시나케레바 나라나이난테! 와타싯테 후코(이 어린 나이에 생명의 위협을 걱정해야 한다니! 난 왜 이리 불행한 소녀인 거야)!! -_T」

타니&마츠「오오! 하무, 고멘네. 파파토 마마가 무노우나 바카리니(오오! 햄, 미안해. 아빠랑 엄마가 너무 무능한 나머지). -_T」
「사아 마마토 잇쇼니 시노(자, 엄마랑 같이 죽자). -_ㅠ」

윤햄「뭐, 뭔가 싫어(외면).」

야마모토「이 와중에서도 시트콤놀이를 계속하다니 여유만만
한 것들. -_-;」

마루「난 그냥 집에 갈래. 빠질래, 이 클럽.」

모두「퍽!」

마루「각혈.」

긴장감이 팽팽한 가운데 와다는 며칠째 오지 않았고 햄 일파는
더 더욱 불안해져만 갔다.

윤햄「크어! 차라리 매도 먼저 맞는 게 낫지! '폭주'.」

타니&마츠「앗!」「하무, 소토와 아부나이노요(햄, 밖은 위험하대
도). >_<」

야마모토「저 끈기없는 신발 같으니라고!」

마루「나도 이만.」

세 소년「퍽!」

마루「왜, 왜, 왜 매일 나만. -_T」

한편… 이케다 일행은?

와다「…….」

이케다「어, 오늘은 학교 왔네? 그동안 뭐 했어? 그것 때문에
화나서 안 온 거야?」

와다「그거라니? -_-」

놀랍게도 와다는 며칠 바빠서 잊고 살고 있었다. 그런데 이케다
의 말에 생각이 나고 만 것이었다.

이케다「설마 잊고 산 건······.」

와다「어, 잊고 있었어(부들).」

이케다「하무, 고멘(햄, 미안). -_T」

모리「뭐 하고 지냈기에. -_-:」

와다「가을이라 가을맞이 다도회 연다고. -_-」

그렇다. 와다네 집은 다도와 향도로 먹고 사는 집안이라 사사계절에 맞춰서 하는 일본전통 행사가 많은 집이었던 관계로 행사 돕는다고 소풍 다음날부터 먹고 사는 데 바빠서 잊고 있었던 것이다.

와다「후우··· 그리고 보니 그런 일도 있었군(먼 산).」

이케다「-_-::::」

와다「(불끈)자, 이것들을 찾으러 나서볼까. -_-+」

이렇게 해서 또다시 한바탕 파란이··· 두둥!!

그리고 아지트를 뛰쳐나가고 만 윤햄의 행방은? 뛰쳐나가자마자 찾은 곳은 학교 근처 공중전화였다. 모처에 SOS요청을 하기 위해서였다.

여비서「네. XXX 동경지사입니다.」

윤햄「울먹울먹.」

여비서「햄이니? -_-:」

윤햄「힝~ -_T」

여비서「잠시만. 아빠 금방 바꿔드릴게요. 울지 말구 기다려요 (오늘은 또 뭔 일이래).」

그렇다. 바로 아버지 회사에 전화를 건 것이다. 보통 아버지와 딸은 별로 대화가 없다고 하는데 윤햄 집은, 아니, 아버지와 윤햄은 남들이 이해 못할 정도로 수다를 나누는 사이였던 것이다. 그런 덕분에 회사 사람들도 목소리 외우고 만 것이었다.

아버지「안녕~ 안녕~」

윤햄「아빠 나 당장 전학 갈래. 수속 밟아줘요!」

아버지「컥! —_—」

자초지종을 설명하자,

아버지「그냥 와다한테 뇌물이라도 먹이고 화해해. —_—」

윤햄「컥! 각혈.」

아버지「아님 와다한테 영향력있는 사람한테 바지가랑이 붙잡고 매달려 보던가. —_—」

윤햄「앙!」

아버지의 어드바이스를 듣는 동안 점차 침착해진 윤햄.

햄「후우, 머리 굴러야겠군. 몇 년 만이지. —_—:」

한편 학교에서는 무단 조퇴한 윤햄 찾아 삼만리였다.

야마모토「컥. 어디까지 튄 거야. —_—:」

타니&마츠「햄, 집에도 안 간 모양.」「응. 방금 집에 전화해 보니 햄 아직 안 왔대. —_—」

야마모토「오, 이런 제기랄. 햄한테 무슨 일 있으면 나 엄마한
테 혼나!!」

마루「나, 난 몰라. 힝.」

모두「우워, 햄!」

그때 마침 다가오는 와다.

와다「햄이 어쨌다고? -_-」

야마모토「행방불명. -_-;」

타니&마츠「크어, 어디서 찾아와야 한단 말인가!」「우워.」

마루「후우, 찾아다녀야 하나. 햄 따위한테 또 내 시간 뺏기다
니. -_T」

모두「퍽!」

타니로부터 사정을 대충 들은 와다.

와다「뭐야, 내가 화났다고 생각하고 마음대로 뛴 거야? -_-」

겁내면서 고백한 것이지만 와다의 반응은 무덤덤했다.

야마모토「화… 안 났어?」

와다「어차피 버스 되돌아왔잖아. 그리고 화내려고 해도 햄의
당황한 모습을 말로만 전해 들어도 안 봐도 비디오라 그런지 웃겨
서 화도 못 내겠음. -_-」

타니&마츠「꺅, 맘도 넓으셔라.」「앵겨보아. >_<」

와다「퍽!」

타니&마츠「컥.」「진짜로 패다니.」

이케다 「우워, 내 딸 햄 누가 찾아줘요.」

모리 「햄 의외로 성격 급한 데다 제멋대로 판단내리니. -_-:」

그렇게 다들 찾아다니는 동안 햄이 도착한 곳은… 등잔 밑이 어둡다는 속담에 따라서 다름 아닌 와다의 집에 뛰어들어 간 햄이었다. 달려간 그곳에는 마침 와다네 어머님이 오랜만에 집 안에서 할 일 없이 이것저것 뒤적이고 계셨다. 각종 행사가 끝나서 늦잠 주무시다가 일어나서 간만에 집 안 물건 이것저것 정리하고 계셨던 것이다. 일본식 가옥이라 마당에서 들어갈 수 있는 방 안을 향해 인사도 뭐도 없이 SOS부터 외친 윤햄.

윤햄 「오바상, 오바상, 다스케테(아줌마, 아줌마, 살려주세요). -_T」

와다 엄마 「??」

잠시 와다네 어머니 성격을 설명하자면 평소에 아들도 안길 엄두를 못내는 엄격한 여교사 스타일로 남편 및 아들, 그리고 제자들을 대하는 그런 분이셨다. 그래서 평소에 아줌마라고 불러대는 이가 없거니와 용건없이 찾아오는 이들도 드문 분이셨다. 그런데 다짜고짜 '아줌마, 아줌마' 하며 안긴 윤햄은 대체……?

와다 엄마 「도~시타노(무슨 일이니)?」

심심하셨는지, 아니면 그냥 아무 생각 없이 앵겨오는 여자 아이가 있어 반가웠는지 와다 어머니는 관심을 보이시는 것이었다.

윤햄 「울먹울먹. -_T」

　　와다 엄마「어쨌든 올라와서 차 한 잔 마실래? 아, 마침 과자 받은 게 있었지?」

　　하던 일은 잠시 내버려 두고 주섬주섬 차와 과자를 준비하는 것이었다.

　　과자와 차 마시다 보니 어느새 목적을 잊은 윤햄이었다. 그렇게 놀다 보니 시계는 잘만 가고 같이 집 안 정리까지 해버리고 말았다.

　　윤햄「이건 뭐예요?」

　　와다 엄마「아~ 그건 가즈 어릴 때 사진.」

　　윤햄「오오~ +_+」

　　와다 엄마「이게 2살 때 사진이고 이게 5살 때고…….」

　　윤햄「……(제길. 어릴 때 나보다 예쁘잖아!).」

　　그렇게 한창 수다를 떠는데… 마침 학교가 끝나 윤햄 찾다 지쳐 일단 집에 들른 와다&애들은 허탈함에 손이 부들부들…….

　　와다「어느새 우리 집에. ㅡ_ㅡ」

　　타니&마츠「헛고생.」「삽질이었다.」

　　모리「앨범 보며 노닥거리고 있다니.」

　　와다「헉. 저건!! ㅡ_ㅡ;」

　　모두「?」

　　안색이 바뀌는 와다였다.

　　와다 엄마「크… 이건 가즈가 옛날에 좋아하던 여자애 사진이네.」

윤햄「오오!! ㅡ_ㅡ+」

와다의 첫사랑 사진이란 말에 눈을 반짝이는 윤햄&타니 일파였다.

타니&마츠「우리도 보고 싶어요. +_+」「과연 어떤 여자일까나. ㅡ_ㅡ+」

와다「어머니, 그건 남의 프라이버시잖아요(버럭버럭).」

와다 엄마「어머, 상관없잖아. 내 마음이야. 내가 내 집에서 내 마음대로 노는데 고작 아들 주제에 무슨 상관이니? 평소에 놀아주지도 않으면서 말이야. 정말 제멋대로.」

와다「아무리 그래도 그렇죠!」

옥신각신하던 끝에 허공으로 날아간 사진.

와다「컥!! ㅡ_ㅡ」

그 문제의 사진을 붙잡은 것은 마루였다.

마루「컥! 하필 나한테 날아오다니.」

타니&마츠「내놔, 마루. ㅡ_ㅡ+」

마루「에?」

떡대 둘의 협박에 마루는 잠시도 생각하는 일 없이 외쳤다.

마루「와다사마노 히미츠와 마모라네바 나란(와다님의 비밀은 사수해야 한다).」

난데없는 과잉충성 발언과 함께 먹고 만 마루였다······.

모리「컥. 남의 추억을 먹다니. ㅡ_ㅡ;」

이렇게 해서 한 소년의 비밀은 지켜졌지만 목 졸린 윤햄이었다.

그로부터 며칠 후 와다는 내내 '나 삐짐!' 이란 표정으로 윤햄 패거리들을 외면하고 마는 것이었다. 연이어서 사고를 치자 역시 화가 나기 시작한 것 같았다. 그래서 하나둘 눈짓으로 신호해서 모이기 시작한 곳은 역시 먼지 많은 창고.

마루「여기서부터는 암호를 말해야 들어갈 수 있어(뭔가 잘난 체). -_-」

이케다「암호?」

마루「끄덕!」

이케다「뭔데?」

마루「어허. 그걸 어찌 큰 소리로 말할 수 있으리오(다가가서 소곤소곤).」

이케다「뭐, 뭐야, 그건?」

마루「자, 해보시게나. 나도 처음에는 쪽팔렸어(잠시 먼 산).」

이케다「-_-;;;」

마루「이걸 안 하면 안 열어줘서(울며 도주).」

이케다「…햄… 햄… 소시지(이게 웬 망신)!」

덜컥 하며 문이 열림과 동시에 무정한 말을 내뱉는… 소년이 있었다.

야마모토「뭘 새삼스럽게 암호를 말해? 다들 목소리 아는데. 이상한 놈이네.」

이케다「컥!」

마루「캬햐햐햐. 걸렸다(춤)!!」

어느새 윤햄의 주접을 닮아가는 마루였다. 아아, 윤햄의 주접의 전염성은 실로 가공스러운 것이었다.

타니&마츠「마루!」「감동했어. 그 이케다 등쳐 먹기.」「포옹.」

마루「컥. 숨 막혀!」

이케다「이것들이(부들)!!」

요시다「그런 데 서 있지 말고 들어오시게나. 허허.」

요시다, 대체 당신은… 몇 살이란 말이오…….

이케다「(반사적으로)시, 실례하겠습니다. −_−;」

요시다「요즘 애들답지 않게 예의가 바르군.」

이렇게 해서 와다 삐짐 사건 대책 위원회가 즉석에서 결성되는 것이었다.

윤햄「와타시노 세이쟈 나이(내 탓 아니오). −_−」

마루「전혀 없진 않을 텐데, 아줌마. −_−;」

윤햄「지금 문제는 그게 아니잖아! 매일 남 탓해서는 발전성이 없어요(책상 두들기는)!!」

타니&마츠「그래, 햄하고 마루가 나쁘지만 친구니까 어쩌겠어. 도울 수밖에.」「끄덕끄덕.」

윤햄&마루「옆차기!」「뱃살로 밀어붙이기!」

야마모토「왠지 가공할 콤비가 결성된 듯한 저 콤보 합체기술은…….」

요시다「아무튼 지금 우리가 논해야 하는 것은.」

그렇게 머리를 쥐어싸맨 지 얼마 후에,

마루「(주먹 불끈)오바 아쿠숀시카 나이(오버 액션밖에 없어)!!」

타니&마츠「뭘 더 이상 오버하라고. -_-」「니 체중 오버나 잘 관리해. -_-」

마루「컥! -_T」

요시다「아냐, 들을 만한 가치가 있는 의견이었어.」

야마모토「헤? 저게?」

요시다「아무리 냉혹한 자라도 자신에게 막 애정표현히며 달려드는 개는 못 걷어차지. -_-a;」

타니&마츠「우리가 개란 말이냐!」「차라리 고양이라고 해줘(수줍). -_-*」

이케다「대체 니들은 뭔 생각 하며 사니? -_-:」

타니&마츠「그건 우리도 모르지. -_-」「알 수 있음 안 그러지. 바보 아냐? -_-凸」

이케다「컥! -_-」

야마모토「과잉충성해야 하나. 삐돌이 하나 때문에. 후우.」

마루「퍽! 감히 보스를 삐돌이라고 하다니!!」

윤햄「마루… 울먹울먹.」

마루「훗. 나한테 반하지 마, 햄. 내가 아무리 멋지다고 한들 내 이상형은 발랄한 자네가 아니라네. 조신한 특급 미소녀라네.」

윤햄「감동한 게 아니라 점점 갈수록 타니랑 마츠랑 잘 어울리는 변태가 되어가고 있어서 웃겨 죽을 지경. 푸하하하(떼굴떼굴)!!」

마루「이, 이 아줌마가!! -_T」

이케다&타니&마츠「우리 햄이 뭐 어쨌다고 시비야!」「남자 친구는 필요없어! 오로지 필요한 건 여자야!」「맞아! 우리 학교는 남녀 비율이 6.5:3.5란 말이야!!」

도대체 이 녀석들은 뭘 생각하고 사는 걸까 새삼 궁금해지는 윤햄이었다. 그렇게 노닥거리다시피 대책회의를 하다 보니 어느새 방향은,

타니&마츠「지금은 가을.」「나베모노(전골 요리)가 우마이 키세츠다(전골이 맛있을 계절이지). -_-」

하고 먹보들이 정열적으로 책상을 두들기며 강조하는 것이었다.

이케다「회의하다 말고 웬 먹을 거 이야기야(시큰둥)?!」

타니&마츠「사람 이야기 끝까지 들어보잔 말이다!」「즉 접대로 유흥을 벌여서 다독거리자는 우리의 이 위대한 계획을 몰라주다니!」

이케다「그냥 니들이 먹고 싶어서가 아니고?」

타니「날 뭐로 보는 거야! 힝. -_T」

마츠「토닥.」

야마모토「뭔가 수상해.」

윤햄「맛있을까?」

마루「응(침 쥘쥘)!!」

타니&마츠「따스한 국물에 정종 한잔 걸치다 보면 카악~」「아싸~ 조쿠나 하고 화도 풀릴 거야.」

이케다「야, 학생이 술은 무슨 술! ㅡ_ㅡ」

마루「밥. 밥. 밥. 먹을 거(면 산)…….」

윤햄「마루와 모~ 소노키다요(마루는 벌써 먹을것에 빠졌어). ㅡ_ㅡ:」

야마모토「음… 먹을 걸로 과연 와다가 넘어갈까.」

요시다「허허. 와다 군 의외로 맛있는 거에 약해.」

야마모토「정말? ㅡ_ㅡ:」

요시다「우리 집 라면가게 사람 많은데도 간혹 두세 시간 기다리는 걸 보면.」

모두「오오!」

참고로 요시다네 집은 유명한 라면 가게였다. 그렇게 해서 타니&마츠 콤비의 안이 체결되고 만 것이었다. 두둥!

이케다「술 갖고 오면 죽어!」

타니&마츠「헤이. 헤이(예에. 예에). ㅡ_ㅡ」「시끄러운 잔소리꾼. 소곤. 후닥닥.」「후닥닥.」

이케다「ㅡ_ㅡ」

요시다「그럼 각자 집에 가서 요세나베(각자 지참한 걸로 전골 하는 즉석요리)할 수 있도록 야채류, 고기류 다 갖고 오도록. ㅡ_ㅡ」

　윤햄「뭐든 갖고 와도 되는 거야?」

　요시다「끄덕.」

　마루「내가 이 세상에서 가장 사랑하는 엄마를 걸고 말하는 건데 저 타니, 마츠는 술 갖고 올 거야.」

　야마모토「니 엄마 필요없어. ㅡ_ㅡ;」

　이렇게 해서 학교 안에서 몰래 즉석 파티를 열기로 결정되고 말았다. 그런데 이쯤에서 냄비 파티에 한 가지 장애물이… 그것은 교내를 쑤시고 헤집고 돌아다니는 남자, 바로 가장 교칙을 어기는 남자, 풍기위원회(생활지도부.) 위원장 오오츠키를 결코 잊고 넘어가게 만들지 않았다. 그의 존재를 잊기에는 너무 변태스럽고 너무 존재감이 큰… 다들 집에서 밥 들고, 반찬 들고 올 즈음에는 애들 다 집에 돌아갈 만도 한데 그는 젓가락&그릇 들고 죽치고 앉아 기다리고 있었던 것이다.

　이케다「커헉!! 네가 왜 여기에 있는 거야!」

　오오츠키「훗. 우리 조직(생활지도부)의 정보망을 우습게 보지 말란 말이다. ㅡ_ㅡV」

　실은 윤햄이 흘린 정보였다.

　윤햄「왜냐하면 순찰 돌다 발각되어 반성문 쓰고 망신당하느니 차라리 처음부터 공범으로 만드는 게 더 낫지 않나?」

　오오츠키「그럼 그럼. ㅡ_ㅡ」

타니&마츠「어머 어머, 우리 딸. >_<」「너무 총명해. >_<」

윤햄「-_-V」

이케다「햄, 대체 그 잔머리는.」

야마모토「젠장! 입 하나 늘었다. -_-」

그런데 여기에서 또 한 가지 애로사항이… 그것은 바로 지난번 이야기 끝에서 마루가 건 내기 때문이었다.

마루「컥! 어째서 너희 둘 술을 안 갖고 왔단 말이야!!」

타니&마츠「갖고 오지 말라며. -_-」「갖고 오면 이케다까지 삐칠 거 같아서 안 들고 왔어.」

마루「커억. -_T」

의외로 술 들고 온 건 요시다 할배였다.

요시다「자, 술로 일단 간을 맞춘 다음에. -_-」

대체 뭘 만들길래 술을 가득 넣는 것일까? 요시다 할배의 요리 센스가 심히 의심되는 대목이었다.

마루「할 수 없다. 우리 엄마는 이제 일주일 동안 요시다 니 거야. 우리 엄마를 잘 부탁해. (-_-);」

요시다「내가 아무리 조숙한들 친구 어머님은 조금 부담인걸. 다른 걸로 해주지 않을래? 차라리 아버지를 빌려줘. 일주일 동안 바둑이나 같이 두게.」

모두「정말로 엄마를 팔아먹다니.」

이렇게 해서 어이없게 넘어가고 만 마루의 어머니. 물론 나중에 마루는 집에 가서 아버지한테 고백했다가 된통 맞았다고 한다. 점점 윤햄 스타일의 주접을 닮아가는 마루 소년이었다.

그럭저럭 적당한 시간이 흘렀을 무렵 외교전문가인 모리 군이 와다 군을 끌고 왔다.

와다「뭐야, 사람보고 이리 왔다 저리 갔다 정신 사납게 만들고 말이야(투덜투덜).」

모리「그래도 매일 안 보고 살 순 없잖아. 안 그래? ^^;」

와다「하아, 우주로 떠나고 싶어.」

모리「그런 말 하지 말고, 모처럼 준비했다는데 구경이나 한번 해봐.」

타니「자, 자, 밖에서 그러지 마시고 안에 들어와 한번 보시죠. 물이 좋아요, 물이.」

와다「뭐야, 그 분장은? -_-;」

타니「응? 이 꽃을 단 머리띠? 햄한테서 빌린 건데? 어때, 나 예뻐?」

와다「…집에나 갈까.」

모리「여기까지 왔는데(등 떠미는)!」

마츠「어머 어머, 오늘 첫손님! >_<」

오오츠키「어서 오십쇼. 지배인인 오오츠키라함다. 이봐, 이봐. 폭탄이 접대하면 어떻게 해. 이분은 국회의원이신 와다 대선생님이란 말이야. 장사를 몇 년 해보는 거야, 대체. 자, 선생님, 어서 안으로 드시죠.」

　이 유창한 카바레 접대 멘트는 그의 과거를 의심케 만들었다.

　마츠&타니「흑, 나보고 폭탄이래. _T」「우리 가게에서 그나마 제일 잘 나가는 햄이는 어디로 간 거야. =_=」

　야마모토「뭔가 수상한 국물을 요시다랑 같이 우려내고 있어. 누가 말려줘! 제발!! _:」

　모두「_:::::」

　요시다「(얼큰한 얼굴로)거, 그냥 다 퍼붓자니까.」

　윤햄「누가 요시다 조금 말려줘. 술맛을 본다더니 갑자기 저래. _:」

　모두「_:::::」

　그렇게 해서 불법 파티가 시작되고 있었다. 파티는 점점 무르익어 가고…….

　야마모토「아악, 이건 뭐야! 대파가 통째로 있다니. 이러고도 요리 담당이야(털썩)?!」

　윤햄「그냥 있는 대로 요시다 할배가 넣었어. 내 탓 아님. _」

　요시다「(얼큰한 얼굴로)케케케, 이이 와카모노가 사케구라이 노메(한창 좋을 나이잖아! 다들 마셔)!!」

　마루「수, 술꾼이다.」

　와다「미, 미친. 어떻게 고작 정종 한잔으로 맛이 갈 수 있지? 앞으로 저 녀석한테 술 주지 마!」

이케다「컥. 뭐야 이 물맛 왜 이래.」

요시다「내 술을 못 마신단 말이야?! 퍽!!」

이케다「컥…….」

타니&마츠「좋은 말씀.」「자, 자, 다들 마십시다.」

모두「컥. 원샷이라니.」

이런 작은 소동도 끊이지 않았지만 나름대로 화기애애(?)했던 것이다.

오오츠키「이렇게… 냄비를 가운데 두고 있으니……. 눈물 없이 말할 수 없는 추억 하나가 생각나는군. 후우.」

타니&마츠「뭔데.」「재미없으면 죽어. ㅡ_ㅡ」

오오츠키「그건 지난 여름 일인데 온 집안에서 기대하고 있는 유망주가 나라서 그런지 둘째형이 알바하다 과로사직전까지 갈 정도로 열심히 모아둔 돈으로 입시학원 끊어서 매일매일 열심히 다니고 있었어.」

야마모토「니네 집 아버지, 주식하다 망했다매?! 돈 없음 차라리 비싼 입시학원 가지 마!」

이케다「차라리 그 돈으로 살림 보태는 게 낫겠다. ㅡ_ㅡ」

오오츠키「그만큼 내가 총명하고, 영리하고, 영특하고, 기특하고, 집안의 기대를 한 몸에 모을 만한 인재라서 어쩔 수 없이 모든 투자는 오로지 Me한테…….」

와다「퍽!」

오오츠키「컥. 알았어. 본론부터 말하면 될 거 아냐. -_- 아무튼 그래서 그날도 이 오오츠키님은 열심히 학원에서 밤늦게까지 남다가 문득 졸다 만 눈으로 시계를 보니 밤 12시를 넘은 게야.」

야마모토「니네 집 둘째형이 들었으면 니 목 조르고 말 이야기군. -_-」

오오츠키「쿨럭! 중요한 건 그게 아니잖아! 자꾸 딴지 걸지 마! 이야기 흐름이 끊기잖아! 아무튼 연약한 초절정 미소년 스타일―절대 미소년 아님―이라 밤늦었으니 어서 집에 가야지 하고… 컥, 알았어. 잘못했어. 얼굴이 흉기인 소년답게 아무런 걱정 없이 집에 갔더니 아무것도 먹을 게 없더란 말이다. -_-」

모두「그래서?」

오오츠키「아, 우리 집은 다들 착하고 예쁘고… 쿨럭, 알았어. 패지 마. 나만 빼고 다들 착하고 예쁘장하게 열심히도 사는데 왜 이리 찢어지게 가난할까, 고뇌하는데 마침 막내 여동생이 오는 거야. 살며시 그 작은 손을 펼치는데 그 안에는 동전이 저 가을하늘 별빛처럼 빛나고 있었어. -_-」

모두「그래서(의외로 열심히 이야기 듣는 -ㅅ-)??」

오오츠키「초딩 1학년짜리인 여동생이 그러는 거야! '오빠 이 돈으로 뭔가 사서 드세요. 매일 공부하신다고 힘드시죠? 제 용돈 모은 거예요'.」

모두「컥!」

오오츠키「듣자 하니 평소에 먹고 싶은 과자가 있어도 안 먹고 챙긴 동전으로 오빠에게 도움이 되기를 바랐다는 거야. 큭! 눈물 없이는 들을 수 없는…….」

모두「정말 너 여동생은 대박이야. -_T」

오오츠키「그래서 그 돈은 결코 헛되게 쓰면 안 된단 생각이 들었지.」

모두「오오!」

오오츠키「그래, 이 돈은 불려야 할 돈야, 하고 내가 찾아간 곳은. -_-」

와다「헤?」

모리「뭔 소리야? -_-;」

이케다「안 쓰고 저축한 게 아니었어?」

오오츠키「미성년자인 고로 빠찡코나 경마장에 갈 수는 없고 그냥 복권이라도 없나 찾는데 동네에서 약간 비행소년으로 살고 있는 선배들이 보이는 거야. 그래서 즉석 짤짤이에 도전했지. 지고 남은 게 딱 컵라면 한 그릇 값. 할 수 없이 새벽길 여동생 데리고 역 앞 편의점에서 눈물의 컵라면을 한 그릇 사먹었다는 동화 소바 한 그릇을 능가하는 감동의 스토리였던 것입니다, 이 스토리는…….」

와다「문 잠가. -_-」

이케다「이런 망할 놈을 봤나!」

모리「조금 심했어. -_-:」

야마모토「이키테 카에레루토 어머 어머우나(살아서 돌아갈 거
라 생각마, 미친 놈). -_-凸」

마루「살다 살다 코흘리개 여동생 용돈 삥땅친다는 말은 처음
들어보네. 정의의 뱃살 어택!」

오오츠키「악악악.」

이렇게 해서 파티는 점점 스페터클 액숀 무비풍으로 변질되어
가고 있는 것이었다. 두둥!!

Independent —Song By Hamasaki Ayumi

와다의 삐침을 접대로 풀어준 후 며칠은 평안하게 시간이 흘러 갔다. 그러던 어느 날 점심 시간이었다. 다들 화창한 가을 날씨 만 끽하며 옥상에서 구르는 이도 있거니와—잠자다 굴림당한 마루—차 를 마시며 한숨 돌리는 할배 같은 요시다 등등 각자 좋을 대로 퍼 진 상태였다. 윤햄 역시 천진난만하게(?) 오오츠키와 함께 공기놀 이를 하고 있었는데…

윤햄 「??」

타니 「오오, 햄, 여기에 있었구나.」

마츠 「방가. 방가(팔짝팔짝). ﹥_﹤」

윤햄「??」

난데없이 새삼스럽게 유별나게 애정표현을 하는 콤비의 수작에 경계심이 잔뜩 생긴 윤햄이었다. 이제까지의 경험상 두 소년이 그렇게 나올 때는 좋은 일이 하나도 없었다는 것이 머리에 각인되어 있어서였다.

윤햄「난카 아야시이(뭔가 수상해)! ㅡ_ㅡ」

타니「(컥!)안령~ 햄, 잘 있었니? ^_^」

같은 반인데 잘 지내고 자시고도 없는 걸 생각하면 더욱 경계심만 솟는 윤햄이었다.

윤햄「마수 마수 아야시이(더 수상).」

마츠「(각혈)햄, 실은 재미있는 이야기가 있는데~」

윤햄「??」

오오츠키「(불쑥 두 남자에게 흉기인 얼굴 내밀며)이봐, 무슨 수작이야?! 이런 어린애 꼬셔다 새우잡이 어선에다 팔 생각 아냐!!」

이 발상은 대체…….

타니&마츠「악」「얼굴 치워! 실토할게!」

오오츠키「쯧! ㅡ_ㅡv」

이렇게 해서 실토한 내막은 다음과 같았다.

윤햄「시바이(연극)?」

타니&마츠「응!」「재미있겠지?!」

오오츠키「그리고 보니 조금 있으면 문화제(주: 학교 축제) 시즌

이군. 그렇다면 럭비부 행사 활동에 여자가 달린다는 그런 내막이 군. -_-+」

타니&마츠「(담배 꼬나 물며)그것 빼고 뭐 더 있겠소. -_-」「(연기 내뿜으며)럭비부에 여자가 없는 건 당연지사. 후우, 우리도 이렇게까지 비굴하게 아부하고 싶지 않았다오.」

오오츠키「끄덕끄덕.」

윤햄「퍽!」

오오츠키「자, 자, 햄, 아직 죽도록 패는 건 일러. -_- 얘기는 들어줘야지.」

윤햄「??」

오오츠키「실은 제가 하무 윤 주니어 9세의 매니저입니다. 자, 명함.」

타니&마츠「아, 네에. -_-;」「몰라뵙다니 실례가 많았습니다.」
서로 노란색 메모지 한 장씩 교환하는 것이었다.

오오츠키「서론은 생략하고 본론으로 들어가죠. 그래, 대체 어떤 내용으로 기획을 잡고 있으신지요? 저희 소속 여배우인 햄 양은 알다시피 에로파 여배우가 아니라서요. 이래 봬도 청순가련 컨셉으로 나가려다 망해서 코믹물로 도전하고 있는 만큼 대외 이미지란 게 있습니다(청산유수).」

타니&마츠「요새 TV에 잘 안 나온다 싶었더니 그런 내막이…….」「매니저 분도 참 힘드시겠군요(토닥).」

오오츠키「끄덕끄덕.」

윤햄「퍽!」

오오츠키「뭐 틀린 말은 아니잖아. -_-」

타니&마츠「저희 럭비 기획에서 생각하고 있는 이번 연극은 대충 이렇습니다. 이름하여!」「백설햄공주와 7폭탄!! -_-」

윤햄「뭐야, 그건. 이름부터 추하잖아! -_-」

오오츠키「아주 명랑하고 발랄한 이름이네요. 알겠습니다. 햄양의 연기 인생을 걸고 출연시키죠.」

윤햄「캑!」

타니&마츠「이왕이면 캐스팅하는 김에 7폭탄 중 가장 핵심인물인 마루 군과 오오츠키님도 포섭해 주시면 감사하겠습니다. 주연급 조연이라서 섭외가 많이 힘듭니다.」「그리고 그 외 필요한게…….」

오오츠키「알겠습니다. 흥행의 제왕인 제가 끼어든 이상 흥행은 기본, 대박은 기본이죠. 그런데 왕자는?」

타니&마츠「그게 말이죠.」「비밀인데 오오츠키님이니 알려드리죠. -_-a」

오오츠키「흠. 흠.」

이렇게 해서 또 한 가지 음모가 탄생하고 있었다. 두둥…….

『백설햄공주와 7폭탄.』

제목부터 뭔가 심상치 않은 필을 받은 윤햄이었다.

윤햄「뭔가 이번에도 나만 개망신당할 듯한 느낌이……. -_-」

타니&마츠「큭(등쳐 먹기 힘들게시리 많이 똑똑해졌군. 데길)! -_-+」「킥(뜨끔. 예리한 것)!」

오오츠키「설사 그렇다 할지라도 내가 망신당하는 게 아니니 만사 OK! -_-b」

윤햄「퍽!」

타니&마츠「자, 자, 폭력은 안 좋아요.」「이 급식 우유라도 마시면서 진정하고 이야기 조금 나눠보지.」

마루「뭐야. 먹을 거야(부스스)?」

타니&마츠「마루! 놀랐잖아!」「역시 우유 냄새에 일어나는. -_-;」

마루「안 마실 거면 줘!」

윤햄「실컷 먹고 네가 공주 해. -_-凸」

마루「??」

타니&마츠「아, 그것도 좋을지도.」「사상 최악의 공주 탄생이 겠군.」

마루 히메… 프린세스 마루… 마루공주… 뭔가 씹을수록 새삼 쏠리는… 이 단어는 대체…….

타니&마츠「야, 그게 더 나을지도 모르겠다.」「그럴까? 괜히 햄이랑 사이 안 좋아지느니 저런 폭탄한테 배역을 떠맡기는 게 나을지도……(소곤).」

　마루「쵸다이! 쵸~다이(줘! 우유 줘)!!」

　윤햄「돼지! －_－凸」

　오오츠키「하하하하하하하. 그게 확실히 더 망가질지도.」

　윤햄「역시 안 좋은 꿍꿍이가. －_－」

　윤햄은 타니&마츠가 들고 있던 시나리오를 잽싸게 강탈했다!

　제목『백설햄공주와 7폭탄.』
　작가『타니&마츠.』

　윤햄「작가진부터 잘못된……. －_－」

　타니&마츠「악!」「꺅! 미챠 이야(보면 미워)~ >_<

　줄거리가 더욱 문제였다. 어릴 때부터 7폭탄의 손에 난폭하고 흉악스럽게 자라던 윤햄은 공주답지 않아 10대의 소녀가 되어도 데려갈 왕자 하나 없자 손수 힘으로 억지로라도 멋진 백마의 왕자님을 입수할 야무진 꿈을 꾸고 소림사 향해 7폭탄 이끌고 여행을 떠난다. 윤햄의 표정이 돌변하는 것은 어쩔 수 없는 인지상정이었다. 그녀도 여자였던 것이다.

　윤햄「－_－」

　타니「(조심스레)어… 어때?」

마츠「(쭈뼛쭈뼛)마음에… 안 드니? -_-:」

윤햄「퍼억!」

타니&마츠&오오츠키&마루「컥!」

윤햄도 한성깔 할 때는 괴력을 발휘한다는 교훈을 남긴 사건이었다. 아아.

타니&마츠 콤비의 연극 제안에 화냈던 이유… 중에 하나가 어떤 추억 때문이었다. 그것은 바로 1학기 때 있었던 교내 합창대회. 반마다 지정곡과 자유곡을 연습해서 다함께 합창한다는 그런 행사였는데 그때도 그 둘은 튀기 위해 연극을 제안했던 것이다.

제목 하여 '오즈의 마법사와 도로시 햄'.

합창을 하기 전에 시간 때우기 형식으로 연극을 하나 준비하기로 했는데 그 연극 준비위원회 담당이 타니와 마츠였었다. 직책을 맡은 이유는 음치라서 합창을 하기 싫다는 실로 단순한 이유였다. 그래서 아이들이 가장 좋아하는 동화 중 하나인 '오즈의 마법사'를 연극으로 고쳐 간단하게나마 하기로 했는데 문제는 연극부도 뭐도 아닌 이들이 제대로 할 리가 없었던 것이다. 그때 역시 인원이 부족하다는 이유로 주인공 여자애 도로시 역에 햄을 끼워 넣었고 허수아비 등도 주변에서 억지로 끌어모았다. 그래도 인물이 모자라서 오즈의 마녀 중 북쪽 마녀는 에로시마 선생님을 여장시킨다는 극악의 캐스팅까지 서슴지 않았던 것이다. 덕분에 애들로부터 비웃음을 샀던 그다지 안 좋은 추억이 있었던 것이다. 그런만큼 오오타니&마츠시타의 연극 제작능력에 대해 심히 의심을 하지 않을래야 않을 수 없었던 것이다.

윤햄「절대로 싫어(바둥바둥)!!」

타니&마츠「이번에 안 하면 죽어야 한단 말이야(울먹)!」「햄! 사람 하나 살린다 생각하고 백설햄공주 역을 맡아다오(눈물)!」

윤햄「뭐야, 그건. -_-」

마루「뻔하지. 뭔가 사고친 게야. -_-a」

타니&마츠「윽」「-_-;」

마루의 지적에 식은땀을 흘리던 콤비. 할 수 없이 내막을 털어놓기 시작했다.

오오츠키「럭비부 여름 방학 합숙 비용을 둘이 바캉스 즐기는데 썼다고? 그건 공금횡령이잖아. -_-+」

타니&마츠「응.」「그래서 이번 문화제 때 럭비부 대표해서 망가지는 연극을 하지 않으면 맞아 죽는단 말이야!」

즉 공개망신이라도 당해서 선배들의 눈과 귀를 즐겁게 해주지 않으면 안 되었던 것이다.

윤햄「그럼 둘이 책임지고 백설공주 하고 왕자 해. 도와줄 가치가 전혀 없잖아(결론)!」

오오츠키「소레가 이이(그게 낫지). -_-」

타니&마츠「컥.」「하무, 츠메타이(햄 그런 차가운 말을… 울먹울먹).」

마루 「이 우유는 고맙게 마셔주지.」

이렇게 해서 사상 최악의 떡대 백설공주가 탄생하게 된 것이었다.

S중 문화제, 즉 가을 축제의 특징은 중3 선배들을 위한 축제라는 점에 있었다. 고등학교 입시를 향한 마지막 발악성 맹렬 야간 자율학습(보통 일본 학교는 야자란 게 없지만 일부 명문 학교는 간혹 한다. 그것도 한국보다 훨씬 치열하며 나오는 간식, 저녁이 초호화판인 게 특징이다)에 들어가기 직전인 선배들을 위로하는 차원에서 선배들을 위한 후배들의 재롱성 향연이 주요 테마라는 것.

축구부 같은 마이너리그틱한 운동부야 전혀 상관없지만 럭비부처럼 인기 많은 운동부는 선후배 관계가 엄청나다. 그런만큼 소중한 여름 방학 합숙 비용을 떼어먹은 타니&마츠 콤비는 뭔가를 해서 중3 럭비부 선배들의 스트레스를 확실히 날려 버려야 하는 그런 중압감에 시달리다 못해 윤햄 등을 휘말리게 하려다 실패한 후 윤햄은 그들의 모습을 별로 볼 수가 없었다. 윤햄도 행사 여러 개에 겹치기 출연을 하게 된 터라 무지 바쁜 몸이었기 때문이다.

알고 있는 것은 럭비부도 아닌 오오츠키 총재와 마루 부총재가 마음대로 럭비부 행사를 주관하고 있다는 것 정도였다. 타니&마츠로부터 받은 자문비용은 요시다 할배네 라면가게에서 일주일 라면정식(된장 라면+밥+군만두 세트)이었다고 한다.

그렇게 해서 다가온 축제. 새벽부터 학교 주변은 소란스러웠고 아침의 몸풀기성 행사가 막을 내리고 점심이 지나고 하자 바야흐로 분위기는 무르익어 가는 것이었다. 그리고 강당에서는…

　이카리「네, 그럼 다음 순서는 광고홍보위원회를 대표해서 위원장인 윤햄 양의 '부채춤 솔로 공연'이 있겠습니다. 윤햄 양은 아시다시피 한국에서 건너와서…(생략)…지금은 처음에 걱정했던 것과는 달리 학교 생활에 너무나도 잘 적응하고 있는 모습을 보이고 있습니다. 오늘 보여 드리는 한국 고전무용은 초딩 때부터 익힌 거라고 하네요. 후우… 힘들다, 멘트도. 윤햄과 오오츠키 총재의 입담이 새삼 부럽군.」

　아키야마「정말 수고가 많다. 오늘 이것만 하면 강당에서 하는 행사는 다 끝나는 거야?」

　이카리「아니, 아직 두려운 게 남아 있어.」

　아키야마「??」

　이카리「윤햄 공연도 뭔가 걱정되지만―워낙 덜렁대니―시한폭탄 콤비라 일컬어지는 타니 일당의 럭비부 연극이 남아 있어서. ―_―」

　아키야마「캑. 걔네들이 연극을 한다고?」

　이카리「어. 연출 오오츠키 총재. 각본 각색 마루래.」

　아키야마「최악이잖아. ―_―:」

　이카리「솔직히 하지 말라고 하고 싶지만 럭비부 선배들이 압력 넣어서 어쩔 수가 없었어. 쩝. 어, 윤햄 시작한다.」

　아키야마는 뭔가 말하고 싶은 눈치였으나 이미 국악소리에 묻히고 마는 것이었다.

아키야마「저게 누구야? -_-:」

이카리「컥!!」

평소 머리띠만 하거나 혹은 긴 머리를 말꼬리처럼 묶고 다니던 윤햄이었으나 그날은 특별히 메이크업하고 한복 새것으로 차려입고 나온 것이다. 부채 2개만 양손에 달랑 들고 나온 윤햄. 곧 이어 고전음악 소리에 맞춰 춤추기 시작했는데… 문제는 시간이 진행 관계상 부족하다고 하고 한 단락은 해야 하고 해서 약간 원래 스피드보다 빠른 춤을 선보인 윤햄이었다.

이카리「한국 옛날 무용은 대개 비트감있게 테크노틱하게 추었나 보지? -_-:」

한국 문화에 대한 엄청난 오해를 불러일으킬 부채춤이었다. 그리고 이어서 상연된 것은…

이카리「다음은 럭비부 1학년 후배들이 '선배님, 힘내세요' 하고 응원하기 위해 만든 창작극이라고 하네요. 연출 오오츠키, 각본 마루야마, 주연 오오타니, 마츠시타 군이라고 합니다. 부디 따스한 눈으로 봐주세요. -_-:」

방송위원장의 멘트에 강당 안은 식은땀의 도가니였다.

윤햄「덥다, 더워. 조금 더 부채질 잘해봐!」

마루「왜 내가… 흑흑.」

윤햄「아, 힘 조금 써보래도. 하나도 시원한 바람이 안 오잖

아. -_-」

　마루「크헉. -_ㅠ」

　무대 뒤에는 강당 안의 반응에는 아랑곳없이 부채로 부채질하고 있는 마루가 있었다.

　윤햄「그래, 뭘 하란 거야?」

　오오츠키「인원수가 모자란 관계로 내레이션은 내가 맡고.」

　윤햄「흠. -_-」

　이렇게 해서 날림성 이벤트, 두 사람만의 연극 ‘흑설공주 이야기’ 가 상연되었다.

　오오츠키「오랫동안 기다리셨슴다. 그럼 이제부터 럭비부를 대표하는 연극 ‘흑설공주 이야기’ 가 상연되겠슴다. 한 가지 연극 공연에 앞서 당부하고 싶은 것은 작가 마루 선생님의 말씀에 따르면 이 연극은 다소 진한 러브신이 가미된 16금입니다. 리얼리티를 중시하는 평소 철학을 고집해서 실제 백설공주 전설에 다가가고자 부단한 노력을 아끼지 않았으며 그 결과 철저한 역사적인 고증에 성공했슴다! 그런고로 심장이 약하거나 비위가 약하거나 노약자 및 임산부는 퇴장하여 주시기 바랍니다.」

　모두「웅성.」

　원래 타니&마츠가 기획한 백설햄공주와 7폭탄은 드래곤볼에 가까운 환상 무협 스토리였으나 에로물 마니아 마루가 참여하면서 내용이 상당히 변질된 것 같다는 것을 깨달은 윤햄이었다.

오오츠키「옛날 옛적 S왕국에는 흑설공주님이 7폭탄이랑 사이 좋게 살고 있었습니다. 다만 기존의 백설공주 이야기와 다른 것은 흑설공주님은, 사실은 공주님이 아닌 왕자님이란 것이었습니다. 어릴 때 하도 몸이 허약해서 여장을 하고 살면 오래 산다는 어느 사악한 마녀 햄의 꼬임에 넘어간 임금님이 여장을 시키고 이름도 흑설공주라고 붙인 거였슴다. -_-」

윤햄「…마루, 날 꼭 걸고넘어지는군. -_-」

마루「……(외, 외면&땀).」

간단한 내레이션 설명이 끝나자 발랄하게 무대 위를 쿵쾅대며 나타난 흑설공주 마츠. 사이즈 맞는 게 없어서 의외로 손재주가 많은 에로시마 선생님의 도움을 받아 직접 재봉했다는 칙칙한 검은빛 레이스 드레스를 차려입고 아이라인까지 짙게 그린 그 모습은 영락없는 떡대공주였다.

떡대공주 마츠 흑설공주의 등장. 그것은 S중 청소년들에게 침묵을 불러들였다. 문화제 행사 중 하나인 연극관람은 순전히 선택사항이기에 그 자리에 있었던 모든 소년, 소녀들은 자신들의 선택을 무지 후회했을 것이라 사료된다. 그래도 주눅 드는 일이 없이 열연하던 둘이었다. 비록 외모와 연기력이 받쳐 주지 않아도 배우혼으로 밀고 나갔던 것이다. 마음은 이미 대배우였다.

흑설공주「아… 수박을 통째로 한입에 먹었더니 체했나. 캑! 목에 걸렸나 봐(털썩).」

흑설공주, 여장 하고 살아야 하는 비운의 왕자로서 7폭탄들의 보좌 속에서 한층 무럭무럭 떡대로 자라나지만 계모(?) 에로시마 ―우정 출현― 여왕의 간계와 질투에 의해 식중독 일으킬 마의 수박을 먹다 체해서 쓰러지기까지 한 치의 주눅 드는 일없이 열연하는 여배우의 혼을 보여주는 것이었다. 대체 얼마나 연습했는지는 모르지만 흑설공주 마츠의 귀부인 말투 흉내 하나는 완벽했다.

그렇게 연극은 일반 소녀, 소년들이 알고 있는 내용 비슷하게 흘러갔고, 미리 공약했던 대망의 키스신 순서가 다가오면서! 반 졸던 마루까지 눈을 반짝이는 사태까지 이르렀던 것이다.

타니「아, 이런 곳에 이런 아름다운 공주가……(시선 전혀 다른 방향. −_−). 대체 누가 이런 아름다운 공주님께 해를…….」

마루「(마츠공주로부터 시선을 돌린 채 국어 교과서 낭독하듯)실은 마츠공주의 미모에 질투한 나머지 에로시마 여왕이 그만. 흑흑.」

그렇다. 두 소년은 떡대공주로부터 시선을 돌리면서 대사 읊는 데 급급했던 것이다.

오오츠키「자, 전설대로라면 공주님을 깨우는 것은 왕자님의 뜨거운 Deep~ 키스밖에 없습니다!!」

볼에 살짝 하는 뽀뽀도 아닌, 열정적인 후렌치 키스! 그냥 적당히 얼굴만 붙여서 하는 체하려던 타니&마츠 콤비에겐 시련이었다.

타니「오오, 그런 방법이(야! 말이 다르잖아!!)!」

오오츠키「네, 어서 공주님께 Deep 키스를 하시죠(여기까지 온 이상 해!)!!」

마루「자, 부끄러워하지 말고 면상을 갖다 대시죠. 도와드릴까요(내가 쓴 걸작 대본이란 말이야! 잔말 말고 시키는 대로 해!!)?」

여기까지는 대본 그대로였으나 그 다음부터는 옥신각신하는 바람에 액션이 가미된 애드리브 사태로 번지는 것이었다.

타니「쿨럭. 매너있는 키스신을 연출하기 위해 껌이라도 우선 씹고⋯⋯(야, 그런 게 어디에 있어! 네가 해봐!! −_T).」

마루「Kiss라고 하는 것은 국어사전이나 영어사전을 보면 서로 입을 맞추는 것을 의미하며 아이들에게 귀엽다는 의미로 볼 등에 하는 것은 뽀뽀라고 하지요. 그러니 왕자님, 자 어서 뽀뽀가 아닌, 키스를! −_−」

타니「다가오지 마!!」

오오츠키「어허, 뺨이 아니라는데 이 사람이 자꾸⋯⋯. −_−」

타니「이, 일단 껌부터 다시 씹는 매너를.」

오오츠키「에에이! 이렇게 된 이상 남아일언중천금! 도우미 소환!!」

윤햄「(긴급 투여)자, 왕자님, 어서 하시죠. 공주님을 위해. 공주님이 기다리시잖아요. 남자가 여자를 기다리게 해서야 되겠습니까(타니의 팔을 합기도 자세로 잡는다)?!」

타니「컥. 이 사람이 한복도 안 갈아입고 어딜 나타나는 거야(유도의 관절기로 맞대응한다)!!」

오오츠키「왕자님, 자, 약속대로 공개 키스하셔야죠(헤드락을 건다).」

마루「참 수줍음이 *^_^* 많은 왕자님이군요(씨름 기술로 등 떠민다)!!」

타니&마츠「우워. -_T」

모두「…….」

침도 안 삼키고 무대에 집중하는 매너를 보여주는 청중. 이렇게 한데 어울려서 레슬링에 가까운 발악을 보이던 타니였으나 1vs3. 도망갈 길이 없다는 걸 알자…

타니「마츠! 날 용서해!!」

마츠「-_-?」

대중 앞에서 당당하게 키스를 하는 것이었다. 두둥!! 이렇게 해서 공인 커플로 당당히 데뷔하는 모습을 보인 콤비의 불행은 본격적으로 막을 올리고 있었다.

이미지 다운에 상심하는 타니&마츠 커플이었으나 아랑곳하지 않았던 윤햄 일파. 공금횡령에는 엄한 모습을 보이는 반듯 그룹이었던 것이다, 의외로. 하나 언제부터인가 당당히 윤햄 일파에 특별활동도 다르면서 마치 자기가 리더인 양 태연하게 뻔뻔한 얼굴을 내밀고 있는 오오츠키. 말도 없이 침투에 성공하여 승리의 브이 -_-v를 긋는 그였다. 이후 그는 와다의 참모라는 위치를 확보하는 데 성공하는 뻔뻔스러움을 과시한다.

오오츠키「자, 자, 연극도 무사히 마쳤으니 마음 편하게 구경이나 가자고. ^_^ 앗! 마루 선생님! 선생님 작품은 언제나 감동 그 자체입니다(손바닥 부비부비).」

마루「이번 연극이 끝나면 당분간 쉬면서 다음 작품 구상이나 할 생각이에요. 너무 추켜세울 필요 없어요(거만).」

오오츠키「벌써 차기작이라고요? 혹시! 그 소문만 무성한 '불륜의 향기=S중 버전' 인가요?!」

마루「그건 일생을 건 구상이기에 아직은 촬영할 계획이 없습니다.」

윤햄「난카 히마(뭔가 할 짓 없다. 투덜). —_—」

투덜투덜대며 운동장 쪽으로 가는데 마침 운동장에 개설된 무대 위에서는 가장 콘테스트가 시작하려고 하고 있었다. 윤햄과 오오츠키를 본 이카리 방송위원장. 이상한 도복 하나 입은 모습으로 무지 반가워하는 것이었다.

이카리「햄, 잘됐다. 할 거 이제 없지?」

윤햄「뭐, 뭐야. 갑자기. —_—」

이카리「나 이제부터 콘테스트 나가걸랑? 그러니 이게 순서표. 이게 마이크. 잘 부탁해. —_—^ 그럼 후닥닥.」

갑자기 사회 떠맡게 된 것이었다. 두둥.

오오츠키「저 빨다 만 걸레스러운 도복 이미지는… 스트리트 파이터즈에 나오는 류?」

　윤햄「자, 마이크.」

　오오츠키「어. 어? 우리가 하는 거야?」

　윤햄「끄덕.」

　오오츠키「사람 막 부려먹는군. 아아, 마이크 시험 중. 시험 중. 어디까지나 시험 중입니다. 아키야마 바~보~」

　난데없는 지명에 움찔한 아키야마는 마침 검도부 이끌고 행차 중이었다.

　아키야마「저건 왜 또 날 걸고 넘어지는 거야! 부른 줄 알고 놀랐잖아!! ㅡ_ㅡ」

　친구「한두 번인가. ㅡ_ㅡ 슬슬 익숙해질 때 아냐?」

　아키야마「저런 식의 놀림은 별로 익숙해지고 싶지 않아. ㅡ_ㅠ 두고 보자.」

　물론 그런들 신경 쓸 오오츠키가 아니었다.

　오오츠키「나가라쿠 오마타세 시마시타(오래 기다리셔씀다)~」

　윤햄「마모나쿠 코스프레 콘테스토가 하지마리마스(잠시 후 코스프레 콘테스트가 시작합니다).」

　마치 시장바닥 선전하듯이 사회 보는 데 익숙해진 햄과 오오츠키였다. 주절주절.

　오오츠키「안녕하심까, 윤햄 아나운서. 오늘은 어떤 순서가 기다리고 있나요?」

윤햄「아, 네. 여기는 S중 제1그라운드 무대 앞입니다. 여전히 행사만 많은 학교입니다. 오늘 순서는 축제의 꽃이라 할 수 있는 코스프레 콘테스트죠.」

오오츠키「네, 이 코스프레 콘테스트는 해마다 개최되는 행사로 많은 S중인이 참여하여 변태스러운 면을 알리기로 유명한 행사죠. -_-」

윤햄「작년 우승은 듣기로는 미술부 남자부원들의 오냥코 클럽 (당시 인기있던 여고생 아이돌 집단)흉내였다죠?」

오오츠키「무슨 깡으로 그런 무모한 -_- 집단 여장을 했는지는 불분명하다죠.」

윤햄「아마 미야 선배만 믿고 한 짓이겠죠. 말씀드린 순간 미술부 부장 미야 선배 일동의 오페라 '아이다'가 막을 올렸슴다.」

오오츠키「올해 역시 미야 선배만 아름답슴다. -_-」

마치 클레오파트라를 연상시키는 공들인 메이크업으로 등장한 미야 선배, 이하 성형수술 실패한 케이스 연상시키는 똘마니 이집트 하녀들이 우르르 등장하고는 무대 뒤로 끌려가는 것이었다.

윤햄「아, 심사위원들 엄한 판정 내리는군요. 퇴장이라뇨. -_-」

오오츠키「인원수만 채우면 된다는 식의 가장은 가장이 아니지요. 당연한 점수 아닌가요? -_-」

윤햄「그런가요? 다음은 방송위원회의 가장극 '스트리트 파이터즈'임다.」

안내가 끝나자마자 무대 위에 시끄럽게 올라오는 한 무리가 있었다.

윤햄「아, 정말로 깜찍하고 귀여운 춘리네요.」

오오츠키「이카리 위원장의 쌍둥이 여동생이라죠? 이상한 것만 매일 시키는 오빠예요, 하여튼.」

윤햄「아, 이카리 위원장 무모하게도 자칭 섹시한 포즈까지 취하네요.」

인기 게임 스트리트 파이터즈로 분장한 소년, 소녀들이 무대 위에서 각자 캐릭터 이미지 살리는 포즈 취하는데… 이카리 류가 그만 연기에 취한 나머지 춘리로 치장한 여동생 가슴짝을 잘못 걸어차고 만 것이었다. 두둥.

윤햄「앗, 아프겠다. 지금 걸어찬 게 맞죠?」

오오츠키「고의인가요, 아님 열연인가요? ㅡ_ㅡ」

윤햄「아, 열받았는지 춘리가 류를 돌려차기로 걸어차네요. 엄청난 각력입니다. ㅡ_ㅡ:」

오오츠키「'어딜 차는 거야, 이 미친놈!!' 이란 춘리의 대사가 여기까지 들립니다. 단단히 화난 것 같습니다. 이카리 위원장 역시 화났는지 '그렇다고 돌려차기 하는 여동생이 어디에 있냐!' 하고 상의 벗어 던집니다.」

윤햄「난데없는 남매싸움이네요. 가장 콘테스트는 여기까지인 거 같습니다. ㅡ_ㅡ」

오오츠키 「바로 격투기 대회로 바뀌는 건가요? 아, 방금 말씀드
린 순간, 리오코 춘리의 화려한 점프 킥이 성공했습니다!」
　그렇게 해서 축제는 난투극 속에 저물어가는 것이었다.

Everywhere Nowhere —Song By Hamasaki Ayumi

가을 축제도 끝나고 남은 건 별 반갑지 않은 테스트, 죽음의 기말고사 정도?

그러던 어느 아침이었다. 그날도 여느 때나 마찬가지로 학생들이 등교하는 길목은 떠들썩…….

타니 「하무, 고멘요(햄, 미안)!! -_ㅠ」

윤햄 「히도이! 히도이(너무해! 너무해)! -_T」

신파극과 같은 말투로 통곡을 흉내 내는 이들이 있었으니 바로 길거리 배우 정신으로 항상 연기력 향상에 주력하는 S중 최고의 연기파 여배우(?)들의 길거리 쇼였다.

타니 「지금까지 숨겼지만 마츠 마마는… 마츠 마마는… 실은…….」

마츠 「흑, 그만 해요…….」

윤햄 「…….」

타니 「마츠 마마는… 실은… 실은 남자였어!」

마츠 「속여서 미안. 그럴 생각은 아니었는데! -_ㅠ」

윤햄 「그… 그레테 야루(불량소녀 될 거야)!!」

타니 「호모데 고멘네(게이라서 미안)!」

그 모습을 보고 '-_-' 표정을 지은 건 다름 아닌 학생부회장인 아키야마 리호 소년.

아키야마 「쟤네들 꼭 저런 데서—교문 정문임—저런 식으로밖에 놀 수 없대? 조금 관리해! 교문 관리! 학교 이미지가 개판이잖아! 야, 듣고 있어, 내 말?!」

오오츠키 「아, 저 연극을 향한 정열!! 감동!!」

아키야마 「너 뭐 하는 놈이냐. 풍기위원장이란 놈이 말이야(잔소리)!」

오오츠키 「아, 그 시선은 죽은 동태 눈깔이라 했잖아! 퍽! 연기 생활, 대체 몇 년째야!!」

타니 「칸토쿠 순마셍(감독님, 죄송함다)!! -_ㅠ」

마루 「허허, 이건 내 가르침이 잘못된 건가.」

일당 「헉! 마루 다이센세(헉! 마루 대작가 선생님)!!」

마루「내 대본 문제인지도… 중얼……(먼 산).」

일당「아니에요, 선생님! 선생님 대본은 언제나 '스테키(멋짐)' 그 자체예요!!」

마루「후, 늙으면 나가 죽어야 해(먼 산).」

아키야마「-_-」

풍기위원회「난다, 소노 메와! 소~사이니 후만데모 아루노카 (뭐야, 그 눈은! 총재님께 감히 불만이라도 있단 게냐)!!」

아키야마「초, 총재는 또 뭐야. -_-:」

오오츠키「(무덤덤한 말투로)아, 그만 하라는데도 자꾸 그러네 (풍기위원회). 애들이 21세기 신리더는 나밖에 없다고 자꾸 총재라고 치켜세우잖아. 하하, 수줍구먼. *^_^*」

아키야마「…….」

일당「역시 총재님의 미소는…….」「스테키……(멋져).」

그런 애들의 천진난만한(?), 아니, 가공할 말장난을 보며 한숨 짓는, 혹은 식은땀 흘리는 이들이 있었다.

미카미「서, 설마 저희들이 쟤들 가리키는 거예요?!」

모토키「우워. -_-: 뭐야, 쟤들 미친 거 아냐?」

사가하라「하, 학교에 다시 돌아가고파.」

교장「교, 교감 선생님 뭐, 뭐라고 설명 조금……. -_-:」

교감「그, 그건 교장 선생님이 하시는 게……. -_-:」

그리고 그런 어른들을 보고 손가락질하는 아이들도 있었다.

윤햄「응?! 저기 모르는 사람들이 있어(삿대질)!!」

마루「이상한 화장 아줌마에 이상한 곰돌이 아저씨도 있네.」

오오츠키「허허, 곤란한데. 저런 이상한 아저씨, 아줌마들이 어슬렁거려서는 학교 물이 망가짐. 거기 아줌마, 여기는 나이트가 아니에요.」

곧 이어 오오츠키의 해골 뺨이 1m 길이로 늘어난 것은 말할 것도 없었다.

노하라「넌 이 패턴을 언제 마스터하겠니? −_− 이상한 아줌마라니! 새로 오신 선생님이잖아!!」

오오츠키「그렇다고 폭탄인 게 어딜 가나요? 선생님이라고 부르면 이상한 아줌마가 섹시우먼으로 탈바꿈한답니까??」

노하라「거, 건방진. −_−;」

오오츠키「악악. 폭력 반대.」

교생들에게는 그야말로 악몽 같은 환경이었던 것이다!

교감「허허. 그래서 힘 남아도는… 말발이 센 아주 시건방진 20살로 해달라고 했는데. 허허, 올해는 어째 얌전한 분들만……. 허허허.」

교감 선생님의 넋두리에 교생들의 표정이 그만 '−_−'이 되고 마는 것은 어쩔 수 없는 일이었다.

교감「그런데 실례지만 학벌과 성적이 어찌 되는지? −_−+」

교감 기노시타… 그는 일개 교감 선생님이 아니었다. 항상 아담한 몸집에 어두운 잿빛 계열의 정장을 입고 평소에는 인기척도 내비치지 않는 비범한 내공과 눈썰미로 15년 가까이 S중에서 버틴 기인 고수 중 한 사람이었다. 웃으면서 폭주족 리더를 팼다는 전설의 열혈교사였던 것이다!

교감「여기에서 잠시 설명하자면…….」

그곳은 교장실 안쪽에 있는 회의실. 학생들은 잘 모르는 비밀회의용 회의실이라고 해도 과언이 아니었다. 그렇다. S중에 올해도 교생 실습하러 온 20여 명의 젊은이들을 인도하기 위해 교장, 교감 이하 주요 선생님들이 실습에 앞서 주의사항 등을 프레젠테이션하고 있었던 것이다.

교감「본격적인 설명에 들어가기 전에 저희 S중 평균 성적이 얼마 정도 되는지 아시는 분?」

미카미 교생「글… 쎄요. 한 헨사치 63점은 되나요?」

헨사치, 그것은 한국으로 치면 일종의 수능이라고 보면 된다. 국*영*수*사*이, 5과목을 쳐서 평균점을 내는 시스템으로 50점 넘으면 평균적인 학교. 55점 넘으면 조금 하는 학교. 60점 넘으면 우수한 편. 65점 넘는다고 하면 듣는 이의 안색이 바뀌는 그런 시스템이었다.

교감「이 학교에서 제일 공부 못하는 놈이 그 정도라 생각하면 됩니다. -_-」

교감의 말은 폭탄선언에 가까운 충격을 교생들에게 안겨주었다.

교감「S중 지난 자체 모의고사 평균 성적이 90점이었습니다. -_- 덕분에 성적 체크한다고 아주 바빴죠. 지금 1학년들은 2학기라서 3학년 1학기까지는 배운 상태고요. 적어도 3학기까지는 3학년 코스 다 떼야 합니다. 바로 그래서 교생 분들을 가급적 많이 수용하는 것입니다.」

교생들「컥! -ㅅ-」

보통 교생이라고 하면 사범대학 유일한 낭만이라고 할 정도로 분홍빛 꿈을 꾸는 예비교사들이 많은 가운데 교감의 설명은 가슴에 비수 꽂는 말뿐이었다.

교감「단순한 말발로 학생들 이기려고 생각하면 안 됩니다. 뭐 겪어보면 아시겠지만 다들 여간내기가 아닌 데다 잔머리가 장난이 아니라서요. 하지만 그래도 소신을 갖고 젊음을 살려 몇몇 요주의 인물만 누르면 아주 편안한 교생실습 시간이 될 겁니다. 참고로 이번 교생실습 기간 동안 성적이 우수하신 분들은 내년도 채용에 그대로 적용이 될 겁니다.」

몇몇 요주의 인물, 즉 포인트만 잘 대응하면 된다는 말에 다소 안도하는 교생 일동이었으나 이어진 회의는 그들에게 절망만 안겨주었다.

교감「그럼 첫 번째 요주의 인물이…….」

순간 조명은 어두워지고 하얀 벽에 찍힌 슬라이드 사진은… 두둥.

학생회장 니노미야였다. 일명 미모의 미야 선배가 활짝 웃고 있는 정면 사진이었던 것이다.

교감 「이놈의 얼굴에 속으면 안 됩니다.」

니노미야 신지. 학생회장, 미술부장, 성적 학년 12위, 전국모의 고사 19위. 전국 웅변대회 준우승 등 그때부터 이미 이력서에 나열할 공간이 없을 정도로 적을 거리가 많은 남자였다.

교감 「밖에서는 취미로 폭주족. 총 300명 규모의 폭주족 리더를 맡고 있을 정도로 무모한 면이 있는 놈이라 다루기가 조금 힘들 겁니다. 참고로 작년에 이놈을 맡았던 담임 선생님은 신경성 위궤양으로 석 달 입원하시다가 다른 학교로 전근가시고 말았죠. −_−: 요즘은 그나마 고등학교 입시가 남아 있어서 이것저것 바쁜 탓에 조용히 살고 있는 편이니 봐도 무시하는 게 제일입니다. 괜히 말 걸고 자극하거나 도발하는 행위는 삼가주시면 감사하겠습니다.」

일동 「쿵.」

교감 「그 다음이 이 녀석 이름 아키야마 리호. 직책 학생회 부회장. 차기 회장감이란 말을 들을 정도로 성적우수. 교칙 어긴 적 별로 없으며 검도부 부장을 맡고 있는 문무겸비형으로 얼굴도 반반한 편이라 여자애들 중에도 호감을 갖고 있는 애들이 많습니다만 단점이 이놈도 꽤 자잘한 교칙은 어기죠. 다른 건 다 지키는데 매일 지각하는 데다 담배는 왜 그리 피워대는지. 그런 만큼 그 점은 무시하고 다루면 꽤 말 잘 듣는 그런 학생입니다.」

모토키 교생 「저, 저기요.」

교감 「??」

모토키 교생 「이 부근에서 사셨다던 아키야마 전 총리와는?」

교감 「골치 아프지만.」

교감은 침통한 표정으로 말을 이어 나갔다.

교감 「상관이 있습니다. 대대로 정치가집안이라고 해서 부친도 꽤 나서는 스타일이죠. -_-;」

일동 「쿵!」

교감 「그 다음으로 주의해야 할 학생이 와다 가즈히로. 이놈 역시 일학년이죠. 직책 양호위원장. 성적 교내 1위. 헨사치(수능) 측정 불가능. 전국 모의고사 1위. IQ 192. 교사 알기를 자기 보모나 식모 정도로만 생각하는 놈이죠. 일주일에 닷새는 밤새고 나머지 이틀은 잠자는 스타일을 고수하는 탓에 출석하는 날짜도 들쭉날쭉하지만 이미 고등학교 과정도 떼어버린 놈이라 아무도 아무런 말 못합니다. 게다가 집이 고전무용, 다도, 향도 뭐 그런 거 가르치는 집안이라 이 주변 유명인사는 다 그 집 제자입니다. -_-; 다행히 부모님이 아주 인격자라서 학교 일을 많이 도와주시는 편이고 혼내도 이해해 주시는 편입니다. 이놈에 관해서는 '건들지 마라. 다가가지 마라. 말 걸지 마라' 이 말밖에 해드릴 말이 없군요.」

일동「−_−:::::」

교감「그 외 오오츠키 유타카. 이놈은 일학년이면서 품행방정해야 할 풍기위원회 리더인 주제에 가장 풍기문란한 짓만 벌이는 놈이죠. 장난에 목숨 거는 위험인물입니다. −_−:」

그렇게 설명은 이어져 갔고 교생들이 기가 질릴 즈음이었다.

교감「남학생들은 그 정도고 가만있자⋯ 여학생도 하나 있었는데⋯⋯.」

그렇게 해서 걸린 것은 철의 처녀 '이데 사토미' 도 아니요, 화나면 아무한테나 공중 돌려차기부터 날리는 춘리 소녀 '이카리 리오코' 도 아니요, 대한의 '윤햄' 이었다.

윤햄「난데 와타시요(어째서 나야)?!」

오오츠키「박수. 자, 자, 기립 박수.」

일동「짝짝짝.」「햄. 드디어 거물이. −_T」

윤햄「−_−」

교감과 교생들이 프레젠테이션 할 동안 악동들 역시 모여 회의를 하고 있었다. 마침 중앙위원회가 열리는 날이었던 것이다. 장소는 교장실 바로 위에 있는 시청각 회의실. 그런고로 몇 개기기만 준비하면 선생님들 이야기는 바로 전달되는 시스템이었던 것이다.

교감「이름은 윤이라고 하는데 한국에서 온 지 얼마 되지 않아서 일본어, 특히 안 좋은 말은 있는 대로 마스터할 정도로 이상한 부분에서는 머리가 아주 잘 돌아갑니다. 성격은 발랄을 넘어선 천방지축. 교내에서 일어난 각종 사건의 80% 이상은 이 녀석이 주범 내지는 공범이죠. -_-」

윤햄「-_-」

모토키「어, 얼굴은 그렇게 안 생겼는데. -人-」

노하라「윤만 어디 있는지 파악하면 나머지 일당들은 일망타진 가능한 게 특징이라고 할까? -_-a 아무튼 재만 어디에서 놀고 있는지 알면 오오츠키, 와다, 마루 등등 다 걸려요. 항상 주변에서 놀고 있거든. 훗. 볼은 얼마나 오동통하고 부드럽고 귀여운지 뽀뽀해 버리고 싶어.」

일동「-_-::」

노하라 그녀는 그때 이미 부임 한 달 만에 그 특유의 억센 성격과 발랄한(?) 핑크 칼라풀 패션, 강렬한 눈썰미로 인해 카리스마 잇세이 선생님과 에로시마에 이어 교내 3대 교사 중 유일한 홍일점으로 대활약하고 있었다. 참고로 그녀의 취미는 애들 볼 주물럭이었다. 와다의 볼마저 한 번 당겨보는 가공한 여자였던 것이다.

윤햄「아노 센세 키라이(저 선생님 싫어). -_-」

와다「토닥토닥.」

교감「그럼 노하라 선생님, 어드바이스라도.」

노하라「뭐, 쟁쟁한 노익장… 쿨럭, 아니, 쟁쟁한 선배 선생님도 많은데 어찌 저 따위가… 호호호호호호, 뭐 굳이 말하라고 발

언권을 주신다면야 카리스마로 밀고 나가라. 개성있는 캐릭터가
되자 그 정도네요. 호호호호호호호호호호호호호호.」

　교생들「－＿－：……………」

　교감「그럼, 교생 선생님들 각자 자기소개를……. －＿－:」

　미카미「아, 저부터요?」

　하고 주섬주섬 일어난 것은 단정한 안경 스타일의 청년이었다.

　미카미「저는 와세다에서 중, 고등학교에서부터 대학까지 나왔
고요. 사범대를 택한 건 애들 가르치는 걸 좋아하는 편이라. 애들
가르친 적은 꽤 많습니다. 학원 강사 아르바이트라든지 가정교사
뭐 그런 거지만요. 이번 교생 실습생활은 그냥 무사히 지나갔으면
좋겠다는 게 제 바람입니다.」

　에로시마「와세다면 내 후배군(먼 산).」

　미카미「아, 그렇습니까? 반갑습니다, 선배님. ^^:」

　에로시마「오토코와 이란(남자 후배 따윈 필요 없어).」

　미카미「－＿－：…………」

　모토키「전 이 부근에 있는 릿쿄 대학에서 왔습니다(주: 릿쿄 대
학은 중간보다 약간 위인 사립대학). 그래서 그런지 애들 교복이 그
다지 낯설지는 않고요. 운동부 출신인만큼 열심히 밝은 교생 모습
보여드릴 수 있도록 노력하겠습니다. 충성!」

　모토키. 그는 교문 부근을 알짱거리던 순간부터 사오리, 키스미
등 기라성 같은 플레이걸 여학생들의 모임 '코이세요, 오토메(연

애하자, 미소녀들)! 클럽'을 이미 체크하고—밝은 갈색머리로 아마
염색한 듯—패션도 중간은 넘는 약간 날라리 스타일로 보였다. 얼
굴 수준도 중간을 넘어 마루 경우에는 대놓고 '재수없어. −_− 분
명히 바보일 거야' 하고 반발심을 느끼고 있을 정도라 대부분의
남학생들이 '따' 하기로 결정한 비운의 교생이기도 했다. 이어서
주섬주섬 일어선 것은 떡대였다.

사가하라 「사가하라임다. 출신은 럭비부. 가능하면 양쪽 다 편
하게 무사하게 지나갔으면 좋겠습니다.」

'애들 따위에겐 지지 않아! −_−+' 라고 말하듯이 눈빛이 활
활 불타오르고 있었다.

리사 「아, 안녕하세요~ 귀국자녀 출신인 라사예요. 뭔가 일어
로 말하니 어색하네요. 호호호. 영어 담당입니다. 잘 부탁해요~」

그녀는 바로 교문에서 오오츠키 총재가 '아줌마, 거기 아줌마,
여기는 나이트가 아니에요. 카바레는 저쪽에요' 하고 면박 준 교
생이었다. 귀국자녀(교생 말로는 L.A.출신)인지 뭔지는 모르지만
금발 브릿지한 갈색 염색 머리에 빨간 가죽 미니스커트가 꽤 수상
하다는 게 여자애들의 의견이었다. 참고로 후에 밝혀지지만 그녀
의 취미는 나이트클럽 무대 위에서 부채들고 춤추기였다.

시노하라 「제 이름은 시노하라 미나코라고 합니다. 국어 담당
입니다. 잘 부탁드립니다.」

논리정연. 안경 낀 그녀의 얼굴은 그렇게 주장하고 있는 듯했

다. 리사 교생과 나란히 앉아 있을수록 대조되는 수수한 교생이었
다.

와다 「나머지는 알 필요도 없는 허접들이군.」

오오츠키 「딸깍. 훗. 통신판매에서 싸게 산 도청기인데 이리 도
움될 줄야. ￣_￣v」

아키야마 「그거 범죄 아냐? ￣￣」

오오츠키 「한자이오 오소레테 도~스루(범죄를 두려워해서야 어
디 큰일을 하겠다고)! 그래서야 어디 21세기를 이끌 리더가 되겠
어?!」

아키야마 「그 21세기 리더 어쩌고 하는 거 창피하니 그만 해. ￣_￣;」

오오츠키 「민간인의 천재를 향한 질투군. 무시 모드 On!」

모두 「￣_￣:::::::::」

와다 「그럼 문제, 포도주 병이 한 병 여기 있다고 쳐. 마개가 닫
혀 있는데 뺄 것도 없어. 어떻게 포도주를 마실지 대답해 봐.」

오오츠키 「앗, 여긴 어디지. 난 누구지. 갑자기 기억이 안 나
요!」

모두 「￣_￣:::::::::::::::::::」

윤햄 「웅~ 그러니까 이렇게 해서 저렇게 하는 건가.」

모리 「유, 윤햄 혼자 열심히 대답하고 있네. ^^:::::::」

와다 「귀여운 것.」

오오츠키 「나도 귀여워해 줘요~」

와다 「퍽!」

마루 「하아… 교생들 와봤자 도움도 안 되는걸. 제대로 가르칠 줄도 모르고, 버벅대고. 왜 만화책에 나오는 그런 섹시하고, 대담하고, 정열적이고, 예쁘고, 귀엽고, 글래머고, 목소리도 낭랑한―그리고 날 이뻐해 줄―그런 교생은 없지?」

그런 교생이 있을 리가 없었다.

그해 3학년은 성적 우수하나 전체적으로 성격이 괴팍했고 미야 선배를 봐라, 누가 총회장이라고 생각하겠는가. 300명의 고딩 폭주족 '호노오(화염)단' 이끈 리더이자 학생회장이지 않는가. 2학년은 비교적 조용히 공부만 하는 스타일이 많았고 1학년은 사상 최악의 문제아 집단이란 말을 들을 정도로 개성발랄했다. 한마디로 교생들은 죽어나는 시스템이었던 것이다.

물론 교생 중에도 깐깐한 사람은 있어 반기를 들어보기도 했지만 그런 것에 기죽을 와다나 오오츠키 총재는 아니었다. 왜 교생들이 1학년 담당이었냐면 그나마 S중에서 가르치기에 제일 편할 거다라고 생각해서 시킨 것이었기 때문이다.

S중 1학년까지는 최소한 중딩 교과서 다 마스터하고, 2학년까지는 배웠던 거 한차례 복습해 주고, 3학년 때는 고딩 과정 익히는 학교였다. 전국 톱 10위 안에 드는 괴물학교였던 것이다. 그런 고로 가르친 경력이 없는 교생들로는 1학년 상대를 해도 고전분투할 상황이었던 것이다. 그나마 힘차게 반기를 들던 것은 럭비부

출신이라는 사가하라 고릴라 정도였다. 성적과는 전혀 상관이 없는 체육 교사라는 강점을 살린 고함 섞인 목소리에 와다 등은 처음 볼 때부터 '지겨운 교생'이란 인상을 받은 사람이었다.

그 사가하라 교생이 주로 시킨 것은 청소였다. 마침 가을 교정에는 낙엽이 마구 떨어지고… 그래서 방과 후 지나가던 윤햄 등에게 교장 선생님이 아끼는 일본식 정원 청소를 시킨 것이었다. 한마디로 교장 선생님에게 잘 보이기 위해서였다.

마루 「소~지(청소? 웩)?! -_-」

사가하라 「소~다(그래, 청소해).」

윤햄 「우, 울먹. 울먹.」

사가하라 「캑. 뭐, 뭐야. 왜 갑자기 울고 그래?」

윤햄 당시 오오츠키 총재 일당이 일어 할 줄 아는 외국인 여배우, 혹은 외국인 개그우먼으로 후지 TV에 팔고자 연습시켰던 특훈 덕분인가… 시키면 눈물이 자동으로 나오는 장점을 살려 눈물을 방울방울 떨어뜨린 것이었다.

윤햄 「당번은 다른 사람(2학년)인데… 당번도 아닌… 햄한테… 울먹… 울먹… 울먹울먹.」

사가하라 「뚝!」

윤햄 「나 잘못한 것도… 울먹… 없는데… 울먹울먹.」

마루 「하무가 나이테루! 센세가 나카시타(햄이 울어! 선생님이 울리고 있어)!!」

애들「웅성웅성.」

사가하라「이, 이봐!! 누가 울렸다고 그래. 거기 이상한 소리 하지 마(땀)!!」

마루「햄 한번 울면 안 그치는데, 소시지라도 안 주는 한.」

사가하라「소, 소시지? 그건 또 뭐야.」

그런 게 수중에 금방 있을 리가 없었다.

윤햄「울먹울먹… 울먹울먹.」

사가하라「아, 알았어. 여자애들은 하지 않아도 돼. 거기 남자애들 너네가 해라. ㅡ_ㅡ:」

윤햄「소시지 줘요!」

마루「웩. ㅡ_ㅡ」

사가하라「ㅡ_ㅡ;;;」

타니&마츠「아라 이야다(어머 어머, 왕재수)! >_<」「킷토 온나즈키요(여자 밝힘증일 거야)! >_<」

사가하라「뭐, 뭐야. 선생님을 보고 여자 밝힘증이라니.」

와다「(불쑥)사실인가 보군, ㅡ_ㅡ 얼굴 붉어지는 걸 보니.」

오오츠키「그런 모양입니다. 아, 와다 선생님, 불은 제가…….」

갑자기 나타나서는 담배 꺼내 드는 와다. 그리고 잽싸게 와다에게 지포 라이터 꺼내주는 오오츠키였다.

사가하라「뭐, 뭐야, 넌 또. ㅡ_ㅡ:」

와다「한 대 피우실래요?」

오오츠키「뭐야, 선생님 드릴 거라면 선생님이 알아서 불 구하세요(돌변). ㅡ_ㅡ」

사가하라「학생이 무슨 담배야! 벌로 청소나 해!!」

와다「후우, 융통성이 없군(어깨 으쓱). 뭐, 하라면 하지만 저기 2학년 선배들이 오늘 당번이니 저 선배들이 곤란해할걸요?」

사가하라 교생「??」

미타「헉…….」

미타. 그는 2학년 선배들 중에서 남녀 톱을 달리는 미소년 스타일의 수재였다. 하나 그에게는 강박관념이 있었으니…

미타「오늘 스케줄이 여기 청소하고 그 다음에 학원 가고… 어쩌고저쩌고…….」

사가하라 교생「시, 시간 남으면 좋잖아. 뭘 그래.」

미타「생각지도 않았던 고릴라 한 마리 때문에 생각지도 않은 시간 공백이… 시간에 공백이… 아악―!!」

미타 선배는 예정대로 모든 일이 진행되지 않으면 미치는 스타일이었던 것이다.

미타「시, 신데야루(주, 죽어버릴 거야. 그냥 나 죽을래! 말리지 마)―!!」

사가하라「어, 어이.」

와다「그럴 줄 알았어. 훗. ㅡ_ㅡ」

사가하라「어, 어떻게 조금 해봐, 너!」

식은땀의 연속이었던 사가하라 고릴라 교생이었다. 할 수 없이 와다에게 매달린…….

와다「미타 선배, 그냥 청소하세요, 평소 하던 대로.」

미타「뚝. 응. 안 그래도 그럴 생각이었어. 내 예정은 고릴라라고 할지라도 방해해선 안 돼. 와다, 나중에 학원에서 보자.」

와다「잘 가요, 선배.」

사가하라 교생「뭐, 뭐야. 여기 애들은 대체. -_-:::」

그로서는 이해 불가능한 아스트랄 월드가 눈앞에 펼쳐지고 있었던 것이다.

가을 교정이라고 하면 낭만을 느낄 사람도 있을지 모르지만… 그날도 가을이 깊어가는 교정 한구석에서는 수다를 떨고 있는 악동들이 있었다.

오오츠키「(진지)그날도 그 바보 같은 학생은 정말정말 바보 밥오 밥튀같이 사전을 잊어먹고 집에 가버린 거예요~ 참고로 그 밥튀 같은 소년 이름은 첫 글자가 아! 끝 글자가 호!래요~」

윤햄「앗! 나 누군지 알았다~! 아키야마 리호 군!!」

오오츠키「딩! 동! 댕!!」

마루「박수. 짝. 짝. 짝.」

윤햄「수줍. -_-*」

오오츠키「아아, 하무 세이토와 카와이~데스네(햄 학생은 참 귀여워요. 머리 쓰다듬).」

윤햄「헤헤~」

오오츠키「그런데 그 귀엽지도 않고 밥튀 같은 아XX마 학생은 다음날이 영어 단어 쪽지 시험인데도 불구하고 집에 사전도 안 갖고 가버린 거였어요! 이 부분 밑줄 쫙 그어도 돼요, 학생들.」

타니&마츠「포인트 부분이군.」「응.」

오오츠키「그래서 열심히 밥오같이 학교로 도로 돌아왔죠. 그리고는 열심히, 열심히, 열심히, 밥튀지만 그래도 다음날 영어 시험 잘 보겠다고 사물함에서 사전을 찾아봤어요. 잠깐, 이쯤에서 질문. 지금까지 밥오, 밥튀 몇 번 언급했을까요?」

타니&마츠「손! 손!」「저요! 저요! 선생님 저요!!」

오오츠키「자, 마츠 군. ^_^」

마츠「에, 그러니까 아키야마 밥오가 11번. 밥튀가 13번요!」

오오츠키「딩~동~댕~! 아, 마츠 군 점점 기억력이 나아지고 있어요!」

마츠「헤헤. 수줍. -_-*」

오오츠키「안 귀엽지만 한 번 봐주기로 하고. 그런데 문득 밥튀&밥오 같은 아키야마 소년이 문득! 시선을 느끼고 만 거예요. 어머, 그리고 보니 풀네임을 나도 모르게 말해 버리고 말했네. 호호호. 수줍. *-_-*」

타니「선생님, 그런 개인적인 프라이버시는 남자에 한해서는 무시당해도 된다고 생각하는데요(정색).」

　오오츠키「오오, 타니 군, 간만에 바른말 했어요! 조교 마루 군.」

　마루「박수. 짝. 짝. 짝.」

　오오츠키「오늘 인생 공부 시간 아주 화기애애해요. 분위기가 아주 좋아요. 굿! 그건 그렇고 어디까지 이야기했더라. 아무튼 밥 튀 아키야마 소년이 시선을 느끼고 문득 창문을 쳐다봤는데! 어떤 소녀가 물끄러미 아키야마 소년을 바라보고 있는 거예요. 소름 끼친 아키야마 소년. 그래도 용기를 내고 다가갔어요. 아, 그런데! 3층인데 창문에 둥둥 떠 있는 거예요!!」

　윤햄「침 꿀꺽.」

　오오츠키「귀신이닷! 그렇게 늦게나마 감 잡았을 때는 이미 아키야마 소년은 정신을 잃고… 한 삼십 분 지났을까? 교내 순찰하던 정의롭고 핸섬하고 귀엽고 잘생기고 상냥하고 멋지고 착하고…(생략)…나이스한 그런 21세기 스타일 신일본 지도자 오오츠키 유타카 총재가 지나가다 구해준 것이었어요! 오늘의 S중 괴담 끝!!」

　모두「박수!!」

　타니「총재, 오늘도 감동 그 자체였어요, 연설.」

　마츠「사, 사인! 해주세요!!」

　윤햄「냐하하하하하하. 나 오늘부터 집에 일찍 갈래. 무섭잖아,

귀신 보면.」

　오오츠키「안 됐지만 오늘 밤튀 같은 아키야마 소년이 중앙위원회 열자던데? 일찍 못 가요.」

　윤햄「윽!」

　모두「햄, 불쌍하게도…….」「자, 오빠들이 집에 바래다주지.」

　윤햄「응!」

　그런 모습을 잠시 바라보던 반듯한 교생 미카미는 옆에 서 있던 소년에게 말을 걸었다.

　미카미「키미모 타이헨다네(자네도 힘들겠군).」

　아키야마「부들. 모~ 나레마시타(이젠 익숙해진걸요).」

　오오츠키「아하하하. 이런 나라도 이번 총회장 선거에 붙을까? 하하하. 한번 출마해 봐?」

　윤햄「차라리 내가 나가는 게 낫지. 훗. －_－」

　두둥.

　리사「아아, 2~3학년은 중딩이라고는 거의 믿을 수 없을 정도로 미소년에 미남에 아버지들도 멋진 미중년이라서 한숨이 절로 나올 정도인데. 어째 젖살도 안 빠진 1학년이나 맡게 하는 거야?! 덮칠 재미도 없게시리. 뭐 그중에도 귀엽게 생긴 남자애들 몇 명 있었지만. 후우.」

　대담하게도 교생의 신분으로 신성한 복도에서 담배 꼬나 물던

것은 다름 아닌 나이트 스타일로 주로 학교에 출퇴근하는 리사 교
생이었다.

　나이 21세라고는 하나 노하라 양호 선생님 계열(주: 나이트 일파)
이기에 겹겹 칠한 화장 덕분에 본판도 알아볼 수 없는 술에 젖은
노숙한 이미지를 풍기는 그녀였다. 그날도 호랑이무늬 반팔 티에
가죽 미니 타이트 스커트였던 그녀. 참고로 교생은 지하철 혹은
버스로 출퇴근하라는 교장 선생님의 훈계도 무시하고 붉은빛 미
니 스포츠카로 출근한 그녀였다. 좌우명은 폼생폼사.

　오오츠키「저기요, 거기 서 있는 카바레 아줌마.」

　리사「퍽!」

　오오츠키「뭡니까. 아침부터 폭력에 담배. 재는 어디다 터는 거
야, 이 아줌마가(버럭)! 아줌마 내 미리 말해 두겠는데 내가 패트롤
돌 때는 아줌마 담배 조금 피우지 마요. 자꾸 청소한 데 또 청소하
게 만들면 아줌마, 교감한테 바로 찌를 거야. 나 그런 사람이야.
아, 이 아줌마가 감히 오오츠키 총재님이 훈방하는데 자꾸!! 씨이!
이래서 아줌마는 싫어. 이봐요, 아줌마, 사람 이야기는 듣고 있는
거야, 뭐야(잔소리)!!」

　리사「고레다카라 미루메노 나이 가키와 키라이요(이래서 여자
보는 눈이 없는 애새끼는 싫어)!!」

　오오츠키「풉!」

　리사「뭐, 뭐야, 그 비웃음은…….」

오오츠키「이봐요, 아줌마. 우리도 보는 눈이 있으니 아줌마, 아줌마 하는 거잖아요.」

리사「뭐?!」

오오츠키「청춘이 구만리인 우리가 뭐가 아쉬워서 아줌마를 쳐다봐요, 이 공주병 아줌마야. 우리 학교 이래 봬도 미소녀 천국이야. 먼저 저기 가는 소녀 보이셔?!」

리사「보인다, 왜?!」

바로 마침 아침부터 상큼하게 외제 샴푸, 외제 샤워용 비누로 꼬박 아침 샤워하고 등교하는 걸로 소문난 코이세요 오토메(연애하잣! 미소녀 클럽).

오오츠키「우린 저런 영계 원해. 보는 눈 충분히 있다고.」

리사「그, 그래 봤자 얼라야! 저런 건 얼라라고!!」

오오츠키「앗! 쥬디 짱(비명)!!」

그리고 아침 등교길이라 그런지 지나가는 여학생들이 많은 가운데 유일하게 남자애들의 개떼 호위 받으며 지나가는 것은… 같은 여자애들이 봐도 '꺅! 귀엽다! >_<' 이라고 외치는… 약간 동글동글한 인상을 주는 큰 눈망울, 짙은 속눈썹, 밝은 갈색 천연 롱 스트레이트, 백옥을 연상시키는 약간 창백한 피부, 유순한 백치미 스마일, 교내에서 남자애들 팬클럽 몰고 다니는 아이돌급 인기를 누리고 있는 와다의 애첩 아이하라 쥬디였다.

리사「흐… 음. 조금 귀엽긴 한데 그래 봤자라고! 여자는 조금 똑똑하고 그래야 진정한 미인이야!」

　오오츠키「아, 바로 저기 지나가네. 어이, 사오리!」

　사오리「응? 왜 자기 나한테 볼일있어?」

　오오츠키「당신 IQ는?」

　사오리「172인데 왜?」

　리사「컥!」

　미야자키 사오리. 햄의 친구였던 그녀는 교내 톱클래스의 성적을 아무렇지도 않게 거두는 학교 제일가는 수재이자 당당한 미소녀였다. 고이세요 오토메! 클럽 차기 회장감이라 일컬어지는 그녀는 완벽한 롱 스트레이트가 찬란하게 빛나는 아담한 몸집에 단정한 이목구비가 장난이 아닌 미소녀였던 것이다.

　리사「그, 그래도 애는 애잖아. 가, 가슴도 없고 말이야.」

　오오츠키「이 아줌마가 아직 정신을 못 차렸군. 어이, 거기 햄!」

　윤햄「??」

　언제나 그렇듯이 수다를 떨고 있는데 호출받은 윤햄이 어리둥절하게 쳐다보자,

　오오츠키「그대 가슴 사이즈가 얼마던가? -_-:」

　윤햄「중요한 일야? 쓸데없는 이유면 죽어!」

　오오츠키「응, 아주 중요해. 21세기 지구를 구한다 생각하고(설득).」

　윤햄「산쥬 용(34).」

리사「(기절)중1이?!」

마루「환니 나리마스! 꺄악꺄악(팬 할래요)!! >_<」

윤햄「퍽! 이란(필요없어)!!」

오오츠키「요새 얼라들은 발육이 좋다고.」

리사「그, 그래도 애는 애야! 품위도 뭐도 없잖아!」

오오츠키「(안경 번뜩!)당신 지금 '품위' 라고 했나?」

리사「해, 했다. 왜!」

오오츠키「가.게.히.메.노. 바.카.야.로(카게히메 바~보)!!」

리사「뭐, 뭐야, 난데없이. -_-;」

카게히메「난카 잇타카시라(지금 뭐라 한 게야)?!」

등장한 것은 일본에서도 50여 명밖에 없다는 어느 귀족의 핏줄을 이어받았다는 카게히메. 그날도 허리를 훨씬 넘는 고전적인 칠흑 같은 롱 스트레이트 헤어스타일에 여느 애들이라면 못할 가늘은 금팔찌를 하고 나타난 그녀, 일본 인형과 같은 미녀였지만 단점은 태생이 공주이기에 심각한 공주병이었다.

오오츠키「이 아줌마가 너보고 바보래.」

카게히메「훗.」

카게히메는 힐끔 리사 교생 보더니,

카게히메「할 수 있는 거 뭐 있어요? 다도 해요? 향도 해요? 검도 해요? 테니스는 할 줄 알아요? 영어는요? 불어는요? 고전 발레는요? 일본전통무용은요?」

라고 속사포처럼 묻는 것이었다. 물론 본인은 그거 다 할 줄 알기에,

　오오츠키「(거만)그러니 담뱃재나 뿌리고 다니지 마요, 아줌마.」
　리사「아, 아무리 그래도 니가 잘난 건 아니잖아! 퍽!」
　윤햄「소랴 소～다(그건 그래). ￣_￣」
　그날도 아침부터 교생들 때문(?)에 시끄러운 하루였다.

　교생 모토키. 그는 전형적인 남자였다. 그저 교생의 낭만은… 어느 여자 고등학교나 여자애들 비율이 아주 높은 남녀공학 고교, 뭐 그런 데 가서 편하게 수다를 떨거나, 아니면 약간 성숙한 모습을 보여주는 미소녀 글래머 꼬셔가며 즐겁게 즐겁게 사는 게 아닐까? 그런 생각 하고 부임한 그런 날라리 교생 중 한 사람이었으나…….

　그날도 그는 불행했다. 그가 부임 받은 곳은 편하게 살기에는 틀린 입시 전문 중학교. 게다가 남녀공학이지만 여학생들마저 그를 단순한 아저씨 취급하는 그런 나이 차이, 세대 차이, 성격 차이, 취향 차이에 눈물&한숨 짓는 그런 나날이었던 것이다. 게다가, 게다가… 어째서인지 그가 맡게 된 것은? 방송위원회 고문이었다.

　방송에 목숨 걸며 사는 발랄&특이한 쌍둥이 남매 이카리 료지&리오코가 있는 방송위원회였던 것이다.

모토키「……(힘 남아 돌아가는 것들)! ―ㅅ―」

아침 7시 이전부터 학교에 와서는 마이크 준비다 뭐다 뛰어다니는 얼라들은 아무리 예쁘게 생겨도 그의 취향이 아니었던 것이다.

이카리「오늘도 파이팅!」

리오코「위원회 활동 빼먹는 놈은 돌려 찬다! 죽어!! ―_―+」

그녀는 가장 콘테스트 때도 춘리 소녀로 분장해서 오라버니 날려 버린 전력이 있는 고로 닦달에는 일가견이 있었다.

모토키「그런데 저기… 오늘은 왜 일찍 오라고 한 건데? 조금 알고 살자.」

그렇다. 약간 밤 늦게 자는 경향이 있는 그는 일주일 내내 아침 일찍 오란 교감 지시에 짜증 만땅이었던 것이다.

그 이유는 단 한 가지. 담당 선생님이 보고 있어야 위원회 및 특별활동이 가능하기 때문에 무조건 일찍 나오라는 이카리 남매의 등쌀에 아침 5시에 일어나서 주섬주섬 옷 차려입고 나온다는, 그때까지의 그로서는 상상도 못했던 처절한 Day's를 보내고 있는 탓에 짜증이 안 날래야 안 날 수 없는 나날이었던 것이다.

이카리「학생회장 선거 때문예요.」

모토키「그거랑 나랑 뭔 상관인데?」

리오코「뭔 상관이라니요?! 대표연설 하는 날이나 응원연설 하는 날은 당연히 방송위원회에서 무대 준비해야죠!!」

모토키「아…….」

리오코「바보 아냐? 짜증나! 이 아저씨! 하나도 배울 자세가 안 되어 있어!!」

이카리「아악! 바빠 죽겠는데! 마이크는 모자라고!!」

모토키 교생 순간 욱했으나 상대는 귀여운 춘리 소녀. 팰 수도 없는 노릇이었다. 물론 팬다고 해도 지는 건 모토키 교생이겠지만…….

타니&마츠「도케 도케(비켜 비켜)!!」「소코노 게스 도케(거기 폭탄 아저씨 특히 비켜)!!」「오라오라 옷상 쟈마다(거기 아저씨 비켜요)!!」「하무사마노 오나리(햄 아씨 납시오)!!」

모토키「뭐야, 선생님보고.」

타니「아직 정식 교사 아니잖아요.」

마츠「핸섬한 타니가 이해해. 저 사람 아저씨잖아.」

모토키「이, 이것들이. 나, 나도 옛날엔 날라리…….」

타니&마츠&이카리「남자 무시 모드 On!」「아저씨 무시 모드 On!!」

모토키「으드득!」

리오코「아, 햄, 준비 다 끝났어?」

모토키「앗, 분장한 여자애다. +_+:」

윤햄「어째서… 와다 응원 연설에 이런 복장을 해야 하는지 이해 불능.」

오오츠키「이해 불능은 개뿔이… 그럼, 내가 그러고 나서란 말이야?!」

윤햄「그런 말 하면 꿈에 나타날까 두렵소. -_-;」

오오츠키 &마루「우리 작전에 의하면.」「남자 표는 너에게 달려 있어!」「안 되면 벗는다는 섹시작전 써도 돼. 우리가 용서하마.」「그럼그럼.」

윤햄「…….」

그도 그럴 것이… 무슨 아이돌 콘서트도 아니고 어디서 준비해 왔는지 만화에서나 볼 수 있는 그런 짧은 스커트에 나시티에 화장까지 하게 된 윤햄은 당연히 기분이 안 좋았다. 게다가 와다 응원 그룹은 하나같이,

「와다사마와 혼토와 야사시이 가타다(와다님도 알고 보면 부드러운 남자)!!」

「텐사이니 츠이테 이코(천재를 따라가자)!!」

「코아쿠나이(알고 보면 무섭지 않아)!!」

「텐사이니 마카세테 라쿠니 이키요(천재한테 모든 걸 맡기고 내일부터는 편하게 살자)!!」

등 묘한 슬로건 달고 있었던 것이다. 나중에 알았지만 이 슬로건 제안하고 준비한 건 오오츠키 총재와 마루였다.

윤햄「뭔가 오늘도 나만 망신당할 것 같은 그런 예감이…….」

오오츠키「(뜨끔)기분 탓야. 너무 긴장해서 그래(먼 산).」

모리「싫으면 안 해도.」

마루「퍽!」

타니&마츠「자, 저런 놈은 감금해.」「어.」

야마모토「이케다가 예상외로 아키야마 응원 연설한다니 눈에 핏발 섰군, 선거 참모 오오츠키. ㅡ_ㅡ:」

요시다「애들은 힘이 남아돌아요. 허허.」

그렇다. 당연히 이케다는 와다 응원연설 하겠지, 그렇게 생각했는데 뚜껑을 막상 열고 보니 어느새 아키야마 응원연설단에 낀… 것이었다!

이케다「내, 내가 뭘.」

오오츠키와 마루의 간지럼 고문에 의해 밝혀진 것은……

이케다「매, 맨날 체육관에서 같이 운동하다 보니. 하하하핫, 나쁜 놈은 아니더라고. ㅡ_ㅡ:」

검도부와 농구부, 항상 체육관 반반씩 나눠 쓰는 사이이다 보니 의외로 친구가 되고 말았다는 것.

타니&마츠「뭐라구라!」「그런 변명이…….」「배신자…….」「바지 벗겨 버려!!」

이케다「아악, 뭐야.」

그런 16금고문에도 굴하지 않고 이케다는 훌쩍 아키야마 선거 진영으로 튀고 만 것이었다. 후에 밝힌 바에 따르면…….

이케다「(먼 산)나도 제대로 된 사람들과 함께 평범한 삶을… 살고 싶었단 말이야······.」

와다「(불쑥)그럼 내가 정상적이지 않단 말이냐. −_−」

이케다「아니, 그게. 나를 젖혀두고 오오츠키하고 베스트 프랜드 된 게 충격이었단 말이야(울며 도주).」

그렇다··· 급속하게 베스트 프랜드 자리를 빼앗겼다는 상실감에 친구가 별로 없다는 아키야마에게로 가고 만 것이다. 두둥······.

윤햄「홋. 남자의 질투군.」

타니&마츠「꺅. >_<」「보기 흉해. >_<」

그런고로 막강한 아군 연설해 줄 거물이 사라졌기에 더 더욱 발악에 가까운 와다 진영이었던 것이다. 참고로 와다는,

「학생회장이 되든 말든 아키야마 발목 한번 잡아줘서 놀려먹으면 그만. −_−∨」

그런 정신이었지만 그걸 몰랐던 윤햄 가신단······. 오버 액션 충성 만땅이었던 것이다!

학생회장 선거··· 그 한마디에 핏발 선 아이들을 보며 교생들은 한숨 모드······.

미카미「애들은 평화롭군. 고작 저런 것에 울고 웃고······.」

모토키「아무 생각 없이 놀아서 좋겠다. 하암.」

리사「나 이 학교 오고 나서 애들이 싫어졌어.」

교감「하하하하하.」

그런 교생들 보고 웃는 교감 선생님.

사가하라「교감 선생님은 매일매일 빠지지도 않고 열심히 출근하시네요. 전 벌써부터 맥이 빠지는데.」

교감「여기 애들은 이뻐할 만하니까. ^_^」

사가하라「저런 원숭이보다 떠들썩한 애들이요?」

교감「지내다 보면 정들어서 못 떠나요, 이 학교.」

교생들「한숨.」

한편 와다 일파와 아키야마 일파는 미야 선배 은퇴 후 쥐게 될 교내 권력의 행방을 두고 마지막 일전을 맞이하여, '오버 액션 충성 만땅'과 '상식의 승리'를 각자 슬로건으로 삼아 후보 응원 연설 대첩에 나서고 있었다. 두둥.

이카리「오래 기다리셨슴다! 그동안 3학년임에도 불구하고 일 년 넘게 학생회장 맡아주셨던 여유만만한 입시생! 미야 선배, 정말로 수고 많으셨슴다!」

미야「홋. 오늘 투표가 향후 2년 연속 회장을 누구로 하냐 결정한다는 거 정도는 알리라 믿는다. 지금 2학년은 그런 것엔 관심없고 오로지 공부 공부, 입시 입시니까. 그런 만큼 알아서 잘 뽑아서 (힐끔)저 야마자키 놈은 뭘 믿고 나대는지는 모르지만 오늘도 학교생활 즐기길! Good Luck!!」

여학생들「꺅!! 미야 선배!! >_<」

이카리「네! 그럼 본격적으로 선거에 앞서 각 후보 응원단부터 살펴보도록 하죠! 첫 번째 타자는 언제나 발랄명랑한 윤햄의 응원

콘서트임다!!」

　일부 여학생&남학생「꺅, 하무. >_<」

　오오츠키「곡목은 XX! No!! My Life!! 그리고 사요나랏테(안녕이라고 말하지만)가 되겠심다!!」

　그렇게 해서 발랄하게 무대 위에 나서야 했지만,

　윤햄「쿵! 아, 아파. -_T 넘어졌어, 힝!」

　마루「퍽!」

　모두「저런 놈에게 후보 응원을 맡긴 자체가. -_-:」

　윤햄「울먹울먹. 기분 잡쳤어. 힝.」

　타니&마츠「자, 햄! 소시지!!」「자, 햄! 사탕!!」

　야마모토「머, 먹을것. 캑.」

　닦달에 넘어진 아픔도 잊고 무대에 나서야 했다. 참고로 반주는 고릴라지만 피아니스트인 어머니 덕분에 음악에 취미가 있었던 야마모토 비롯한 고릴라 밴드였다.

　마루「야, 야마모토가 키보드 거짓말.」

　요시다「쟤 플룻도 해. 실은 음대 간대, 나중에.」

　모두「거짓말!!」

　그러나 대화는 오래가지 않았다. 시끄러운 전주와 함께 노래가 우렁차게 시작되었던 것이다.

　윤햄「누가 날 살려준다면~ 그냥 쓰러져서 누워 있을래요~」

　와다「뭐야, 저 선곡은. -_-」

오오츠키「요새 유행하는 자립심 강한 여성의 이미지… 어쩌고 저쩌고… 라고 해서.」

와다「뭘 생각하고 사는 거냐, 니들. −_−」

윤햄「오늘도 있을 장소. 부빌 장소 찾아~ 아아~」

마루「음. 그냥 스트레스나 날리자고. −_−;」

와다「…….」

윤햄「이런 나~ 한심한 나~ 사랑 같은 귀찮은 보증수표 따위 필요없으니! 부디 내 곁에만 있어줘요!! 사랑 같은 그런 머나먼 인생 보장 같은 보험 따위 필요 없으니 부디 내 옆에만 있어줘요!! 아아~! 한심한 여자!!」

노하라「애들이 부르기엔 −_− 조금 이르지 않니?」

오오츠키&마루「그런가.」「부르는 게 우리가 아니니.」「그 말이 정답.」

그러나 신나게 음악에 맞춰 춤추는 S중학생들이었다. 이어서 그나마 상식적인 모리의 '와다 응원 연설' 등 전력을 다해보지만 학생부회장에서 학생회장 후보로 나선 아키야마&이케다 진영의 차분한 준비, 치밀한 연설에는 이길 수가 없었다. 항상 '축제'로 보이는 와다 그룹보단 '상식'과 '준비성'으로 승부한 아키야마 그룹을 S중은 선택한 것이었다.

와다「뭐, 이렇게 될 줄은 알았지만(어깨 으쓱).」

오오츠키「크흑.」

놀랍게도 오오츠키 총재가 눈물을 흘리고 있었다.

오오츠키「이기고 싶었는데 꼭! 이기게 하고 싶었는데!!」

와다「오늘 하루도 미야 선배 말마따나 잘 놀았잖아. 뭘 그래.」

모리「그래, 잘 놀았잖아. 오늘 하루도 좋은 하루였잖아(토닥토닥). ^^;;」

마루「울먹울먹. 하지만, 하지만 이대로 아키야마한테 밀리면 다들 나중에 들어오는 애들은 후배들은 다 아키야마가 잘난 줄 알 거 아냐! 와다가 얼마나 굉장한대!!」

타니&마츠「우리 와다가 얼마나 열심히 사토시 군도 구하고 그랬는데.」「시간이 지나면 그런 거 다 잊고 야마자키가 잘난 체하고 막 그럴 거 아냐. 난 난 야마자키한테 와다가 누구누구한테 졌다는 말 따윈 듣고 싶지 않단 말이야.」

윤햄「(울먹울먹)다른 사람은 몰라도 와다 군은 지면 안 된단 말이야.」

와다「…….」

모리「그… 랬구나.」

야마모토「후우. 뭐 끝났으니.」

요시다「다들 수고했어.」

오오츠키「이렇게 와다가 지는 건 절대로 싫어—!!」

모두「으앙~」

와다「…….」

윤햄 일행은 정말로 눈물 흘리며 울었다. 누가 그렇게 울라고 시켜도 못할 정도로 눈물, 콧물 흘리던 윤햄 일파. 어느새 축하 분위기로 떠들던 아키야마 진영까지 조용해지는 그런 초상집 분위기였다.

아키야마「(각혈)또 나만 무슨 범죄자 같잖아…….. 내가 무슨 잘못 했다고. -_T」

이케다「으… 응.」

어느새 교생들까지 숙연해지는 가운데…….

와다「후우……(먼 산).」

모리「자, 자, 오늘 끝나고 나서 다같이 와다 집에 가기로 했잖아. 그만 뚝!」

윤햄「하지만, 하지만 무슨 낯짝으로. -_T」

마루「우리가 무슨 밥만 보면 좋아하는 도야지인 줄 알아?! -_ㅠ」

참고로 마루의 말에는 전혀 설득력이 없었다. 한참을 한숨 쉬던 와다였으나…….

와다「자, 자, 다들 주목. 원래는 그냥 짐작하겠지 하고 내버려 두었는데…….」

모두「??」

와다「실은 난 처음부터 지길 바랬어. -_-」

모두「헤?」

와다「그래야 암흑세계에서 보이지 않는 배후 -_- 세력으로 남

을 거 아냐. 이 학교에서 나만큼 그런 거 어울리는 사람이 있냐
고.」

　오오츠키「오오! 그럼?」

　와다「아직 승부는 안 끝났어. 한두 번은 더 골탕 먹여야지, 안
그래? -_- 하하하하하하핫.」

　모두「오오~ 보스!!」

　와다「오늘은 피곤하다. 그만 집에 가서 술이나 한잔하자.」

　와다의 한마디에 단순하게도 힘을 내는 윤햄 일파였다.

　아키야마「뭐, 뭐야 저 부활 모드는……(각혈).」

　이케다「야레야레(한숨).」

　와다「내년에는 정말로 발목 잡을 테니 각오해(윙크). 그럼 집에
나 갈까.」

　윤햄&오오츠키「앙!」

　그렇게 해서 그날도 소란스런 윤햄과 그 친구들이었다.

〈2권에 계속… 〉

불유체 N세대 연애 소설

『한여름밤의 꿈』

내성적인 성격의 노처녀 오세령.

그녀는 늘 고등학교 시절을 그리워하며 잦은 꿈을 꾼다.

항상 그녀의 꿈에 찾아오는 신유성.

그는 세령의 고등학교 시절을 가득 메우는 꿈의 남자이다.

그러던 어느 날 천 번의 꿈과 함께 세령은 과거 속으로 돌아가고

그곳에서 잊고 있었던 2학년 때의 짝 지석원과 다시 재회하게 되는데…

"…변하지 않는 게 있다면 좋겠다."

누구나 한 번쯤 상상해 봤을 그런 꿈의 이야기!

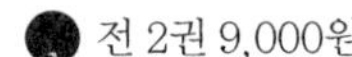 전 2권 9,000원

도서출판 **청어람**

부천시 원미구 심곡1동 350-1 남성빌딩 3층 우420-011　☎ 032-656-4452　FAX 032-656-4453

E-mail : eoram99@chol.com

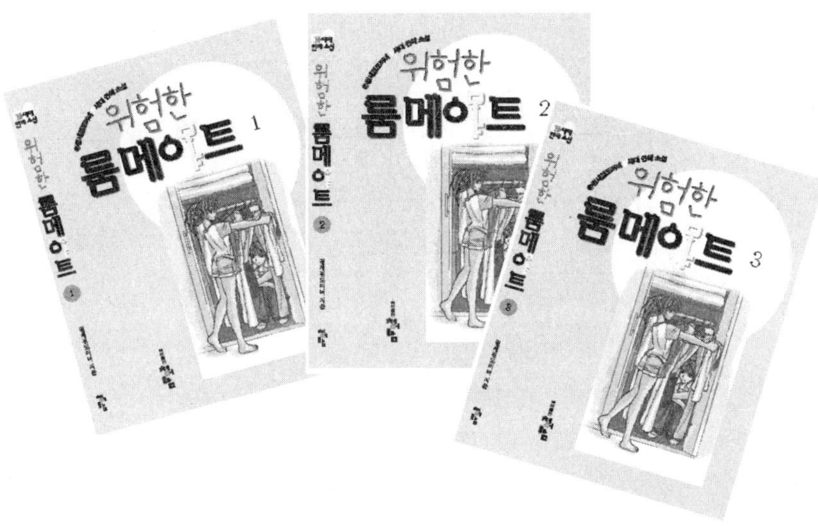

절세검도미녀 N세대 연애 소설

『위험한 룸메이트』

자신을 지극히 평범하게 생각하여 매력을 인정하지 않는 소극적인 성격의 소아랑.
그런 그녀의 주변에 등장한 최고의 킹카와 퀸카들.
공교롭게도 그녀는 킹카들과 룸메이트가 되는데…
과연 그녀는 마냥 평범한 걸까?

"넌 니가 안 예쁘다고 생각하는 거야?"
"솔직히 예쁘지 않잖아요……."
"누가 그래, 니가 안 예쁘다고?"
"네?? 누가 그랬다기보다는 그냥 일상적으로 생각할 때……."
"사람은 누구나 다 자신의 모습에 완벽히 만족할 수는 없어.
니가 매력이 없다면 천하의 킹카 신보혁과 성천우가 너한테 빠졌겠어?
특히 어리버리한 그 눈망울은 굉장히 매력적이야.
네가 모르고 있었던 것뿐이야."

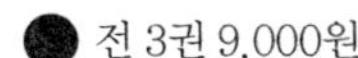 전 3권 9,000원

도서출판 **청어람**
부천시 원미구 심곡1동 350-1 남성빌딩 3층 우420-011   E-mail : eoram99@chol.com
☎ 032-656-4452   FAX 032-656-4453

크리스탈 N세대 연애 소설

『다섯 개의 별 엔젤로스』

입양아의 비밀과 4년 동안의 길고 긴 불면증의 실체.
그리고 별들의 타락.
다섯 남자 주인공들의 우정 속에서 피어난 단 하나의 여자.
정의와 사랑으로 세계를 지키는 똥 '강지원' 의
쿵닥쿵닥 어지러운 러브스토리.

"죽어버릴 만큼 사랑해 버린걸요……."

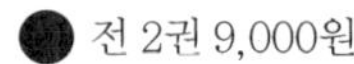 전 2권 9,000원

도서출판 **청어람**
부천시 원미구 심곡1동 350-1 남성빌딩 3층 우420-011　☎ 032-656-4452　FAX 032-656-4453
E-mail : eoram99@chol.com